국어시간에 소설쓰기 1

국어시간에 소설 쓰기 ①

김은형 지음

Humanist

머리말

소설 쓰기는 아주 쉽습니다

시는 상징과 함축을 알아야 하고, 또 운율을 살려야 하기 때문에 쓰기가 쉽지 않습니다. 그리고 수필은 사실을 바탕으로 하되 깨달음과 성찰이 있어야 하기에 결코 만만한 글이 아닙니다. 하지만 소설은 '허구'로 쓸 수 있다는 매력이 있습니다. 자신이 체험한 일에 상상력을 버무려 허구라는 요술방망이로 살짝 두드려 주면……, 새로운 이야기가 탄생합니다.

소설 쓰기는 재미있습니다

소설의 생명은 흥미입니다. 재미없는 소설은 아무도 읽지 않습니다. 우리의 세포에는 '재미있는 이야기 유전자'가 있습니다. 인류는 수십만 년 동안 이야기를 즐겨 왔습니다. 입에서 입으로 전해 온 옛날이야기(구비 문학)는 기록 문학으로 정착되었고, 이제는 연극, 영화, 드라마, 뮤지컬 등 모든 예술의 바탕이 되고 있습니다. 유행가나 상품 광고까지도 이야기가 없이는 존재할 수 없습니다.

소설 쓰기는 성장을 돕습니다

학생들이 쓰는 모든 소설은 성장 소설입니다. 성장 소설이란 성인이 되기 위해 평범한 청소년이 겪어야만 하는 도전과 시련을 다룬 이야기입니다. 청소년들은 포경 수술을 하거나, 이성에 눈을 뜨거나, 친구와 싸움을 하거나, 담배를 피우거나, 가출을 하면서 세상과 전쟁을 합니다. 슬퍼하고, 다치고, 고꾸라지기도 하지만 이러한 갈등과 고통은 미숙한 자아를 성숙한 자아로 성장시켜 줍니다.

소설 쓰기는 언어 능력을 키워 줍니다

소설 쓰기는 '인물, 사건, 배경, 주제, 구성, 문체' 등 도저히 이해되지 않던 문학 지식을 깔끔하게 이해시켜 줍니다. '서사, 묘사, 대화'를 쓰는 법은 물론이고, '맞춤법, 띄어쓰기, 문단 쓰기'는 덤으로 따라옵니다. 다른 사람의 작품을 분석하고 평가할 줄 알게 되고, 자신이 말하고자 하는 바를 정확히 정리하는 능력도 생깁니다. 맞춤법도 모르고, 겨우 두세 줄밖에 글을 쓰지 못하던 아이들이 그럴듯한 소설을 써 내는 기적이 자주 일어난답니다.

소설 쓰기는 정신적 치유를 도와줍니다

소설 쓰기가 창의적인 능력을 향상시켜 주는 것은 기본입니다. 그보다 더 중요한 것은 자신을 둘러싼 세계와의 갈등을 이해하고, 자신이 저지른 실수와 잘못을 성찰하게 만들어 주며, 그동안 받았던 상처와 고통도 치유해 준다는 사실입니다. 친구를 못살게 굴고 심하게 때렸던 잘못을 반성하게 하고, 거짓말과 낭비벽을 돌아보게도 하고, 암으로 돌아가신 엄마에 대한 그리움을 쏟아 내게도 합니다. 소설 속에는 다른 곳에서 표현하지 못했던 마음속 말들을 쏟아 낼 수 있습니다. 바로 이 과정이 진정한 치유의 과정이랍니다.

소설 쓰기는 세상을 창조하는 일입니다

소설 읽기가 '사람과 세상을 이해'하는 공부라면, 소설 쓰기는 '사람과 세상을 창조'하는 일입니다. 마치 신처럼, 등장인물을 마음껏 조정할 수 있게 되는 것이지요. 이렇게 신이 되어 세상을 창조하다 보면 나쁜 놈을 혼내 주고, 잘못된 일을 바로잡는 힘이 생긴답니다. 그래서 자신의 삶의 문제를 해결하는 능력은 물론이고, 논리적인 힘과 창조적인 힘이 당연히 따라옵니다.

《국어시간에 소설쓰기 1, 2》는 앞에서 말한 교육적 효과를 지닌 소설 쓰기를 선생님과 학생들이 교실에서 쉽고 재미있게 할 수 있도록 돕는 책입니다. 1권 첫 번째 장에서는 소설 쓰기의 의미와 효과, 방법에 대해 설명하였고, 두 번째 장에서는 소설의 여러 가지 구성 요소들이 잘 드러난 학생 소설을 읽고 직접 소설을 써 보도록 안내합니다. 2권의 세 번째 장은 학생들의 삶과 밀접한 여러 가지 주제가 담긴 학생 소설을 읽고 그런 주제로 소설을 써 보도록 안내하였습니다. 친구들이 쓴 소설들을 분석하다 보면, '나는 더 멋진 소설을 쓸 수 있어!' 하는 자신감이 생길 것입니다. 마지막 장은 소설 쓰기에서 한 걸음 더 나아가 영상 소설로도 만들어 보고, 소설을 희곡으로 바꿔 연극 공연도 해 보도록 하였습니다.

이 책이 '쉽고 재미있는 소설 쓰기 수업'을 하는 데 도움이 되기를 바랍니다. 더 나아가 우리 학생들이 전 세계 어느 분야에서 일하든 재미있고 창조적인 지도자로 성장하는 데 보탬이 되기를 희망합니다.

2013년 3월

김은형

차례

머리말   4

1장 함께 하는 소설 쓰기 수업

소설 쓰기 수업이란?   14
소설 쓰기 수업, 어떻게 할까?   20

2장 쉽고 재미있는 소설 쓰기 _ 구성 요소를 중심으로

1 인물

애늙은이 _홍규필	46
부자 행세 _서명우	53
경호 _양해성	65
방황 _김나경	74
• 읽고 쓰고 톡톡!	84
• 김 선생님의 소설 톡톡!	86

2 사건

불꽃 사건 _정혜린	92
자전거 도둑 _이정준	99
불장난 _정학희	107
시험지 _강희웅	115
• 읽고 쓰고 톡톡!	123
• 김 선생님의 소설 톡톡!	125

3 배경

벚꽃 가득한 등굣길 _한도우	130
2000원의 가치 _박중현	136
지웅이의 가출 _노원희	147
책상 밑에서 엄마 욕을 쓰다 _이동훈	156
• 읽고 쓰고 톡톡!	161
• 김 선생님의 소설 톡톡!	163

4 소재

옆집 개 _허태영	168
고래 잡는 건 어려워 _이창진	172
목욕탕에서 쓰러지다 _엄태호	180
사랑을 알 때까지 _김민욱	187
• 읽고 쓰고 톡톡!	195
• 김 선생님의 소설 톡톡!	197

5 주제

집 나오면 개고생이다 _조윤정	202
미안해 동생아 _강태호	210
김씨 할아버지 _유창우	217
인간에겐 아직 희망이 있다 _김도신	224
• 읽고 쓰고 톡톡!	233
• 김 선생님의 소설 톡톡!	235

6 구성

내 생에 최악의 날 _김서현	202
질투 _박성준	250
소설가 _김태훈	257
형과 축구 _방동욱	267
읽고 쓰고 톡톡!	279
김 선생님의 소설 톡톡!	281

7 문제

동생을 잃고 _박재현	286
짝사랑 _임승현	293
이긴다는 것 _이남수	299
친구라고 쓰고 왕따라 읽는다 _장희진	310
읽고 쓰고 톡톡!	322
김 선생님의 소설 톡톡!	324

1장

함께 하는 소설 쓰기 수업

소설 쓰기 수업이란?

 소설은 '사람이 살아가는 이야기'다. 소설은 사람의 내면은 물론 그를 둘러싼 세계에 대한 모든 문제를 담는다. 소설 읽기가 이를 이해하는 과정이라면, 소설 쓰기는 그러한 세계를 창조한다는 점에서 한 단계 높은 문학 활동이다.
 문자가 없던 수십만 년 동안 인류는 '음성으로 들려주는 소설'이라 할 수 있는 옛날이야기를 즐겨 왔다. 그래서 어떤 이는 사람에게 '이야기 유전자'가 있다고 말하기도 한다. 요즘 많은 사람들이 즐기는 드라마, 영화, 만화, 연극, 뮤지컬 따위도 모두 넓은 의미의 이야기, 즉 '서사 문학'이라고 할 수 있다. 소설이 가지고 있던 이야기 구조가 현대 사회의 다양한 문화와 매체의 등장으로 분화 발전한 형태로 볼 수 있다. 이러한 다양한 종합적이고 대중적인 서사 예술이 발달하여 종이책으로 된 소설이 쇠퇴하는 것처럼 보이기도 한다. 그러나 이런 대중 예술들은 이야기 구조를 바탕으로 하고 있으며, 이야기는 끊임없이 재창조되고 있다는 점을 간과해서는 안 된다. 즉, 소설은 모든 창조의 든든한 바탕이 되는 '1차 예술' 또는 '기초 예술'인 셈이다.
 그동안의 국어 수업은 대체로 읽기 중심이었다. 입시나 지필 검사 중심의 평가 때문에 쓰기 수업과 말하기 수업을 읽기 수업만큼 비중

있게 다루지 않았다. 결국 국어 수업은 읽기 중심의 절름발이 수업일 수밖에 없었다. 그러나 수행평가 도입과 7차 교육과정의 '상상력과 창의력의 향상'이라는 목표 도입으로 상황이 조금 달라졌다. 중학교 2학년 교과서에 '창작의 즐거움'이라는 단원이 생기고 학생 창작 소설이 교과서에 등장한 것은 매우 의미심장한 변화라고 할 수 있다. 살아 있는 국어 수업을 몸으로 실천한 교사들의 노력이 제도 속에 실현된 것이다. 교육과정이 바뀌기 훨씬 전부터 소설 창작을 시도해 온 나는 매우 큰 힘을 얻을 수 있었다.

그러나 아직도 국어 수업에서 '쓰기'는 '말하기'와 함께 보잘것없는 수준에 머물러 있다. 간단한 서사문이나 수필 쓰기, 그리고 시나 논술 쓰기는 단편적이나마 시도하고 있는 경우도 있다. 하지만 길고 복잡한 구성을 요하는 소설 창작을 시도하기란 그렇게 쉽지가 않다. 지도의 어려움도 있지만, '모든 중학생이 과연 소설을 쓸 수 있을까?' 또는 '모든 중학생이 소설을 써 볼 필요가 있을까?' 하는 의구심을 갖는 경우가 많기 때문이다. 즉, 소설은 '전문적인 작가의 영역'이라는 고정관념을 벗어나지 못하고 있는 게 현실이다.

국어 수업에서 가장 창의적인 영역이 바로 '쓰기' 영역이다. 읽기(독서)가 다른 사람의 인생을 이해하는 것이라면, 소설 창작은 자신의 인생 체험을 새로운 시각으로 창조해 내는 것이라는 점에서 매우 구체적이고 진취적인 언어 훈련의 과정이다. 실제로 시나 수필을 쓰는 것보다 소설 창작이 더 어려운 언어 창조 활동이라고 말할 수도 있다. 그러나 머리말에서도 밝혔듯이 소설은 결코 수필을 쓰는 일보다 더 어려운 일이 아니다. 실제로 지도해 보면, 학생들은 고도의 응축과 상징을 요하는 시나 삶에 대한 철학적 성찰을 담아야 하는 수필을 쓰는 것을 더 어려워한다. 그러나 소설은 마음대로 상상력을 발휘할 수 있기 때문에 소설 쓰기에 더 큰 재미를 느낀다.

요즈음 학생들은 만화나 영화나 인터넷 소설 같은 것에서 다양한 이야기들을 접하고 있고, 공상 과학이나 판타지 등에 대한 호기심이 강해 자유롭게 상상하며 쓰는 일에 큰 흥미를 갖고 있다. 내가 운영하는 '김은형의 국어 수업'이라는 카페에는 늘 다양한 소설들이 올라온다. 황당무계하고 무계획적으로 상상의 나래를 펴는 판타지 소설이 대부분이지만 말이다. 판타지 소설에 대한 부정적 생각도 바뀔 필요가 있다. 요즘 '해리포터' 시리즈가 큰 인기를 끈 이후, 문학을 하는 사람들조차 판타지 소설을 써서 한몫 잡으려고 전전긍긍한다는 소문을 듣고 보면 무조건 아이들을 탓할 수도 없는 노릇이다. 그러므로 중요한 것은 이런 학생들의 창작 욕구를 어떻게 문학적 진실성으로 담아내게 할 것인가이다.

소설 창작 수업은 체계적이며 단계석인 시도 과정이 필요하다. 모든 글쓰기 과정이 그렇듯이 어떻게 동기를 유발하고, 어떻게 소재를 찾으며, 어떻게 내용을 구성하고, 주제는 어떻게 살려 낼 수 있는지에 대해 섬세하게 가르쳐야 한다. 대학에 문예창작과가 많이 생기면서 창작에 대한 교재들이 많이 나오고 있긴 하지만, 중·고등학생을 위한 창작 지도서는 별로 없다. 중·고등학생의 문예 창작에 대한 연구와 사례도 별로 없다. 그러므로 이 책은 또래의 중학생들이 쓴 소설 작품을 감상하고 모방하면서 쉽게 창작에 접근하도록 돕기 위해 만들었다.

중학생의 소설에서 일반 작가와 같은 수준의 문학성을 기대하는 것은 무리다. 그러나 분명 중학생이 쓴 소설에는 기성 작가가 흉내 낼 수 없는 순수하고 소박한 문학성이 존재한다. 중학생들의 창작 소설은 성인 문학의 아류가 아니라 그 자체로서 하나의 완결된 세계를 담고 있다. 중학생이 쓴 소설 가운데 대부분이 자신의 경험을 바탕으로 한 성장 소설이지만, 그것은 기성 작가들이 다분히 과거 회상적인 감성으로 덧칠해 쓴 성장 소설과는 다르다. 왜냐하면 학생 창작 소설들의 갈등과 사건은 바로 지금 자신이 처한 현실에 대한 절박한 외침이기 때문이다. 즉, 과거가 아니라 현재의 몸부림이라는 사실성과 현장성이 생명이며, 무엇보다도 자신들의 언어로 표현하고 있다는 데 의미가 크다. 학생 소설들은 문학적 평가를 받은 작품들이 갖고 있는 문학적 수사의 난삽함이 없으며, 단순 소박하고 직설적인 힘을 갖고 있다. 그래서 학생들은 유명한 문인들이 쓴 완성도 높은 소설 작품을 읽을 때보다 더 깊은 관심을 가지고 또래의 소설을 열독한다.

소설 창작은 읽기와 비교할 수 없는 교육 효과가 있다. 다른 사람의 창작물을 읽는 것은 다른 사람의 세계를 엿봄으로써 새로운 느낌이나 공감대를 찾는 것이다. 그러나 소설 창작은 고스란히 자신의 내면 풍경을 드러내는 고백적 성격을 갖는다. 소설은 속성상 진실을 바탕으로 한 허구이며, 일상의 구체적인 사실들을 그려 내지 않고서는 이야기를 전개시킬 수 없다. 따라서 자신이 부딪히고 있는 문제 상황이나 갈등, 고뇌, 일상의 체험들을 저절로 드러낼 수밖에 없다. 그것을 드러내려면 자신을 돌아보지 않을 수 없다. 바로 이 과정이 자신이 처한 고통을 해소시켜 준다.

태훈이는 소심하고 친구들과 원만하게 지내지 못하는 자신을 소설 속에 그대로 재현했다. 허구라는 장점을 살려, 소설 속의 자신은 '소설 쓰기'를 통해 자신감을 회복하는 인물로 그렸다. 자신의 마음 속 바람을 소설 속에 실현해 본 것이다. 그리고 실제로 자신감을 갖고 문제 상황을 극복했다. 동생만 예뻐한다고 오해하여 할아버지를 원망하는 마음을 가졌던 찬우는 암 투병 중인 할아버지를 소재로 소설을 쓰며 자신을 다시 돌아본다. 할아버지에 대한 뜨겁고 진정한 사랑을 되찾고 완쾌를 기도하며 눈물로 이야기를 썼다. 아무 생각 없이 친구를 괴롭히고, 피를 흘리도록 때렸던 규필이는 자기가 한 짓에 대한 부끄러움을 있는 그대로 썼다. 자신이 얼마나 형편없는 인간이었는지를 고백하는 이런 소설이야말로 가장 감동적인 작품이다. 모든 소설이 다 이러한 실패와 아픔과 깨달음을 담고 있어 일일이 예를 드는 것이 불필요할 정도다.

시 쓰기도 그렇지만, 소설 쓰기 역시 점수나 성적과는 별로 관계가 없다. 논술처럼 지식과 논리를 중심으로 쓰는 글은 성적이 우수한 학생들이 더 잘 쓰는 편이지만, 창작은 조금 다르다. '창의성'에 대한 임상 연구 결과도 "지능과 창의성은 비례 관계에 있지 않다."라는 주장이 중론이다. 성적이 우수한 학생들 중에는 자신의 내면을 있는 그대로 드러내거나 고정관념을 깨는 상상력이 부족한 경우가 많다.

이 책에 실린 소설들 중에 상당 부분은 맞춤법이나 띄어쓰기를 제대로 하지 못했거나 몇 줄의 글도 쓰기 어려워했던 학생들의 작품이다. 누군가의 독려와 지도가 없다면 소설은커녕 일기 한 줄도 쓰지 않을 학생들이다. 한 문장도 제대로 써 내지 못하던 학생이 한 편의 감동적인 소설을 완성해 냈다면 믿을 수 있겠는가? 하지만 실제로 그랬다. 그것은 자신만이 겪은 깊은 고통과 괴로움, 고뇌와 갈등을 안고 있었기 때문이다. 또 다른 친구들과 소통하지 못하는 자폐적 기질이 있는 학생들 중에서 가끔 천재적인 창의력을 가진 학생을 발견할 수 있다. 그 역시 외롭고 고통스러운 자신의 삶의 경험에서 얻은 문학적 성과다. 물론 경험이나 사실이 모두 소설이 되는 것은 아니다. 학생들의 경험을 문학적으로 형상화할 수 있도록 지도하는 일, 그것이 바로 교사가 해야 할 일이다.

  소설 쓰기는 학생과 교사의 일대일 지도 과정이 없이는 불가능하다. 소설을 쓰는 동안 학생 한 명당 적어도 네댓 번 이상은 개별적인 지도가 필요하다. 그래서 소설 쓰기는 시간과의 전쟁이다. 시간을 확보하는 일이 무엇보다 중요하다. 가장 중요한 구상 단계에서 시간을 많이 확보하고, 진도를 나가며 10~15분 정도를 남겨 진행 과정을 확인하는 방법도 있다. 본격적인 쓰기는 집에 가서 하고 인터넷 온라인 카페를 이용하면 시간을 효율적으로 사용할 수도 있다. 소설을 지도하면, 학생을 더 깊이 이해하게 된다. 소설 쓰기 교육이야말로 교사와 학생의 소통을 전제로 한다. 그래서 소설 쓰기 수업은 상당한 시간과 인내심이 필요며, 지도 과정이 힘들다. 그러나 성취의 기쁨은 그 고통을 보상하고 남을 만큼 크고 실하다.

소설 쓰기 수업, 어떻게 할까?

소설이 시와 다른 점은 무엇일까? 시를 그림으로 그린다면 '하나의 점'으로 나타낼 수 있다. 자신의 체험과 느낌이 하나의 점으로 응축되는 모습으로 말이다. 그래서 시는 압축적인 감정의 정수(에센스)며, 운율과 서정성을 생명으로 한다. 그에 비해 소설은 여러 개의 '굴곡이 있는 선'으로 나타낼 수 있다. 그것은 일상의 삶의 드라마가 시간을 따라가며 펼쳐지는 모습과 같다. 크고 작은 일과 사건들이 서로 연관성을 갖고 이어지는데 인물이 처한 상황과 조건, 공간과 시간들이 서로 얽히며 이야기가 만들어진다. 시가 노래와 가깝다면, 소설은 역사와 가깝다.

소설 쓰기 수업의 전개

1. 학생 창작 소설 읽기

좋은 시를 쓰려면 좋은 시를 많이 읽어야 하듯이, 좋은 소설을 쓰려면 좋은 소설을 많이 읽는 것이 좋다. 소설 창작을 위해서 연간 계획을 미리 세워 보면, 1학기에는 학생들의 수준에 적합한 명작 소설들을 읽고 토론하는 시간을 갖는다. 그리고 2학기에 직접 소설 쓰기에 들어간다. 하지만 꼭 2학기에 배치하지 않을 수도 있다. 1학기 중에 할 수도 있고, 시간이 부족하다면 여름방학 직전에 시작해서 방학 때 쓰게 하고, 이어 2학기에 수정 작업을 하는 것도 하나의 방법이다.

소설을 쓰기 직전에는 또래의 학생 창작 소설을 읽게 하는 것이 효과적이다. 이것은 소설 이론을 백 번 설명하는 것보다 더 유용하다. 다른 학생의 소설을 읽고 분석해 보면서 자신이 쓸 소설을 구성하는 동안 모든 이론은 정확하게 머릿속에 자리를 잡는다. 만약 읽힐 만한 학생 창작 소설집이 없다면, 다른 학교 학생 창작 소설들을 구해 여러 부 복사해서 쓸 수도 있다. 학생 소설들이 실린 자료나 책을 찾을 수도 있다. 일상의 소소한 일화를 다룬 소설을 통해 소설이 우리 삶과 동떨어진 것이 아니라는 것을 알게 되고, 자신이 더 좋은 소설을 쓸 수도 있다는 자신감을 갖게 해 줄 수 있다.

2. 소설 분석

소설은 어떤 요소로 분석하는 것이 좋을까? 분석은 소설의 3요소와 구성의 3요소를 따져 보는 방식이 좋다. 특히 구성의 3요소인 '인물, 사건, 배경'을 분석하되, 다음과 같은 부분을 염두에 둔다.

- 어떤 인물이 등장했나? - 인물의 나이, 성격, 특징은 어떻게 표현되었나? 인물은 어떤 조건과 환경에 놓여 있는가?

- 어떤 사건이 일어났나? - 사건은 어디서 일어났는가? 사건은 왜 일어났으며 어떻게 전개되었는가? 사건의 결말은 어떻게 났나?
- 어떤 문장으로 쓰였나? - 문장은 긴가 짧은가? 재미나 흥미를 주는 표현을 쓰고 있는가? 가장 잘 표현된 곳은 어디인가? 글쓴이만의 독특한 생각이 담겨 있는 부분이 있는가?
- 주제는 무엇인가? - 소설에서 어떤 감동을 느끼는가? 작가는 왜 이 이야기를 썼을까? 이 소설이 주는 깨달음은 무엇인가?

3. 소설 창작

(가) 구상 단계

소설은 시와 달리 정서의 표현이 아니라 복잡한 언어의 구조물(건축물)이다. 그러므로 바로 이야기를 써 나가기보다는 전체 밑그림(설계도)을 그려 보고 시작하는 것이 좋다. 이미 분석을 통해 소설의 구성 요소들을 알고 있으므로 그에 따라 설계를 해 본다. 인물의 성격과 나이, 환경, 배경 요소, 사건(간단한 이야기의 줄거리) 등을 먼저 써 보게 한다. 교사는 이 구상 단계를 먼저 개별적으로 확인해 보는데, 이것을 보면 대체로 소설이 어떻게 전개될지 예상할 수 있다. 제목이나 주제, 문체 등은 나중에 결정해도 되기 때문에 빈칸으로 두어도 큰 문제는 없다.

(예) 소설 창작 계획

작가 : 엄태호

제목 : 목욕탕에서 쓰러지다.

인물 : 나(중 2), 진수(나의 죽마고우), 지혜(나의 여동생)

사건 : 나는 사우나를 오래 해 쓰러진다.

배경 : 시간 - 겨울 어느 일요일 / 공간 - 집, 학교, 목욕탕

줄거리 : '나'는 씻는 것을 싫어해 오랫동안 씻지 않아 몸에서 냄새가 난다. 그래서 아버지께 꾸중을 듣고 처음으로 진수와 목욕탕에 간다. 그런데 사우나 안에서 진수와 오래 견디기 내기를 하다가 쓰러지는데, 그 후 목욕을 자주하는 습관이 생기고, 진수와의 우정도 돈독해진다.

(나) 쓰기

소설 창작 계획이 통과되면 소설 쓰기에 들어간다. 먼저 국어 공책에 초고를 완성해야 한다. 구상을 포함해 최소한 네다섯 시간 정도 소설 쓰기를 진행해야 한다. 개인차가 있기 때문에 개별 지도가 필요하다. 공책에 초고를 완성한 학생들은 집에서 쓰게 하고 온라인으로 지도를 하는 것이 좋다. 컴퓨터실에서 작업을 할 수도 있다. 그러나 처음부터 집에서 워드로 쓰지 않도록 해야 한다. 왜냐하면 인터넷에 있는 소설을 모방하거나 베껴 올 수가 있기 때문이다. 되도록이면 구상 단계와 초고 단계는 수업 시간에 진행해야 자신만의 작품을 쓸 수 있다. 그래도 진도를 나가야 하기 때문에 초고를 다듬고 고치는 과정은 메일이나 카페를 활용하여 지도해 주는 것이 좋다.

다음은 소설 쓰기에 들어가면 많이 질문하는 것들과 그것에 대한 답이다.

- 소설은 '허구'라고 하는데, 거짓말로 쓴다는 뜻인가?

소설의 허구성이란 '황당한 거짓말'이라는 뜻이 아니다. 허구성이란 '현실의 재구성'이라는 뜻이다. 현실의 재구성이란, 주제를 가장 잘 드러내기 위해 불필요한 이야기나 사건은 빼고 꼭 필요한 부분만 골라 새로 엮는다는 뜻이다. 그러므로 이것은 '거짓말'과는 다르다. 오히려 소설의 생명은 '사실성' 또는 '진실성'에 있다. 사실성과 진실성이 없는 소설은 문학적 가치가 없다.

소설의 '사실성과 진실성, 구체성'을 확보하기 위해서는 자신이 겪은 일에서부터 출발하여 그것을 확장하거나 변형하는 것이 무난하다. 자신이 겪지 않은 이야기를 쓰면 구체적인 알맹이를 알지 못해 막연한 상상으로 쓰게 되고, 구체적인 상황 묘사나 심리 묘사가 어려워 대강의 사건만 설명처럼 나열하게 된다. 그런 소설은 작품성이 떨어진다.

사전의 지도 과정이 부족하면 남학생들은 판타지나 추리 소설을 쓰고 싶어 하고 여학생들은 순정 만화 같은 소실을 쓰려고 한다. 소설의 오락성도 중요하므로 무조건 안 된다고 할 수는 없지만, 주제에 대한 고민 없이 시중에 나와 있는 저급한 소설들을 모방하는 것은 막아야 한다. 꼭 판타지나 순정 소설을 쓰는 경우에도 자신의 체험을 바탕으로 하여 상상을 가미하도록 해야 한다.

현우는 게임 스토리를 소설로 쓰려고 했다. 여러 차례의 대화 끝에 게임에 몰두하던 아이가 게임을 하다가 게임 속으로 빨려 들어가 실제로 전쟁 상황에 놓이자, 죽음과 공포와 굶주림으로 고통을 받는 경험을 통해 실제 전쟁과 게임의 차이를 알게 되는 이야기로 쓰기로 했다. 또 유령이 나오는 공상 소설을 쓰겠다는 장열이의 경우, 주인공이 교실에서 오래 살아온 유령을 친구로 사귀면서 소극적이던 성격이 적극적인 성격으로 바뀌는 이야기로 바꿔 쓰도록 했다. 유령이라는 존재를 내면의 또 다른 자아의 개념으로까지 해석, 승화시킬 수 있도록 함으로써 한 단계 높은 작품을 만들 수 있었다. 또 결석한 친구가 '나 좀 구해 줘'라는 메시지를 보낸 것을 보고, 친구가 나쁜 사람들에게 납치되었다고 생각해 친구를 구하기 위해 온갖 위험한 모험을 감행하지만, 이 일은 나중에 친구의 장난으로 인한 오해였음이 드러난다는 얘기도 있었다. 추리적인 요소를 도입하면서도 코믹한 소설로 만든 작품도 있었는데, 학생들의 상상력과 현실이 빚어내는 이야기로 바꾸었을 때 진정한 창작의 즐거움을 맛볼 수 있다. 이렇게 소설의 사실성과 진실성을 확보하는 일도 중요하지만, 학생의 창의력을 차단하지 않는 일도 중요하다.

- 수필과 소설의 차이점은 무엇인가?

경험을 중심으로 쓰라고 하면, 학생들은 수필과 어떤 차이점이 있는지 궁금해 한다. 수필은 자신의 체험을 사실적으로 표현하며 글쓴이의 인생관과 세계관을 직접 드러내는 글이다. 그러나 소설은 가상의 인물을 등장시켜 사건을 전개하는 형상화의 과정을 거쳐 작가의 생각을 간접적으로 드러낸다. 물론 어려서부터 일기나 독서 감상문, 생활글을 많이 쓴 탓에 수필이 자유롭고 쉬운 글이라고 생각하지만 수필이 문학적 수준을 얻으려면 매우 깊은 철학적 성찰이 필요하기 때문에 쉽다고만 할 수는 없다.

인터넷 상에서 익명이 보장되었을 때 훨씬 더 자유로운 생각이 전개되듯이, 소설에서 '허구'라는 전제는 매우 자유롭고 무궁무진한 여유를 준다. 자신의 부끄러운 내면의 상처나 갈등조차도 객관화시킬 수 있으며, 자신의 이야기라 할지라도 이름을 바꾸거나 시점을 바꿈으로써 새로운 인물로 객관화시킬 수 있으며, 또 주변 인물들의 이야기를 섞을 수 있고, 시간적 배경이나 공간적 배경의 설정을 바꿀 수 있다는 점 등은 매력적인 조건이 아닐 수 없다. 그래도 학생들 작품의 대부분은 생활글과 비슷한 작품들이 많다.

예컨대 아주 아끼던 새 자전거를 잃어버린(실제 있었던 일)을 겪은 학생은 자신의 체험을 어떻게 소설로 확장할 수 있을까? '자전거를 잃어버린 아이는 자신의 자전거를 찾기 위해 동네를 돌아다닌다. 하지만 자전거는 끝내 찾을 수 없었다.' 여기까지가 사실이다. 우리는 이것을 조금 더 살려서 재미있는 사건으로 만들기로 했다. 주인공은 동네를 돌아다니다가 '자신의 자전거와 비슷한 자전거를 보고 자기 것으로 확신하고 그 자전거를 가져온다. 그리고 주인공은 역으로 자전거 도둑으로 몰린다.' 소설적 상상과 확장은 이렇게 자유롭다. 그러나 정준이는 다른 이야기를 구성했다. '자신의 자전거를 타고 있는 꼬마를 만나지만, 그 꼬마를 통해 남의 자전거를 훔쳐다 아이들에게 파는 학생 도둑이 있다는 사실을 알게 되고, 친구들과 그를 잡는데 알고 보니 전학 온 친구였다. 다시는 안 그러겠다고 비는 친구를 보고 용서를 해 주고 좋은 친구가 된다.'라는 이야기다. 이렇게 자신의 체험이나 다른 사람의 경험에서 소재를 가져왔지만, 소설은 전혀 다른 이야기로 만들어질 수 있다. 소설에서 어디가 사실이고 어디가 허구냐고

묻는 것은 의미 없는 일이다. 중요한 것은 그 이야기의 구성이 작가가 말하고자 하는 바(주제)를 표현하기 위해 치밀하게 짜여 있는가이다.

- 소설의 길이는 어느 정도가 적당한가?

중학생 소설은 A4 용지로 세 장 내외가 적당하다. 짧은 콩트라고 할 수도 있는데, 오랜 경험에 의하면 그 정도 길이가 학생들이 주제와 사건의 통일성과 긴밀성을 유지하는 데 가장 적당하다. 또 교사가 빨리 내용 파악을 하고 지도해 낼 수 있는 길이이기도 하다. 물론 더 길게 쓸 수도 있다. 사건이 더 복잡하고 필력이 좋은 학생들의 경우 막을 필요는 없으나 길이가 길다고 해서 무조건 작품성이 높아지는 것은 아니다.

일반적으로 짧은 소설을 콩트와 단편으로 나누고, 콩트는 반전이 있는 짧은 소설이며 단편은 원고지 60매 이상 100매 이하로 설명하는 방식은 도식적이다. 허버트 릴리오가 쓴 단편은 겨우 250자 정도밖에 되지 않음에도 세계적으로 인정받은 단편이다.* 최근 세계는 물론 우리나라 문학계에서도 '손바닥 소설', '엽편(葉片) 소설'이라는 이름 아래 압축적이며 상징적인 짧은 소설에 대한 관심이 높아지며

---

* 허버트 릴리호의 〈독일군의 선물〉
전쟁은 끝났다. 그는 독일군한테 도로 찾은 고국으로 돌아왔다. 불이 침침한 길을 그는 급히 걷고 있었다. 어떤 여인이 그의 손을 잡아 술이 취한 듯한 말소리로 말을 건넨다. "어디 가시나요? 우리 집에 가시는군, 그렇죠?" 그는 웃었다. "아니요, 당신 집엔 왜……. 난 색실 찾고 있소." 그는 여인을 돌아다봤다. 두 사람은 가로등 옆으로 왔다. 그러더니 여인은 갑자기 "앗!" 하고 소리를 질렀다. 그는 여인의 어깨를 잡아 불 밑으로 끌어당기었다. 그의 손가락은 여인의 얼굴을 파고들었다. 눈이 빛난다. "요안!" 하고 그는 여인을 포옹했다. (독일군에 유린당한 패전 프랑스군의 가족들이 비참하게 연명하고 있는 생활상을 그린 작품으로 장편을 읽는 것보다 더 큰 전율과 감동을 주는 소설로 알려져 있다.)

소설의 길이에 대한 고정관념이 바뀌고 있다.

소설을 앉은 자리에서 한꺼번에 읽어 냄으로써 소설의 내용과 주제를 파악할 수 있어야 한다는 것이다. 단편 소설의 특징은 '단일한 사건과 단일한 주제', 그리고 압축과 긴장, 통일성과 일관성이기 때문에 길이를 맞추기 위해 문장을 만들어 내는 방식은 아니어야 한다. 미국의 문학가인 '에드거 앨런 포'는 "단편 소설은 아무리 짧은 것이라도 그것을 더 이상 늘리면 오히려 나빠질 것이라는 느낌을 주는 그런 것이어야 한다"고 했다. 즉, 길이에 지나치게 매달릴 필요가 없다는 말이다.

짧은 소설의 생명은 반전이다. 하지만 사건의 성격상 '반전'이 들어가는 것이지 반전을 억지로 넣어야 하는 것은 아니다.

- 소설은 어디에 써야 하는가?

처음 소설을 구상하는 단계와 초고는 반드시 손으로 직접 쓰도록 해야 한다. 국어 공책 또는 교사가 준비한 별도의 양식에 쓰게 한다. 또 과제로 처리하지 말고 반드시 수업 중에 쓰는 것이 좋다. 또 연필보다는 잉크가 나오는 가는 펜(잉크젤펜 또는 플러스펜 따위)으로 쓰는 것이 좋다. 연필이나 샤프는 가독성이 떨어지고, 볼펜은 미끄러지기 때문에 글씨가 어지럽다. 어차피 워드로 수정 작업을 할 것이므로 초고는 조금 거칠게 써도 괜찮다. 다만 큰 흐름이나 소설의 방향을 교사가 빨리 파악하는 것이 중요하다. 직접 손으로 쓰게 하는 것은 아이들이 생각할 시간과 교사가 지도할 시간을 더 많이 확보하기 위해서다.

처음부터 컴퓨터 작업으로 시작하면 인터넷에서 다른 학생들의 소설을 다운받아 자신이 변형하는 경우가 있을 수도 있다. 그러므로 소설 구상과 초고를 쓰고 계속 진행해도 좋다는 교사의 허락이 난 후에 수정과 정리 작업으로 컴퓨터나 워드프로세서를 이용하도록 한다. 워드로 정리한 소설 역시 프린트해서 공책에 붙이고 교사에게 지도를 받도록 하면 나중에 수행평가 때 학생의 창작 과정 전체를 한눈에 볼 수 있다. '소설 창작 구상 – 초고 – 1차 수정 소설 – 2차 수정 소설 – 3차……' 이렇게 누적되어 볼 수 있기 때문이다. 가장 나쁜 것은 과제로 제시하여 창작의 결과만 덜렁 제출하게 하는 일이다.

- 인물의 나이는 어떻게 설정해야 하는가?

가능하면 소설 속 주인공의 나이는 중학생 또는 그 이하로 하는 것이 좋다. 자신보다 나이가 많은 사람이 주인공으로 등장하는 경우는 어린 시절이나 학창 시절의 사건을 회상하는 형태로 설정하도록 한다. 자신이 겪지 않은 성인들의 심리를 써 나가는 일은 사실성이나 진실성을 얻는 데 실패할 확률이 매우 높기 때문이다. 소설의 재미는 등장인물의 심리 묘사나 행동 묘사의 섬세함, 그리고 상황 묘사와 배경 설정 등에 있는데 자신이 잘 모르는 세대의 이야기를 하는 경우 자칫하면 형식적이고 상투적인 설명과 성인 소설의 흉내에 그칠 염려가 있다. 가끔 성인이나 고등학생이 쓴 소설을 모방해서 쓰는 경우가 있는데, 중학생들의 삶과는 거리가 멀다.

- 1인칭 시점이 좋은가, 3인칭 시점이 좋은가?

소설 창작은 시점에 대한 이해를 분명하게 해 주는 이점이 있다. 시점을 어떻게 정하는가는 소설 쓰기에서 매우 중요하다. 학생들은 1인칭 시점과 3인칭 시점의 차이를 잘 이해하지 못하는 경우도 많은데, 소설을 쓰면서 그 차이를 확실히 이해하게 된다.

1인칭 시점의 특징은 '나는'으로 표현되며, 주인공 또는 화자가 1인칭으로 이야기를 한다. 1인칭 소설의 장점은 마치 소설 속의 인물이 자기 이야기를 고백하는 형태로 표현되기 때문에 읽는 사람에게 소설 속의 이야기를 사실(진실)로 받아들이게 하는 힘을 갖는다. 그래서 '자서전적 소설(자전적 소설)'이 많으며, 독자를 이야기 속으로 깊이 빠져들게 한다는 장점이 있다. 그러나 주인공의 시선만 따라가기 때문에 여러 가지 복잡한 사건이나 상황을 쓸 때에는 적당하지 않을 수도 있다. 그래서 학생들 중에는 1인칭 시점으로 쓰다가 중간에 갑자기 시점을 이동하는 예가 종종 있다. 자칫하면 일관성을 잃을 염려가 있으므로 주의를 해야 한다.

1인칭 관찰자 시점은 간접적으로 보거나 들은 사건을 전해 줄 때 많이 사용하는 시점이므로 사건의 성격상 필요에 의해 선택하는 경향이 있다. 전지적 작가 시점을 사용하는 경우는 많지 않지만, 자주 시점을 이동하는 경우도 있으니 유의할 필요가 있다.

학생들은 시점을 선택하는 일보다 자신이 애정을 갖는 인물의 이름을 짓는 데 더 많은 고민을 한다. 학생들은 작가들이 만들어 낸 인위적인 3인칭인 '그녀는(그는)'과 같은 표현은 잘 쓰지 않는다. 대체로 구체적인 이름을 부르는 일이 더 자연스러운 게 사실이다.

- 소설은 어떻게 시작해야 하나?

소설의 첫 문장을 쓰는 일은 쉬우면서도 어렵다. 첫 문장을 시작하는 일이 어렵다면 영화의 한 장면을 먼저 떠올리는 것도 좋은 방법이다. 소설 구성의 발단(사건이 시작되는 단계) 부분을 생각하면서 쓰되, 작품 전체를 상징하는 문장이나 독자가 흥미를 가질 수 있는 문장이면 더욱 좋다. 그래도 자신이 없다면 다른 사람이 쓴 소설의 시작 부분을 눈여겨본다.

어느 날 아침 그레고르 잠자가 불안한 꿈에서 깨어났을 때, 그는 침대 속에서 한 마리의 흉측한 갑충으로 변해 있는 자신의 모습을 발견했다. (프란츠 카프카의 〈변신〉)

엄마를 잃어버린 지 일주일째다. (신경숙의 〈엄마를 부탁해〉)

소년은 개울가에서 소녀를 보자 곧 윤 초시네 증손녀라는 걸 알 수 있었다. (황순원의 〈소나기〉)

좋은 소설의 첫 문장은 읽는 이에게 소설에 대한 관심과 호기심을 불러일으킨다. 학생 소설 중에서도 문학성이 높은 소설은 역시 첫 문장을 멋지게 시작하고 있다.

4월이라……. 좋은 기억 하나 생긴 것 같다. 얼굴에 저절로 미소가 생겨난다. (한도우의 〈벚꽃 가득한 등굣길〉)

그러나 평이한 문장으로 시작해도 큰 문제는 없다.

가을 하늘은 높아지고 산들은 옷을 갈아입기 시작했다.
(임승현의 〈짝사랑〉)

중학교 2학년 때의 일이다. (정혜린의 〈불꽃 사건〉)

 집을 지을 때 단 하나의 벽돌도 쓸데없이 들어가는 일이 없듯이, 영화의 한 장면 한 장면이 모여 한 편의 영화가 만들어지듯이, 소설도 역시 모든 문장들은 주제를 드러내기 위해 존재해야 한다.
 그러나 소설은 얼마든지 새롭게 다시 고칠 수 있는 언어의 집이다. 첫 문장도 첫 단락도 다시 바꿔 쓸 수 있다. 사건의 결말을 소설의 시작에 배치할 수도 있다. 그러므로 아무런 걱정을 할 필요가 없다. 일단 마음이 내키는 대로 써 보는 게 중요하다. 쓰면서 점점 자기만의 소설을 만들기 위해 좋은 생각이 떠오르게 마련이기 때문이다.

• 서사와 묘사, 대화는 어떻게 써야 하는가?

 소설을 쓰면서 가장 확실하게 공부하게 되는 이론이 바로 소설의 서술 방식이다. 학생들은 서사, 묘사, 대화가 어떻게 다르며 어떻게 사용할 수 있는지를 분명히 알아야만 한다. 서사와 묘사의 개념에서 혼동을 많이 하는 편이지만, 쓰다 보면 자신도 모르게 서사와 묘사를 섞어 쓰고 있음을 발견할 수 있다. 그러나 간혹 묘사는 전혀 없이 사건의 전개만을 설명하는 경우도 있고, 인터넷 소설의 영향으로 대화만을 줄줄이 이어 놓고 소설을 썼다고 하는 경우가 있다. 그러므로 소설 속에서 서사와 묘사의 차이점을 먼저 구분해 비교하는 공부를 하는 것이 좋다. 특히 소설의 문학적 수준은 묘사의 묘미에 있음을 알게 하는 것이 중요하다.

  서사는 사건의 전개를 설명하는 문장이다. 중학생들은 서사라는 말을 어려워하는 편이라 '설명'이라고 해도 괜찮다. 서사는 사건의 전개를 설명하는 문장으로 움직임과 관련이 깊으며 소설의 뼈대를 이룬다고 할 수 있다. 소설 속의 시간을 조절하는 힘을 갖고 있다. 빠른 서사는 사건 전개에 긴장감을 준다.

  그중에서 대충 2학년이라고 써 있는 시험지 몇 장을 들고 나왔다. 그러고는 1층 화장실로 빠르게 뛰어갔다. 1층 화장실의 문은 안에서 잠그기만 하는 거라 쉽게 열 수 있었다. 곧바로 외부로 통하는 길이라 문을 열고 학교를 나왔다. (강희웅의 〈시험지〉)

  김진규가 먼저 공부벌레에게 한 방 날렸다. 그러나 공부벌레도 지지 않고 달려들었다. (고다빈의 〈공부벌레〉)

  묘사는 인물의 동작이나 심리, 상황, 배경 등을 그림 그리듯이 보여 준다. 즉, 묘사는 움직임이 없는 정적인 표현으로 소설의 분위기를 좌우한다. 묘사가 뛰어난 작품은 소설의 읽는 재미를 한층 더해 준다. 학생 소설에도 뛰어난 문학적 묘사가 들어간 문장들을 자주 발견할 수 있다.

낮에는 따스했던 눈도 이제는 우릴 쓸어갈 얼음 같고 정겹던 나무도 이제는 저승사자같이 무섭게만 느껴진다. 옆 아파트 개가 짖는 소리도 늑대 우는 소리처럼 들렸다. (박재현의 〈동생을 잃고〉)

나는 가슴이 무너져서, 아니 녹아서 흘러내리는 것 같았다. 내 심장은 이미 그 기능을 상실했고 내 머리는 하얀 백지장이 되었다. 팔다리는 후들거리고 눈에는 초점이 없어진 지 오래였다. (임승현의 〈짝사랑〉)

놈은 내 뒤에서 개새끼처럼 혀를 내밀며 뛰어 오고 있었다. 헐레벌떡하며 뛰어오는 몰골은 참 우스꽝스러웠다. (이남수의 〈이긴다는 것〉)

대화는 인물 간의 직접적인 의사소통을 인용문으로 표현하는데, 간혹 설명이나 묘사를 전혀 쓰지 않고 희곡처럼 대화만 쓰는 학생들도 있다. 문학 작품으로서 소설 읽기가 부족하고, 인터넷 소설이나 만화 등의 영향을 받은 경우 그런 경향이 더 많이 나타난다. 또 희곡이나 시나리오처럼 쓰는 경우도 있는데 그 차이점을 분명히 알 필요가 있다. 희곡이나 시나리오는 무대 상연 또는 영화 촬영을 위한 대본으로 지시문을 사용하여 동작과 표정, 심리 등을 제시하지만 소설은 서사와 묘사가 대화보다 더 주된 표현법이다. 대화는 현장감이나 생동감을 줄 필요가 있을 때 적절하게 사용해야 하며, 대화의 사이에도 적절한 서사와 묘사가 같이 쓰여야만 소설의 문학적 품위를 유지할 수 있다.

학생 소설의 묘미는 그 또래 아이들이 겪는 복잡하고 미묘한 심리 묘사나 상황 묘사가 사실적으로 담긴다는 데 있다. 즉, 학생 소설에서도 작품 성패를 좌우하는 관건은 바로 구체적인 묘사를 살리는 데 있다. 학생 소설은 도저히 어른들은 흉내 낼 수 없는 아이들 세계의 특징을 그림으로써 기존 작가의 작품과 차별성을 가져야만 한다.

문장 표현력이 부족한 학생의 경우 단정적인 설명 문장을 많이 쓰는 경향이 있는데 그것은 좋은 표현이 아니다. 예를 들어 '나는 왕따다.'라든가 '우리 집은 가난하다.'와 같은 문장보다는 '아무도 나에게 얘기를 걸어 주는 사람이 없다.'라든가 '오늘도 식탁에는 콩나물국에 김치밖에 없다.'와 같이 간접적인 묘사로 표현하는 연습을 많이 해야 한다.

- 제목이나 주제를 먼저 결정해야 하는가?

주제는 미리 정하고 써야 한다. 주제는 글 쓰는 이의 중심 생각이기 때문에 소설을 쓰는 이유가 될 수 있다. 하필이면 수많은 이야기 중에서 그 이야기를 선택한 이유가 분명 있을 것이다. 그것이 바로 주제다.

제목은 주제를 상징하는 단어나 중심 소재(제재)를 나타내는 단어나 문장을 찾는 것이 좋다. 다만 상점의 간판과도 같은 역할이므로 이왕이면 다른 사람의 관심을 끌 수 있는 개성이 있으면 더 좋다. 소설 구상 단계에서 먼저 떠오르면 정하고 쓴다. 제목과 주제가 등대처럼 소설의 방향을 지속적으로 지켜 주기도 하기 때문이다. 그러나 줄거리나 사건은 계획하고 있지만 뚜렷하게 주제나 제목을 잡기 어려운 경우는 일단 소설을 쓰면서 생각해도 된다. 또 다 써 놓고 제목을 정해도 괜찮다. 앞서 말했듯이 소설은 여러 번 다듬는 과정에서 많은 것이 바뀔 수 있기 때문이다.

학생들은 대개 어떤 사건이나 갈등을 다룰 것인지를 먼저 정하는 경향이 있다. 대개 사건이나 갈등에 따라 제목과 주제가 자동으로 정해지는 식이다. 그래서 핵심 사건이 주로 제목이 되고, 그 사건의 결과로 인한 깨달음이 주로 주제가 된다. 간혹 사건을 정하고 써 나가면서도 어떤 깨달음이나 생각이 정리되지 않는 경우가 있는데 그런 경우에는 소설의 소재로 적합하지 않다. 그때는 빨리 전면적으로 소설의 내용을 바꿀 필요가 있다.

- 욕이나 은어를 사용해도 되는가? 극단적 사건의 설정은 얼마나 가능한가?

학생들은 늘 비속어나 은어를 써도 되는지에 대해 궁금해 한다. 일상에서 욕이나 은어를 많이 사용하고 있다는 방증이다. 그러므로 소설의 내용 전개상 사실성을 살리기 위해 반드시 욕설이 필요하다면 넣어도 좋다. 그러나 모든 현실이 다 소설이 되는 것은 아니듯이 꼭 욕을 써 넣을 필요가 없다면 쓰지 말고 다른 방식으로 표현하는 것이 좋다. 왜냐하면 꼭 넣어야 하는 경우가 아닌데 불필요하게 많이 넣으면, 소설의 작품성을 떨어뜨릴 수가 있기 때문이다.

또 자살이나 살인과 같은 극단적인 사건을 설정해도 좋은가를 묻는 학생들도 있다. 소설 속에서 설정 불가능한 사건이나 상황이란 없다. 그러나 어떤 사건이나 내용은 반드시 소설의 사건 전개상 필연적인 인과관계가 있어야 한다. 단지 재미를 위해 극단적인 상황을 설정하면 진실성이나 보편성이 떨어질 수 있다. 극단적인 사건이 주는 무게는 진실성과 사실성을 바탕으로 할 때만이 의미 있으며, 그 사건의 결말과 주제와의 관계 등을 깊이 고려해야 한다. 학생 소설은 돈을 벌기 위해 쓰는 흥미 소설이 아니며, 또 사회와 삶의 거대한 파노라마를 다루는 소설을 목표로 하는 것이 아니다. 가능한 일상의 작은 사건을 통해서 얻을 수 있는 소박한 진실과 아름다움을 표현하는 것이 적당하다.

(다) 다듬기

모든 글이 다 그렇지만 소설 역시 다듬는 과정이 매우 중요하다. 여행 수필로 명성을 얻은 한비야는 자신이 쓴 글을 마흔 번이나 고쳤다고 한다. 그리고 헤밍웨이는 〈노인과 바다〉를 무려 사백 번이나 고쳤다고 하니, 한 편의 완성도 있는 글을 쓴다는 것이 얼마나 어려운지 알 수 있다.

나는 소설 쓰기 과정에서 열 번 정도 고칠 것을 미리 당부하기 때문에 거의 모든 학생들이 최소한 네다섯 번은 고친다. 많이 다듬고 고친 작품일수록 좋은 소설이 된다. 지도 교사의 열정과 학생의 인내심이 좋은 소설을 탄생시킬 수 있음을 알아야 한다.

사실 소설을 쓰는 것도 힘든데, 여러 차례 다듬어 써야 하는 일은 불가능한 것처럼 보일 수 있다. 하지만 쓰기의 첫 단계에서 다듬기의 중요성을 강조하고, 다듬는 방식을 알려 주면 즐겁게 이 과정을 소화할 수 있다. 사실은 이미 구상 단계에서 무수히 수정을 거듭하기 때문에 이미 다듬는 과정의 중요성은 충분히 알게 된다.

우선 처음 쓴 소설의 초고는 듬성듬성 썼어도 창작 계획에 맞게 전체 소설의 구성 단계가 무난하게 연결되고 있는지를 보는 것이 좋다. 대개는 일화를 중심으로 한 손바닥 소설이므로 흐름을 파악하는 일은 별로 어렵지 않다. 이때는 소설의 절정과 결말을 긴밀하게 연결하고 있는지, 주제의식이 분명하게 나타나는지 등을 본다. 사건 구성이 밋밋한 경우 극적으로 만들 수 있는 새로운 요소를 더해 주거나, 결말을 바꾸어 보는 방식으로 수정을 해 줄 필요가 있다. 극단적인 사건이라면 꿈에서 겪은 일로 바꾸어 준다든가 하는 식으로. 전체 구상 단계가 무난하게 잡혔다면, 건성으로 건너뛰어 성긴 소설을 촘촘히 채우는 일을 해야 한다. 예를 들면 다음과 같은 것들이다.

사건의 중간 중간에 더 구체적인 내용 끼워 넣기
인물의 심리 묘사, 배경 묘사, 상황 묘사 첨가하기
상황에 맞는 사실적이고 구체적인 대화 넣기

마지막에 해야 할 일은 문단 쓰기와 맞춤법 다듬기다. 문단 쓰기는 문단 간의 연결성과 차별성이 적절한지, 중언부언하는 표현이 있는지, 통일성이나 간결함을 해치는 표현들이 있는지 점검하는 것이다. 그리고 맞춤법에서 가장 많이 틀리는 것이 대화에 쓰는 따옴표의 위치다. 큰 따옴표와 작은따옴표 사용법, 낱말, 띄어쓰기 지도 등도 꼭 필요하다. 띄어쓰기는 워드로 작업하면 빨간 밑줄이 나오므로 스스로 어느 정도 수정이 가능하다. 물음표나 느낌표 등을 지나치게 많이 사용하는 경우도 지도할 필요가 있다. 교사가 시간이 부족한 경우 학생들끼리 서로 돌려보며 교정을 해 주는 것도 좋은 방법이다.

4. 감상과 평가

소설을 다 쓰고 나면 모든 학생이 다른 학생의 소설을 읽고 평가할 수 있도록 한다. 가장 좋은 것은 소설책으로 묶어서 나누어 갖고 한꺼번에 읽을 수 있도록 하는 것이다. 여유가 있다면 한 권씩 나누어 간직하면 좋은 추억이 될 수 있다. 그러나 인쇄비와 제본비 등이 들기 때문에 어려움도 있다. 인쇄된 소설책을 만들기가 어렵다면 각자 자신의 소설을 책으로 묶는 방법이 있다. 분량이 많지 않다면 각자 자신의 소설을 학급 인원 수만큼 복사해 오는 방식도 있다. 자신의 작품을 모두에게 나누어 주어 묶게 하고 표지만 따로 만들어 나누어 주면 각자 한 권의 소설책을 가질 수 있다. 만약 그것도 부담이 된다면 각자 자신의 소설을 표지를 만들어 2~3부를 만들어 오게 하여 돌려가며 읽게 할 수도 있다. 이때 소설을 쓴 사람의 소감이나 작품 후기를 붙여도 좋다.

작품에 대한 감상과 평가를 위해 소설의 뒤쪽에 평가를 하거나 의견을 쓸 수 있는 종이를 붙여 주어 모든 학생이 그 작품에 대한 의견을 쓰게 한다. 다른 사람의 소설 읽고 평가하기가 끝나면 평가에 대한 의견을 읽어 보며 작품에 대한 토론을 한다.

소설 카페를 만들어 카페에 작품을 올려 두면 오랜 시간이 흘러도 작품을 볼 수 있으며, 다른 학급 학생들의 작품을 읽을 수 있어서 좋다. 또 다음 해에 수업을 진행할 때 자료로 활용할 수도 있다. 작품에 대한 감상이나 평가를 하는 방법 중에는 카페에서 댓글을 다는 것도 효과적이다. 하루 정도 날을 잡아 컴퓨터실에서 감상과 평가 수업을 진행하면, 동시에 댓글을 달 수 있으며 다른 사람의 댓글을 즉시 확인할 수 있다.

종합 예술로의 확대

1. 영상 소설 만들기

영상 소설은 문자로 된 소설에 이미지(그림, 사진)와 음악적 요소를 가미하여 만드는 입체 소설이다. 소설과 영화의 중간쯤 된다고 할 수 있는데, 문자로만 이루어진 소설에 비해 더 풍부하고 감성적이다. 동영상을 넣을 수도 있으나, 빠르게 움직여 사라지는 동영상보다는 사진이나 그림이 주는 정지된 화면의 정적인 장면들이 훨씬 더 안정적이며 문학적이다.

  영상 소설을 만드는 방법은, 소설을 완성한 후 소설의 분위기를 살려 줄 수 있는 그림이나 사진을 넣어 편집하면 된다. 그림은 가능한 직접 그려서 사진 파일로 만들어 편집하는 것이 좋다. 또 사진도 소설의 내용을 연출하여 직접 찍어서 쓰면 훨씬 더 좋다. 그러나 시간과 노력이 많이 들어 어려운 경우에는 다른 사람의 사진이나 그림을 빌려 올 수도 있다. 다른 사람의 그림이나 사진을 직접 사진으로 찍을 수도 있고 인터넷에서 가져올 수도 있다. 인터넷에서 다른 사람의 사진이나 그림을 가져오는 경우, 책을 출판하지 않으면 저작권에 대한 문제는 없다. 편집을 할 때에는 문서 파일에 사진이나 그림을 넣어서 편집할 수도 있고, PPT로 화면을 만들 수도 있다.

영상 소설은 소설의 감상과 평가에도 매우 유용하다. 전에는 학생들의 소설을 매년 인쇄하여 책으로 묶어 돌려 읽었지만, 빔프로젝트와 대규모 화면이 교실 안에 들어온 후에는 영상 소설이 감상과 평가에도 유용하다. 자신의 소설을 화면에 띄워 놓고 배경 음악과 함께 직접 낭송하고 자신의 작품에 대한 소개와 설명을 하거나 질문을 받음으로써 모든 학생이 동시에 같은 작품을 감상하고 토론할 수 있다는 점에서 효율적이다.

소설은 1차 예술이다. 영상 소설로 만들어 입체적인 예술로 변화시킬 수도 있지만 완전히 새로운 갈래로 발전시켜 보는 것도 의미가 있다.

2. 연극 만들기

소설 창작 수업에 이어 희곡이나 시나리오 수업을 하면 갈래의 특징을 명확하게 이해할 수 있고 연극과 영화를 만드는 데도 훨씬 쉽게 접근할 수 있다. 소설과 희곡과 시나리오는 모두가 서사 구조를 갖고 있고, 극적 구성으로 짜여 문학적 이웃사촌이라 할 수 있다. 연극, 영화 수업에서 가장 어려운 일이 좋은 희곡과 시나리오를 쓰는 일이다. 이미 수십 편(다른 반까지 하면 백여 편)의 창작 소설 중 좋은 작품을 골라 희곡과 시나리오로 갈래 바꾸기를 하면 내용도 탄탄하고 공연(촬영) 준비는 훨씬 쉬워진다. 이 과정에서 사건의 내용을 바꾸거나 더 첨가할 수도 있다. 다만 누구의 어떤 작품으로 재창작한 것인지

원작을 밝혀야 한다.

　연극은 집단 예술성이 강하므로 두레 수업으로 한다. 6~8명 정도로 두레를 짜고 작가, 연출자, 음악, 영상, 조명, 무대 장치, 소품, 의상, 분장, 배우 등 역할을 분담하여 공연을 준비한다. 공연장은 교실을 90도 정도 돌려서 준비하면 아주 좋다. 운동장 쪽으로 계단식 좌석을 만들고 복도 쪽을 무대로 하되, 교실 앞뒷문으로 배우들을 등장, 퇴장시키고 복도를 무대 뒤로 사용한다. 유리문에는 연극과 관련한 무대 장치로 그림이나 글씨 등을 활용하면 좋다.

　소설은 쓰기 수업이지만, 연극은 말하기와 듣기는 물론이고 음악, 미술, 무용이 가미된 종합 예술이다. 학생들의 창의력과 문제 해결 능력, 사고력, 협동심 등이 종합적으로 이루어지는 복합적인 교육 활동이라는 점에서 가장 좋은 수업이다.

　또 영상에 친근한 세대니 만큼 영화 만들기도 좋다. 캠코더로 촬영하여 편집하는 일은 학생들이 교사보다 훨씬 쉽고 빠르게 해결하기도 한다. 그러나 간혹 컴퓨터에 접근하기 어렵거나 편집 기술을 알지 못하는 경우, 촬영기를 갖지 못한 학생들도 있으므로 사진극이나, 라디오 드라마와 같은 방법도 열어 놓는 것이 좋다.

2장

쉽고 재미있는 소설 쓰기 _구성 요소를 중심으로

1 인물

◉ 소설의 주인공을 찾아라

	나	
가족		친구
친척, 이웃		간접적으로 아는 인물

◉ 인물의 성격을 창조하라

나이   외모   성격   습관   말투   관심사

◉ 시점을 선택하라

'나는' ─────────────── 주인공의 눈
                       관찰자의 눈

'그는'
'그녀는' ────────────── 작가의 눈
'홍길동은'

네 편의 학생 소설을 읽고 소설의 '인물'에 대해 알아봅시다.
애늙은이 | 부자 행세 | 경호 | 방황

애늙은이

홍규필

내가 초등학교 5학년 때, 우리 반에 '애늙은이'라는 별명을 가진 이상한 녀석이 있었다. 나이에 맞지 않게 신기할 정도로 많은 새치와 우리 아버지보다도 많은 주름, 그리고 구부정하게 구부린 할아버지 같은 몸. 무엇보다도 아무리 생각해도 초등학교 5학년이라고는 볼 수 없는 말투까지…….

난 그 녀석이 싫었다. 하얀 새치도 싫었고, 구부정한 등도 싫었다. 가장 싫었던 건 바로 그 녀석의 '말투'였다. 예를 들면, 화가 날 때는 "이 녀석들, 혼내 줄 테다!" 하고 달려오곤 한다. 그리고 자기 혼자 궁시렁궁시렁거릴 때는 진짜 늙은 영감이었다. 궁시렁거리는 소리를 잘 들어 보면, "에구."라든가 "인생이 뭐, 그렇지." "허허." 뭐 이런 식이다.

아무튼 난 이런 이유로 5학년에 올라와서 거의 넉 달 동안 그 녀석에게 단 한마디도 하지 않고 무시해 왔다.

그러던 어느 날 그 녀석과 내가 짝이 되고 말았다. 난 그 녀석이 너무 싫었다. 어떻게 그런 녀석하고 짝이 될 수 있단 말인가. 늙은이 같은 녀석이 내 짝이라는 게 정말 싫었다. 그래서 난 그 녀석에게 괜히 말도 안 되는 일로 시비를 걸기 시작했다.

"야, 애늙은이!"

"으…… 응?"

녀석은 저를 부르는 소린지 알아들었다. 나는 신나게 놀려 댔다.

"야야야, 넌 왜 주름살이 그 따위냐? 꼭 우리 할아버지 같다."

녀석은 내가 이렇게 놀려도 아무 말도 못했다. 나는 녀석의 반응이 신통치 않자 더욱 강도를 높였다.

"야, 애늙은이! 말해 보라고, 엉? 왜 말 안 해? 야야야, 너 나이 육십 넘었지? 근데 공부 못해서 속이고 학교에 다니는 거지? 야, 흰머리 염색은 안 하냐?"

나는 손으로 그 녀석의 흰머리를 잡아당겼다.

"어떻게 할 수 없냐고, 이 늙은이야. 허리 봐라 허리, 아주 구부러지겠다. 혹시 접히는 거 아냐?"

그 녀석은 내가 흰머리를 잡아당기고 때리고 놀려도 아무 말도 안 했다. 그러다가 정 견딜 수 없으면 혼자 울거나 시무룩해 할 뿐이었다.

언제인가 녀석을 계속 괴롭히자 그 녀석이 나에게,

"이 녀석, 혼내 줄 테다!"

하며 덤빈 적이 있었다. 아무리 때리고 울리고 놀려도 가만히 있던 녀석이 그렇게 덤비니까 약간은 당황했지만, 난 그 녀석을 말 그대로 반 죽여 놨다. 그런데 그 녀석은 맞고 쓰러지고 맞고 쓰러

지고 정말 무지하게 맞으면서도 계속 일어나는 게 아닌가. 나는 정말 속으로는 놀랐다. 하지만 나는,
"어쭈? 또 일어나? 죽어!"
하며 계속 때렸다. 겉으로는 웃으며 때렸지만, 속으론 땀을 뻘뻘 흘리며 '뭐 이딴 녀석이 다 있어?' 하는 생각도 들었다.

그 일이 있은 후 얼마 동안은 녀석을 좀 덜 괴롭혔다. 하지만 며칠 있다 다시 그 녀석을 괴롭히기 시작했다. 다른 이유는 없었다. 그런 애늙은이 옆자리에서 공부하는 것 자체가 싫었다고나 할까. 그 녀석은 아무런 저항도 하지 않은 채 매일 나한테 맞고, 놀림당하고, 울었다. 그렇게 나는 그 녀석을 놀리고 때리는 게 일과였다.

그렇게 시간이 점점 지나가다 보니 나 말고 다른 친구들도 하나 둘 그 녀석을 괴롭히고 놀리기 시작했다. 그래도 난 그때까지 별일 아니라고 생각하고 있었다. 그 녀석은 원래 친구들한테 놀림 받고 매일 맞는 게 일이니까, 하고 생각을 했었다.

그러던 어느 날, 여느 때처럼 친구들이 애늙은이를 에워싼 뒤 놀리고 있었다. 그런데 아무리 놀려도 웬만하면 가만히 있던 애늙은이가 그날은 이상하게 친구들한테 욕을 퍼부으며 덤비기 시작하는 것이 아닌가? 그러자 반 친구들은 너나 할 것 없이 그 녀석을 때리기 시작했다. 그런데도 녀석은 끝까지 덤비는 걸 멈추지 않았다.

결국 그 녀석은 계속 두들겨 맞아 무참하게 무너졌다. 그리고 서럽게 울기 시작했다. 정말 서럽게 울었다. 나는 그 모습을 보면서

마음속에 묘한 감정이 움직이는 것을 느꼈다.

  그날 이후부터 나는 그 녀석에게 미안한 마음이 들었다. 그리고 반 친구들이 녀석을 놀리고 때리고 울릴 때마다 미안함과 죄책감이 더 커져 갔다. 내가 그 녀석을 그렇게 만들었기 때문일까?

  그 녀석을 맨 처음 때리고 울리고 애늙은이라는 별명을 붙이며 놀린 건 나다. 그러나 난 사과를 할 수도 친구들을 말릴 수도 없다. 이제 와서 사과를 한대도 그 녀석이 받아 주지 않을 것 같았다. 그리고 그 녀석이 특이했던 게 사실이니까 말이다. 나는 나도 모르게 슬그머니 내 잘못을 합리화하고 있었다. 난 아무 죄가 없다고, 미안해 하지 않아도 된다고 나를 달래며 학교생활을 해 나가고 있었다.

  그러던 어느 날, 일이 터졌다. 그날도 친구들이 그 녀석을 엄청 괴롭혔는데 그 녀석이 미친 듯이 달려들어 덤비기 시작한 것이다. 싸움은 말릴 틈이 없이 번졌고, 결국 그 녀석은 머리가 깨지고 말았다. 머리에서 흘러내리는 피……. 그 피를 보는 내 심정은 착잡했다. 꼭 내가 그렇게 만든 것 같아서 말이다. 나는 어떻게 이 일을 수습해야 할지 몰랐다. 내가 처음에 저 녀석과 잘 지냈으면 어떻게 됐을까? 저 녀석을 놀리지 않았다면 어땠을까? 중간에라도 사과하고 괴롭힘을 멈추었으면 얼마나 좋았을까? 정말 후회가 되었다.

  그 녀석은 머리에서 피를 흘리면서 그냥 서서 혼자 울고 있었다. 아무도 도와주지 않았다. 선생님도 없었기 때문에 그 녀석을 도와

줄 사람은 아무도 없었다. 그때 내가 나서서 도와줬어야 했다. 근데 난 그 녀석을 도와주지 못했다. 그 녀석을 도와준다면 왠지 나도 그 녀석처럼 될 거라는 생각이 들었기 때문이다. 미안하고 죄책감에 시달리면서도 난 그 녀석을 도와줄 용기가 없었던 것이다.

그 다음 날 녀석은 머리에 붕대를 감고 왔다. '별거 아니다. 이쯤이야, 뭐.' 이런 표정이었지만, 그 녀석은 정말 억울했을 것이다. 나는 점점 더 모든 것이 나 때문이라는 생각을 떨칠 수가 없었다.

'내가 그 녀석을 처음에 괴롭히지만 않았다면, 그랬다면 그 녀석은 이렇게 반에서 혼자가 되지는 않았을 것이다!'

그 뒤부터 그 녀석은 학교에 잘 나오지 않았다. 일주일에 한 번 빠질 때도 있었고, 일주일에 두 번, 어떤 때는 세 번, 점점 학교에 안 나오는 날이 많아졌다. 그리고 그 녀석이 전학 간다는 소문이 돌기 시작했다.

난 머리가 아파 왔다. 전학 가기 전에 꼭 그 녀석에게 사과를 하고 싶었다. 지금까지 내가 저질러 온 못된 짓들…… 모두…… 사과하고 싶었다. 그래서 나는 사과를 하기로 마음먹었다. 녀석에게 사과할 기회를 노리고 있을 무렵, 결석을 하던 그 녀석이 학교에 왔다. 정말 반가웠다.

그런데 그 녀석 뒤에는 아버지로 보이는 사람이 서 계신 게 아닌가? 아버지의 표정이 많이 안 좋아 보였다. 그 녀석의 아버지도 반에서 그 녀석이 당한 일과 혼자 지내 온 걸 아시는 것 같았다. 선생님은 그 녀석을 앞으로 나오게 한 뒤 이렇게 말했다.

"상명이가 전학을 가게 되었습니다. 그동안 많은 일들이 있었습니다. 상명이와 이야기를 나눌 사람은 말하세요."

아무도, 아무도, 아무 말도 하지 않았다. 그렇게 몇 분이 지났을까. 그 녀석이 나에게 터벅터벅 걸어왔다.

"에헴…… 어이, 나 간다. 그려…… 에헴, 그동안 수고…… 많았다아. 에헴…… 뭐…… 그렇지……. 허허."

난, 그 순간을 아직도 생생하게 기억한다. 난, 그 순간, 사과를 했어야 했다. 그런데 모든 시선이 나에게 집중되는 걸 느꼈다. 그리고 난, 정말 바보처럼 아무 말도 안 하고 시선을 돌리고 말았다.

내가 그 녀석을 가장 많이 괴롭혔지만…… 그 녀석은…… 나를 그래도 친구로 생각하는 것 같았다. 그런데도 난 그 녀석을 마지막까지 외면했던 것이다. 그 녀석의 마지막, 나가는 그 뒷모습을 보며 나는 속으로 너무 미안했다.

그깟 자존심 하나 버리는 게 그렇게도 어려웠던 것일까? 그렇게도 못되게 굴었던 나를 친구로 생각해 준 그 녀석을 끝내 외면하고 말다니……. 나는 정말 용서받을 수 없는 나쁜 놈이었다.

중학교 2학년이 되었다. 내 머릿속에서 '애늙은이'라는 단어는 잊은 지 오래다. 하루는 친구와 집에 가는 길에 문득 친구가 이런 말을 꺼냈다.

"야, 너 애늙은이 기억하냐?"

"응? 응……. 당연히 기억하지. 근데, 왜?"

"아, 그 녀석, 버디에서 만났는데 너 보고 싶다고 하더라. 버디 알려 달라고 그러던데. 걔한테 네 버디 알려 줘? 알려 주지 마?"

나는 순간 당황스러웠다. 나도 모르게 이런 말이 튀어나왔다.

"응? 아니 됐어."

난 이번에도 역시 그 녀석에게 미안함만을 남길 수밖에 없었다. 난 그 녀석에게 말을 걸 자신이 없다. 더구나 그 녀석에게 사과할 자신은 더욱 없다.

돌아오는 길에 나는 곰곰 생각했다. 이제 와서 생각해 보면, 난 그 녀석의 흰머리나 주름, 그런 것들 때문에 그 녀석을 싫어한 게 아닌 것 같다. 그 녀석을 볼 때마다 그 녀석의 어른스러운 태도에 질투가 났던 것일지도 몰랐다. 그 녀석은 언제나 어른스러운 태도로 선생님들한테도 칭찬을 받았으니까.

나보다 못생기고 주름살 많고 애늙은이 같은 녀석이 나보다 선생님들한테 칭찬을 많이 받고 공부를 잘하는 게 건방져 보였기 때문에, 말도 안 되는 이유로 그 녀석에게 시비를 걸었던 것이다.

난 정말 나쁜 놈이다. 아니 바보 같은 놈이다. 지금도 그 녀석에게 사과할 자신이 없으니까.

부자 행세

서명우

나는 현재 변호사로 일하고 있다. 나에게는 부끄러운 추억이 있다. 나의 중학교 시절 이야기이다. 그때 내가 왜 그런 짓을 했는지 모르겠다. 오랫동안 말하지 못했던 나의 부끄러운 과거 이야기를 들려주고 싶다.

중학교에 처음 들어갔을 때다. 돈이 많아 보이는 애가 있어서 그 애 옆으로 갔다.

"안녕?"

나는 의자에 앉으며 핸드폰을 꺼내 들었다. 내 핸드폰은 값비싼 최신 핸드폰이었다. 애들이 부러운지 나에게 몰려들었다. 그때의 기분이란! 그 아이도 내 핸드폰을 보고는 놀란 듯한 표정을 지었다. 그 애가 나에게 물었다.

"야! 니네 집 잘사나 보다? 벌써부터 비싼 거 사 주고?"

그 애는 내가 자기보다 좋은 핸드폰을 가지고 있는 게 질투가 나는지 비꼬듯 말했다. 나는 좀 더 뽐내려고 아빠의 직장과 직위를 말했다.

"우리 아빠가 어디 다니시는지 알아?"

"어디 다니시는데?"

"우리 아빠 현대그룹 부사장이셔."

애들은 내 말을 듣고 놀라워했다. 그런데 내 옆에 있던 아이가 이러는 게 아닌가.

"그래? 우리 삼촌이 현대그룹 다니는데, 물어봐야겠다."

헉! 나는 깜짝 놀라 다시 말했다.

"아, 미안. 헛말이 나왔다. 우리 아빠는 삼성 부사장이야!"

나의 중1 첫날은 이렇게 지나갔다.

나는 내가 말한 아빠의 직위만큼 부잣집 아들로 보였을 거다. 신발은 물론, 시계 등 모두가 명품 브랜드인 고가의 물건들이었기 때문이다. 내가 가진 물건들을 모두 합치면 몇백만 원은 되었을 것이다. 하지만 우리 집은 부자가 아니었다. 그렇다! 나는 단지 부자 행세를 했을 뿐이다.

우리 집은 그냥 평범했다. 아버지는 채소를 팔았고, 어머니는 감자탕 가게를 하셨다. 그러니까 내가 친구들에게 말했던 아버지의 직업은 뻥이었던 것이다.

거짓말 행세를 하고 다니게 된 계기는 일곱 살 때쯤 있었던 일 때문이다. 어느 날 나는 엄마랑 손을 잡고 걸어가고 있었다. 가는 방향에 장난감 가게가 있었는데, 나와 비슷한 또래의 아이가 최신 장난감을 가지고 나오는 것을 보았다. 나도 그것을 사고 싶다는 마음이 들었다. 그것이 내 열등감의 시작이었다.

넉 달 후, 내 생일날이었다.

"그랜드 맨!"

"그랜드 맨!"

갖고 싶은 그랜드 맨을 외치면서 집 안을 누비고 다녔다. 저녁 5시. 드디어 생일파티 하는 시간! 초대한 유치원 친구들과 함께 막 생일파티를 하려고 했다. 그런데 5시 1분이 되려는 순간, 한 통의 전화가 왔다. 엄마는 요리를 하시다 전화를 받으셨다. 갑자기 엄마 얼굴이 빨개지며 눈물을 흘리셨다. 그리고 유치원 친구들을 모두 집으로 돌려보냈다. 나는 뭔가 좋지 않은 일이 터졌음을 직감했다.

아빠가 교통사고를 당하신 것이었다. 나는 눈물이 났다. 아빠가 다친 것도 마음이 아팠지만, 그보다도 그토록 갖고 싶었던 장난감을 갖지 못한 아쉬움이 컸기 때문이었다.

'아! 내 그랜드 맨……'

나는 주저앉고 말았다. 그 사고로 인해 엄마는 감자탕 가게를 하게 되었고, 나의 열등감은 심해졌다. 그 열등감은 초등학교 시절에도 계속되었다. 그때부터 나의 거짓말 인생이 시작되었다.

나는 초등학교에 입학할 때 엄마를 졸라서 정장을 입었고, 돈도 두둑이 가져가서 애들 앞에서 과시를 했다. 애들이 물을 마실 때 나는 음료수를 마셨다. 나는 부자 행세를 하고 있었다.

내가 부자가 아니라는 걸 들키기 싫어서 우리 집에 애들을 절대로 데리고 가지 않았다. 그래서 특별히 친한 친구도 없었다. 그렇게 나의 초등학교 여섯 해가 지나고 중학생이 되었다.

중학생이 되고 몇 달이 지나 중간고사가 끝난 후 성적표가 나온 날이었다. 선생님께서 꼬리표를 나누어 주셨다. 친구가 내 점수를 보고는,

"야! 너 어디 학원 다녀?"

하고 물었다. 나는 또 거짓말을 했다.

"나? 과외하는데. 왜?"

"아니, 니가 다니는 학원에 나도 다니려고 했지……."

그 친구는 기가 죽은 듯 말끝을 흐렸다. 과외, 이것도 거짓말이었다. 나는 한 달에 20만 원 정도인 학원에 다니고 있었지만, 부자 행세를 해야 해서 과외를 한다고 했던 것이다.

거짓말을 들키지 않기 위해서는 피나는 노력을 해야 했다. 그건 몹시 피곤한 일이었다.

하루는 내 옆에 앉는 진호가 명품 브랜드 점퍼를 입고 왔다.

"어제 우리 엄마가 백화점에 갔다가 좀 싼 거 사 왔더라. 그래서 한번 입고 와 봤어."

라고 진호가 말하자, 나는 목에서 열이 치밀어 오는 듯한 통증이 느껴졌다.

'나는 저것보다 더 비싼 거 사야지.'

하고 마음속으로 다짐을 했다. 머리를 굴리고 또 굴려 생각해 낸 것이 학원비를 안 내고 한 달 동안 학교 공부를 죽어라 하는 것이었다. 그리고 한 달 동안 전단지 돌리는 아르바이트를 해 돈을 모

을 생각이었다.

그래서 나는 전단지 아르바이트를 시작했다. 약 열흘 정도 되었을 때다. 그날도 여느 날처럼 열심히 전단지를 돌리고 있었다. 그런데 하필 진호를 만난 것이다. 명품 점퍼를 입고 있는 그 요주의 인물을! 진호는 의아하다는 듯이 말했다.

"유형! 너 여기서 뭐 하냐?"

전단지를 보면서 말을 건넸다. 이마에서 땀방울이 찔끔찔끔 나오고 있었다. 나는 머리를 굴리며 얼른 거짓말을 만들었다.

"나? 돈의 소중함을 알고 있는 중이야."

"전단지 돌리는 게 돈의 소중함을 아는 거냐?"

녀석은 비꼬듯이 말했다.

"나는 용돈을 안 받고 스스로 돈을 모으려면 얼마나 노력해야 하는지 알려고 알바하고 있어."

"정말? 좀 이상하네. 삼성그룹 부사장 아들이 돈의 소중함을 알기 위해 전단지를 돌리고 있다니. 지나가던 개가 웃겠다."

녀석은 내가 아주 싫었나 보다. 그딴 식으로 말하다니……. 한 대 쥐어박고 싶었지만 참으면서 말했다.

"마저 돌려야 되거든. 내일 보자!"

그렇게 한 달. 학원비까지 합쳐서 꽤 거금을 모았다. 그렇게 모은 돈으로 드디어 값비싼 점퍼를 살 수 있었다.

그리고 나는 그걸 입고 학교에 갔다. 그때 아이들은 모두 놀라 나에게 다가왔다. 내 위상이 한층 더 올라간 느낌이 들었다. 나의 황홀함은 이루 말할 수 없었다.

　기말고사를 앞둔 어느 날이었다. 국사 선생님께서 조별 숙제를 내줬다. 그런데 문제가 생겼다. 애들이 함께 조별 숙제 할 장소를 만장일치로 우리 집으로 정한 것이다. 안 된다고 하면 친구들이 의심할까 봐 나는 어쩔 수 없이 오케이 해야 했다.

　집에 와서 어떻게 이 위기를 모면해야 할지 많은 생각을 했지만 이래도 저래도 생각이 안 났다. 고민을 거듭하고 있는데 엄마가 전화를 받았다.

　"유형아! 삼촌이다!"

　나는 얼른 가서 전화를 받았다. 삼촌이 외국에서 두 달 후에 돌아온다는 얘기를 들었다. 나는 기뻐서 "삼촌! 삼촌! 삼촌!" 하고 외치며 집 안을 돌아다녔다. 삼촌은 오실 때마다 선물을 사 주셨기 때문이다. 그때 문득 삼촌을 이용해야겠다는 생각이 들었다.

　'그래! 그거야!'

　나는 우리 집을 삼촌 집인 것처럼 속이기로 했다.

　"으음, 그래. 그것은 이렇게 저것은 저렇게……. 좋아! 잡혀 가는군."

　나는 잠시 동안 집 안의 배치를 바꾸며 이런저런 생각들을 하고 있었다. 최종 결정을 내리고 곤히 잠이 들었다.

　D-day!

　드디어 친구들과 함께 우리 집에서 수행평가 숙제를 하는 날이 되었다. 나는 학교가 끝난 후 우리 집 근처, 친구들이 아는 곳에서

5시에 만나기로 하고 얼른 집으로 뛰어가 가구의 배치를 바꾸고 좀 화려하게 해 놨다. 부모님들은 늦게까지 일하셔서 걸릴 위험도 없었기 때문에 편안하게 생각하고 있었다. 딱 하나 걸리는 게 있다면 진호가 우리 조라는 것!

"안녕!"

나는 애들을 데리고 우리 집에 갔다. 우리 집을 본 애들은 좀 실망한 눈치였다. 나는 그 표정을 보고 바로 말했다.

"여기 우리 삼촌네 집이야!"

"뭐?"

애들은 놀란 듯 말했다.

"우리 부모님은 지금 회사에서 공장 개발 중인 경상도에 가셨어. 그래서 삼촌이랑 살고 있어."

"아! 그렇구나. 우린 몰랐어!"

그러나 진호 녀석은 미심쩍은지 인상을 약간 쓰고 있었다. 나는 애들을 부추겨 집에 빨리 들어갔다. 우린 들어가서 열심히 숙제를 했다.

그런데 한 6시쯤, '띵동' 하는 소리가 들렸다. 나는 '누구지?' 생각하며 문을 열었다.

"누구세요?"

'헉!'

"형아! 나 왔어."

내 동생 유강이었던 것이다. 근데 이 상황에서 우리 엄마가 일곱 살짜리 동생과 나를 삼촌에게 맡겨 두고 갔다고는 할 수가 없었다. 일곱 살짜리는 아직 엄마 품이 필요한 나이가 아닌가? 또 삼촌이 어린애를 돌볼 시간이 없기 때문이다. 나는 유강이를 타일러서 나가서 놀라고 말했다.

"유강아! 형아가 돈 줄 테니까 과자 사 먹고 친구 집에 가서 놀다 올래?"

"음……, 시로!"

'이런…….'

"유강아! 놀다 오면 형아가 나중에 장난감 사 줄게."

나는 거의 애원을 했다.

"알았써. 빠바. 놀다 온다."

'윽! 저 몹쓸 것!'

휴! 한 고비 넘겼다.

10분 후 또 '띵동' 소리가 들렸다.

"유강이니? 귀찮게 왜 금방 왔대?"

하며 문을 열었다.

"아! 엄마!"

맙소사! 엄마였던 것이다. '경상도에 계실 분이 왜 여기 계시냐고요.' 이런 경우를 두고 엎친 데 덮친 격이라고 하는 것인가?

"유형아? 뭐 하고 있니?"

"엄마, 왜 왔어?"

"도장 좀 가져가려고. 왜 그러는데?"

엄마가 의아해 하며 물었다.

"내가 가져다드릴 테니 여기 있어."

"그래."

나는 쏜살같이 달려서 가져왔다.

"엄마, 여기."

"응, 그래. 공부하고 있어라."

"예."

휴! 두 고비를 넘겼다. 숙제도 다 끝나 가고 아무도 안 왔기 때문에 마음이 안정되고 있었다. 그런데 헉, 이게 무슨 소린가?

'띵동'

'혹시 아빠 아냐?'

불안감에 가슴이 떨렸다. 아빠를 밖에 세워 둔다면 날 버르장머리 없게 생각할 것이고 또 의심할 것이다. 그럼 나의 거짓말은 다 끝장날 것이다. 나는 울먹이며 문을 열었다.

"피자 왔습니다! 죄송합니다. 약속 시간을 어겨서 한 판 더 가져왔습니다. 맛있게 드세요!"

'쾅!'

문이 닫혔다. 내 두 손에 들린 피자 두 판. 나는 너무 황당했다. 두 시간 전에 시켰던 피자가 지금 오다니!

이렇게 조별 숙제는 여러 아슬아슬한 고비를 넘기며 끝났다. 그때 나는 죽을 맛이었고 다음부터는 절대로 아이들을 데리고 오지 말아야겠다는 생각을 했다.

그 사건 후 얼마 뒤, 학교에서 학부모 직업을 알기 위한 설문 조사를 했다.
"김부식! 아버지 경찰, 어머니 가정주부. 맞냐?"
"예."
"강유형! 아버지 상업, 어머니 상업. 맞냐?"
애들은 그 말을 듣고 모두 놀라는 표정이었다. 나는 놀라서,
"예?"
하고 되물었다. 나는 교탁으로 나가면서,
"아닌데요!"
하고 크게 말한 뒤, 선생님한테 가서 조그만 소리로 엄마의 직업은 맞다고 했다. 나는 다시 자리로 돌아갔다. 애들은 '그러면 그렇지. 혹시 쟤가 거짓말을 하겠어?' 하는 표정이었다.
쉬는 시간이었다. 내 옆에 있던 진호가 말했다.
"이제야 알았어, 너의 정체를! 강유형!"
'어잉? 이건 왠 이상한 소리?'
"강유형! 넌 삼성그룹 부사장의 아들이 아니야! 너희 집은 평범하게 사는 집이야. 그렇지?"
"뭔 소리야?"
"처음에 만났을 때 네 아빠가 우리 삼촌이 다니는 회사 부사장이라고 했던 거. 또 저번에 부모님이 경상도에 개발 때문에 가 계시다고 했지? 내가 우리 아버지한테 물어보니까 아니던데? 삼성은 전라도에서 개발을 하고 있었어. 그리고 그날 조별 숙제 할 때 니

네 엄마랑 하는 소리 다 들었어. 화장실이 문 있는 쪽이어서 가고 있는데, 니네 엄마랑 얘기하고 있더라? 그리고 가장 확실한 정보는 오늘 선생님이 말한 학부모 직업이야. 너는 단지 열등감 때문에 남들 앞에서 부자로 보이고 싶었던 거야!"

나는 그 말을 듣는 순간 너무 슬펐다. '이제 내 거짓말 인생도 끝났구나.' 우리 반 애들은 그 말을 듣고 모두 깜짝 놀랐다. 나는 이제 부끄러워서 어떻게 살아야 할까? 앞이 캄캄했다.

학교가 끝난 후 집에 가서 이불을 뒤집어쓰고 눈물을 삼키며 잠을 잤다.

'이제 돈 쓸 일도 별로 없겠다. 이제 뭐 하고 살지? 거짓말 하던 게 없어지니까 많이 허전하네.'

그 후 나는 나흘이나 결석을 하고 나서 학교에 갔다. 교실에 들어가니 애들이 모두 나를 쳐다보고 있었다. 점심시간이 끝나고 교실에 들어가는 순간, 갑자기 폭죽이 터지고 풍선이 교실 위에 둥둥 떠 있었다. 나는 어리둥절했다. 애들은 모두 하나같이 웃음 띤 얼굴들이었다. 나는 영문을 몰랐다. 진호가 말했다.

"야! 강유형! 사내자식이 그거 하나 들켰다고 그렇게 오래 학교에 안 나오냐? 니가 노력했던 결과가 한순간에 나 때문에 없어졌지만, 그만큼 우리도 속았다. 알지? 실망하지 마. 어깨 쫙 펴고 살아. 우리 너를 부자 친구 강유형으로 생각할 거야. 알겠지?"

나는 그 말을 듣고 깜짝 놀랐다. 그리고 엄청 감동을 받았다.

"얘들아! 못난 나를 이렇게 생각해 주다니. 정말 고마워."

나도 모르게 눈물이 핑 돌았다.
"강유형! 환영한다!"
하고 반 친구들이 큰 소리로 외쳤다.

이렇게 나의 거짓말 인생은 끝났다. 중학교 친구들은 나의 평생 친구가 되었고, 특히 내 짝이었던 진호는 나와 가장 친한 친구가 되었다. 나의 열등감을 긍정적으로 이해해 준 친구들 덕에 나는 그 아픔을 극복할 수 있었다.

경호

양해성

날씨가 추워진다. 서늘한 바람이 부는 거리를 걸으며 나는 생각한다. 초등학교 시절…….

우리 4학년 6반은 학교에서 꽤 유명한 반이다. 바로 전교의 문제아 이철민과 전교의 왕따 안경호가 있기 때문이다. 그래서 담임 선생님이 많이 힘들어 하셨다.

점심시간 종이 울린다. 이번 급식 당번은 우리 조이다. 우리 학교는 식당이 없어서 교실에서 급식을 먹는다.

"야, 나 그거 조금만 더 주라!"

먹보 동진이가 보챈다.

"안 돼! 다른 애들도 먹어야 돼."

갑자기 반이 시끄러워진다.

"야, 자꾸 이럴래? 쫌만 더 줘."

"아, 안 돼. 선생님이 이렇게 주라고 하셨어."

미경이는 철민이의 말에 쩔쩔매고 있다.

"알었어. 알았다구!"

다행히 이번에는 가볍게 끝났다. 사실 이런 일은 점심시간마다 항상 반복된다. 한바탕 이런 싸움이 끝나야 자유롭게 뛰어노는 시간이 온다.

선생님이 교무실로 가시면 철민이의 시간이다. 철민이는 당연하다는 듯이 경호 책상 앞으로 걸어갔다. 철민이 옆에는 부하인 종건이와 동균이가 있다. 사실 종건이와 동균이는 철민이가 부자인 것을 알고 따라다니는 것이다.

"야! 안경호!"

경호의 이름을 부르면서 머리를 치고, 이어서 등을 친다. 경호가 쳐다본다.

"뭘 야려? 뒤질래?"

난 말리고 싶었지만 어쩔 수 없었다. 경호가 불쌍해 보였다.

경호가 왕따가 된 이유는 공부를 못하고 엉뚱해서이다.

"왜 이래? 이러지 마."

"왜 이래?"

철민이는 계속 경호를 때렸다. '왜 이래?'라는 말을 해서 더욱더 심하게 때렸다. 이렇게 왕따당하고 매를 맞는 경호를 돕고 싶지만, 자칫 잘못했다가는 철민이에게 맞을 수 있었기 때문에 나는 물론 다른 아이들도 도울 수 없었다.

나는 경호가 그렇게 싫지는 않다. 그리고 사실 경호는 누구보다 착한 아이라는 걸 잘 안다.

학교를 마치고 친구 영종이와 같이 피시방에 갔다. 나는 영종이에게 말했다.

"야! 너 경호 알지?"

"응, 알지. 걔 오늘 또 철민이한테 맞았다며?"

"어."

"나 같으면 엄마한테 얘기해서 전학 간다구 하겠다. 안 그래? 학교가 싫겠다. 그치?"

난 잠시 동안 생각했다. 영종이의 말이 틀리지 않았다. 그런데 경호는 계속 철민이에게 괴롭힘을 당해도 항상 밝은 표정으로 학교에 등교한다. 이런 생각에 사로잡혀 있는데 영종이가 말했다.

"야! 뭐 해? 게임 안 해?"

"응, 할게."

나는 경호 생각을 떨쳐 버리려고 애를 썼다.

다음 날. 아침을 알리는 해가 떴다. 오늘은 다른 날보다 일찍 일어났다. 내가 오늘 주번이기 때문이다. 서둘러 옷을 입고 밥을 먹고는 부지런히 학교에 갔다. 교실에 가방을 두고 쓰레기통을 비우러 쓰레기장으로 갔는데, 어디선가 이상한 소리가 들려왔다.

"많이 먹어야 돼, 응?"

나는 소리가 나는 곳으로 조심스럽게 걸어갔다. 경호가 토끼장에서 먹이를 주고 있었다. 그 모습을 보고 놀랐다. 그동안 사실 경호가 불쌍하기는 했지만, 나 역시 '경호는 바보', '경호는 아는 게 없어', '경호는 아무 생각도 없어' 하고 생각해 왔기 때문이다. 그런데 지금 경호의 모습은 내가 보아 온 그런 모습이 아니었다. 경호는 마치 어린아이들을 보살피는 부모님이나 아이들을 가르치는 선생님처럼 아주 친절하고 다정하게 토끼에게 말을 걸고 있었다.

"얘들아, 많이 먹어라. 더 줄게."

"싸우면 안 돼. 사이좋게 놀아야지. 욕심 부리면 못써요."

"아이, 착하지!"

숨어서 이 광경을 본 후 내 자신이 부끄러웠다. 하지만 아무에게도 그 이야기를 하지 않았다. 아이들이 그것을 빌미로 경호를 또 괴롭힐 것을 알기 때문이다. 나는 경호가 토끼들에게 먹이를 주며 아주 활짝 웃던 밝고 깨끗한 얼굴을 잊을 수가 없었다. 경호의 얼굴은 어떠한 꽃보다 아름답고 순수하고 맑았다.

아이들이 등교하기 시작했다. 그 틈에 경호도 오고 있었다. 나는 경호를 살짝 보고 1교시 준비를 했다.

순간 나는 '아차' 했다. 주번이어서 빨리 오는 바람에 체육복을 가지고 오지 못했다는 사실을 알았기 때문이다. 나는 서둘러 다른 반에 가서 체육복을 빌리려고 하였으나 다른 반 아이들은 수업이 없어서인지 가지고 있지 않았다. 난 점점 초조해져만 갔다.

우리 담임 선생님은 여선생님이지만 엄청 무서운 분이다. 어떤 때는 친절하게 대해 주시지만, 숙제나 준비물을 안 가지고 오는 것에 대해서는 무섭게 야단을 치는 분이다. 아마 한 시간 동안 벌을 서고는 반성문을 써야 될 것이다.

나는 초조한 마음으로 교실을 둘러보았다. 이미 반 아이들이 모두 운동장에 나가고 아무도 없었다. 나는 당황했다. 그냥 이렇게 혼난다고 생각하니 어쩔 줄 몰랐다. 그때, 아주 뜻밖의 일이 일어났다. 내가 체육복을 안 가지고 온 것을 어떻게 알았는지 경호가 나에게 체육복을 빌려 주는 것이었다.

"내 거 입고 가. 난 배가 아파서 못할 것 같아."

경호는 체육복을 주고는 교실을 나갔다.

내가 운동장으로 달려가 줄을 섰을 때 선생님은 출석을 체크하셨다.

"경호, 안경호 어딨어?"

선생님은 잠시 경호를 찾았지만, 곧 아무 일 없다는 듯이 수업을 진행하셨다. 경호가 수업 시간에 사라지는 것은 흔한 일이기 때문이다. 그래도 체육 시간만은 사라지지 않았는데…….

체육 시간에는 피구를 했다. 온몸에서 땀이 비 오듯 흘러내렸다. 수업 종이 치자 나는 서둘러 물을 마시고는 교실에 들어갔다. 체육복을 경호 사물함에 넣은 뒤에 내 자리에 앉아서 친구들과 이런저런 이야기를 하고 있었다. 그런데 갑자기 미경이가 울먹이면서 반 전체에게 말했다.

"내 엠피스리가 없어졌어."

미경이는 엠피스리를 생일 선물로 받았다고 우리에게 자랑하고 다녔다. 매우 비싼 거라서 모두들 부러워했다. 그런데 그 엠피스리가 없어졌다는 것이다.

"애들아. 찾아 줘."

이 일은 우리가 해결할 수 없었다. 결국 선생님의 도움을 받을 수밖에 없었다.

"미경이 엠피스리 가져간 사람, 지금 자수하면 용서해 주겠어요. 어서 나와요."

아무도 나가지 않았다.

"용서해 주겠다고요, 어서 나와요!"

선생님 말이 점점 험해지고 있었다. 그런데 갑자기 철민이가 손을 들고 말했다.

"선생님, 경호가 범인이에요."

"정말이니?"

"선생님, 사실 체육 시간에 경호가 엠피스리를 들으면서 토끼장 쪽으로 가는 걸 봤어요."

누군가가 말했다.

"경호야, 그 말이 사실이니?"

"아냐, 아냐."

경호는 고개를 저었다. 나는 경호를 의심하는 것은 무리라고 생각했다. 아무리 엠피스리를 갖고 싶어도 경호는 그런 일을 할 애가 아니다. 그런데 철민이는 경호의 가방을 뒤지기 시작했다. 그러곤 자랑스럽게 말했다.

"선생님, 이거 보세요. 미경이 엠피스리와 똑같은 것이 있어요."

"안경호! 아무리 갖고 싶다 해도 이런 일까지 하다니……. 오늘 수업 끝나고 남아라."

"아니야. 그건 내 거야."

경호가 소리쳤다.

"너, 이 녀석!"

우리 반은 갑자기 술렁이기 시작했다. 경호의 가방에서 나온 정확한 증거를 나는 믿을 수 없었다. 나에게 순수하고 착한 모습으로만 보이던 경호가 그런 아이일 줄은 몰랐기 때문이다. 나는 경호에 대해서 다시 생각하게 되었다. 경호의 순수한 행동은 거짓이었던 것일까?

"야, 쟤 진짜 웃기지 않냐?"

경은이가 속삭이면서 나에게 말했다.

"철민이 웃는 것 좀 봐. 이제 경호 괴롭힐 이유가 또 생겼네."

나는 경호에게 배신감마저 느꼈다. 그 뒤로 나는 경호 근처에도 가지 않았다. 그리고 경호가 괴롭힘을 당할 때 나도 같이 괴롭혔다. 경호가 아무 반응도 하지 않자 더욱 괴롭히게 되었다.

그 일이 일어난 뒤 일주일이 지났다. 나는 철민이 패거리들과 함께 경호를 괴롭히고 있었다. 그때였다. 어디선가 비명 소리가 들려왔다.

"그만해!"

미경이였다. 모두가 미경이를 바라보았다.

"그만해. 그만하라고. 경호 그만 괴롭혀!"

미경이는 약간 쑥스러웠는지 뒤로 물러서서 말을 이어 나갔다.

"경호가 내 엠피스리를 가지고 가지 않았어."

그때, 철민이가 미경이를 째려보았다. 미경이는 약간 주춤했다.
"사실……, 사실은……."
"무슨 헛소리야? 니 엠피스리를 가져간 건 경호야!"
철민이가 소리쳤다.
"아냐. 사실은 이 엠피스리는 경호 거야."
때마침 선생님이 들어오셨다.
"무슨 말이니, 미경아?"
"사실은요, 제 엠피스리는 옆 반 민지가 빌려 갔었어요. 저는 그것도 모르고 잃어버린 줄 알았죠."
"그런데 왜 이야기하지 않았니?"
"철민이가 저를 협박했어요. 그냥 잃어버린 걸로 하라고요."
"저는 엠피스리가 더 생겨서 좋았지만, 경호가 계속 맞고 있는 것을 보고 이러면 안 된다고 생각했어요."
"철민아, 정말이니?"
"아니에요. 미경이, 너 죽었어."
"이철민, 정말이야?"
"……."
"너, 이 녀석 안 되겠다. 부모님 오시라고 해라. 그리고 네가 매일 경호 괴롭히는 거 내가 모르는 줄 알아?"
나는 이 모든 게 이해가 가지 않았다. 지금까지 알고 있었던 사실이 모두 거짓이라니……. 나는 갑자기 아픔과 허탈감, 미안함, 이런 감정 때문에 휘청거렸다.

난 정말 나쁜 놈이다. 경호가 아무리 나쁜 짓을 했어도 믿어 주어야 했던 내가, 적으로 돌변해 경호를 괴롭히다니……. 나는 아직도 두려움에 떨고 있는 경호를 보았다. 그런 경호를 보고 나니 죄책감이 커져만 갔다. 나는 경호를 볼 수가 없었다.

"경호야, 니 엠피스리 돌려줄게."

미경이가 경호에게 엠피스리를 건네주었다.

경호는 부들거리는 손을 내밀어 그것을 받았다. 그 모습을 보니 더욱더 고개가 숙여졌다. 하지만 경호는 엠피스리를 받아들고 나에게 살며시 미소를 지어 주었다.

그 뒤로 나는 경호에게 좋은 친구가 되어 주려고 애를 썼다. 나뿐만 아니라 우리 반 아이들 모두 마찬가지였다. 자신들의 잘못을 뉘우치는 의미에서 경호에게 잘 대해 주기 시작한 것이다. 물론 철민이도.

처음에 철민이는 경호를 거칠게 대했지만, 점점 우리를 의식했는지 경호와 사이좋게 지내게 되었다. 그리고 겨울방학이 시작되는 날이 왔다. 새로움과 아쉬움이 교차하는 시기였다.

그러나 방학이 시작되던 날, 경호는 우리 곁을 떠났다. 다른 곳으로 이사를 가게 된 것이다. 나는 경호를 위해 자그마한 파티를 열어 주었다. 그때야 나는 진정한 친구에게 무엇이 필요한 것인지를 알게 되었다.

방황

김나경

"용돈 좀 줘! 항상 부족하단 말이야!"
"……"
"그리고 나 옷 좀 사 줘. 옷이 이게 뭐야. 창피하단 말이야."
수현이는 발을 동동 굴렀다. 하지만 엄마의 대답은 늘 똑같다.
"엄마가 돈이 없어서 그래. 나중에 돈 생기면 줄게."
"아, 정말 짜증 나."
오늘도 수현이는 엄마에게 화풀이를 하고선 집을 나섰다.
엄마가 부르는 소리는 귀에 들리지도 않았다. 있는 힘껏 대문을 발로 차며 집을 나왔다.
수현이는 요즘 들어 엄마와 싸우는 일이 잦다. 사소한 일에도 짜증이 났고 주위의 모든 것들이 불만스러웠다. 수현이는 가파르고 낡은 계단을 투덜거리며 내려왔다. 그러곤 분이 풀리지 않았는지 애꿎은 돌멩이를 발로 찼다. 심통이 나서 욕을 중얼거리며 느릿느릿 학교로 발걸음을 옮겼다.
하늘은 수현이의 마음처럼 회색빛이었다. 꼭 비가 올 것만 같았다. 수현이는 이 낡은 동네가 싫었고, 작고 초라한 집이 부끄러웠다. 어려서부터 수현이의 집은 가난했고, 남들이 다 하는 외식도 한 번 한 적이 없었다. 그리고 매일 먹다시피 하는 라면이 지겨웠다. 혼자서 끓여 먹는 라면은 초라하고 외로웠다. 가난한 집안 형편 때문에 용돈은 꿈도 꾸지 못했다. 남들처럼 용돈으로 옷도 사고 싶고 먹을 것도 마음껏 먹고 싶었다. 수현이는 이 모든 것이 화가 났다.

수현이 엄마는 학교 앞에서 작은 만두 가게를 하신다. 수현이가 네 살 때 아버지가 돌아가셔서 아버지 몫까지 다 해야 하는 엄마는 늘 힘들고 피곤했다. 항상 옷에는 밀가루 반죽이 덕지덕지 묻어 있었고, 밤늦게야 집에 들어오셨다. 수현이는 혼자 있는 시간이 많았다. 그래서 언제부터인가 비행 청소년들과 어울려 놀기 시작했다.

느릿느릿 걸어서 학교에 오는 바람에 수현이는 지각을 하고 말았다. 1교시가 시작된 지 5분 후에 교실에 들어갔다. 선생님의 따가운 눈초리를 받으며 자리에 서둘러 앉아 영어책을 꺼내려고 책가방을 열었다. 그때 도시락을 싸 오지 않았다는 사실을 알았다. 지금 학교 식당을 짓고 있어서 도시락을 싸 다녀야 했다.

"아 씨, 아침도 굶었는데 점심도 굶어야 히네."

배가 고프니 다 귀찮았다. 1교시부터 잠을 잤다.

"야, 박수현! 좀 일어나라."

짝 승희가 부르는 소리를 듣고 졸린 눈을 비비며 잠에서 깼다.

"점심시간이야. 밥 안 먹어? 너 네 시간 내내 잔 거 알아?"

수현이는 시계를 보았다. 시곗바늘이 12시 반을 가리키고 있었다. 자면서 흘린 침이 책상에 흥건했다. 어제 밤새 채팅과 게임을 하느라 잠을 거의 자지 못했다. 그래서 오전 내내 정신없이 잠을 자고 말았다. 반 친구들이 도시락을 펴 놓고 맛있게 점심을 먹고 있었다.

"벌써 시간이 이렇게 됐네. 아 배고파."

수현이의 배 속에서 꼬르륵 하는 소리가 울렸다. 하지만 어쩔 수 없이 책상에 엎드려 있었다. 책상에 엎드려 연필을 깨작거리며 낙서를 하고 있던 참인데 뒤에서 수현이를 부르는 소리가 들렸다. 수현이는 뒤를 돌아보았다. 혹시나 엄마가 도시락을 가져오신 건 아닌가 하는 기대가 있었지만, 반 친구 주현이 엄마였다.

"뭐야, 기대한 내가 바보지. 우리 엄마는 왜 안 와. 진짜 요즘 들어 마음에 드는 구석이 하나도 없어. 쳇!"

수현이는 투덜댔다. 자신의 처지가 한심하고, 한편으로는 화도 났다. 그리고 오늘따라 더욱 참을 수 없이 배가 고팠다. 수현이 엄마는 일하시느라 바쁘셔서 신경을 못 써 주었다. 하지만 주현이 엄마도 가게를 하신다. 그런데 신경 써서 학교까지 와 주지 않았는가? 수현이는 주현이가 부럽기도 하였다.

수현이는 고픈 배를 움켜쥔 채 친한 친구들을 만나기 위해 학교 뒷골목으로 향했다. 그곳에는 항상 친구들이 모여 있었다. 담배를 피우고 있던 친구들이 수현이를 보고 반갑게 맞았다.

"어, 수현아! 왔어?"

"응. 무슨 재밌는 이야기들을 하고 그래?"

수현이는 자신의 고민을 털어놓을 수 있는 이 다섯 명의 친구들이 좋았다. 다른 사람들은 친구들을 나쁜 애들이고, 비행 청소년이라고 욕해도 수현이에게는 둘도 없는 친구들이었다. 수현이는 그 중에서도 혜진이랑 가장 친했다. 이 친구들을 사귀면서 담배와 술을 배우게 되고 밤늦게까지 거리를 돌아다니게 되었다. 그것이 나쁜 일이라는 것을 알았지만 그만두기가 싫었다. 학교에서 날라리로 찍힌 수현이와 친구들은 권력을 행사할 수 있었고 잘나가는 편이었다. 그래서 수현이는 이런 학교생활이 나쁘지만은 않다고 생각했다.

5교시 수업 도중에 창밖을 보니 비가 많이 오고 있었다. 대부분의 친구들이 우산이 없다고 호들갑이었다. 수현이도 아침에 일기예보를 확인하지 못한 터라 우산을 가지고 오지 않았다. 수업이 끝날 때까지 비가 그치기를 기도했다. 하지만 야속하게도 비는 폭우처럼 쏟아졌다. 집이 먼 수현이는 걱정이 앞섰다.

'헐, 오늘 죽었다.'

창밖을 내다보니 몇몇 부모님이 우산을 들고 기다리는 것이 보였다. 수현이는 어려서부터 그런 엄마가 있는 친구들이 부러웠다. 초등학교 때부터 수현이 엄마는 학교에 단 한 번도 오지 않으셨다. 수현이는 딸을 걱정하지 않고 신경도 쓰지 않는 엄마가 미웠다.

종례가 끝나고 책가방을 챙긴 후 수현이는 책가방을 머리에 쓰고 집까지 빛의 속도로 뛰어가기로 마음먹었다. 책가방을 챙기고 있는데 혜진이가 말했다.

"수현아! 오늘 내가 1학년 애들한테 2만 원 뜯었다. 내가 오늘 저녁에 한턱 쏠게. 8시까지 짱구 노래방으로 나와."

"오늘 비가 많이 와서 일찍 들어가서 쉬려고 했는데. 지금 이렇게 비 맞고 가면 감기 걸린단 말이야."

"뭐야? 같이 가, 수현아! 내가 담배 두 까치 줄게. 네가 있어야 재밌단 말이야!"

결국 수현이는 친구들과 노래방에 가기로 마음먹었다. 자신에게 신경 쓰지 않는 엄마에 대한 반항심도 있었다. 친구들과 놀다가 열한 시쯤에 집에 들어가기로 마음먹었다.

"와우! 말 달리자~ 말 달리자~"

수현이는 노래방에서 친구들과 미친 듯이 노래를 불렀다.

그렇게 친구들과 밤늦게까지 놀다가 11시가 돼서야 집에 들어갔다. 엄마는 12시가 넘어서 집에 오시니 걱정할 일도 없었다. 열쇠로 문을 열고 들어갔다. 그런데 엄마가 와 계셨다. 수현이는 당황했다.

엄마는 수현이를 반겨 주지도 않고 의자에 앉아 있었다. 아침 일찍 나가셔서 아침 시간과 밤에 잠깐밖에 보지 못하는데 오늘따라 차갑게 대하는 엄마가 이해가 되지 않았고 화가 났다.

식탁에는 밥이 차려져 있었다. 수현이는 아무 말 하지 않고 앉아 계시는 엄마를 보고 자신이 무슨 잘못을 했나, 하는 생각이 들었다. 하지만 잘못한 것이 있다 해도 죄송하다는 말을 하기가 싫었다. 수현이는 엄마에게 아무 말도 하지 않고 자기 방으로 들어가려 했다.

"박수현! 이리 앉아 봐."

엄마의 표정은 어두웠다. 수현이는 엄마가 슬쩍 무섭게 느껴졌다. 하지만 못 들은 체하고 다시 발걸음을 옮겼다.

"박수현! 엄마 말 안 들려? 내 말이 말 같지 않니? 이리 와서 앉아 봐!"

"아 왜?"

수현이는 들어오자마자 화를 내는 엄마가 짜증이 났다.

"지금이 몇 시야? 엄마가 늦게 들어오니까 이렇게 항상 늦게 들어온 모양이구나. 엄마는 힘들게 일하다 늦게 들어오는데, 넌 얼씨구나 하고 밤까지 놀다 들어와? 나쁜 친구들하고 어울려 다니면서 이게 뭐하는 짓이니? 언제 철이 들래? 엄마가 이렇게 고생하는 거 이해해 주면 안 되니? 그리고 엄마 서랍에 있던 5만 원 네가 가져갔니? 이제 도둑질까지 하는구나."

엄마는 수현이를 몰아세웠다.

"내가 뭘? 그리고 내 친구들 욕하지 마. 엄마가 뭘 안다고 그래? 용돈도 없고, 외식 한 번 한 적 없고, 매일 끓여 먹는 라면도 지겨워. 항상 집에 혼자 있어서 외로운 내 심정 알기나 해? 이런 내 마음 유일하게 알아주고 이해해 준 게 내 친구들이야. 엄마 힘들게 일하는 거 알아. 근데 난 이렇게 가난한 집에서 살기 싫어. 그리고 나도 남들처럼 용돈 받아서 내가 사고 싶은 것도 사고 그러고 싶다고! 엄마야말로 나 이해해 주면 안 돼? 정말 모든 게 지긋지긋해."

"박수현! 그게 엄마한테 할 소리니?"

엄마는 당황스러운 목소리로 말했다.

"그리고 엄마는 내가 초등학교 때부터 비가 오든 준비물을 가지고 가지 않았든 단 한 번도 학교에 오지 않았잖아. 일하느라 바쁘다 해도 한 번쯤 딸한테 신경 써 주고 그래야 되는 거 아니야?"

수현이는 지금까지 마음에 담아 놓았던 불만을 다 말했다. 어느새 수현이의 눈에는 눈물이 고였다. 수현이는 방에 들어가 문을 잠갔다. 그러고는 이불을 뒤집어쓰고 눈물이 더 이상 나오지 않을 때까지 울었다.

다음 날, 수현이는 알람 소리에 잠이 깼다. 어젯밤 너무 울어서 눈이 퉁퉁 부어 있었다. 수현이는 피곤한 몸을 이끌고 학교에 갔다. 그러고는 수업 시간 내내 잠을 잤다. 잠자는 시간 동안은 안 좋은 기억들도 잠시 잊을 수 있었다.

점심시간, 수현이는 점심을 먹지도 않고 고민을 상담하러 혜진이한테 갔다. 학교 뒷골목에는 다섯 명의 친구들이 모두 모여 있었다. 그 사이에는 1학년 후배 한 명도 같이 있었다.

"무슨 일이야?"

"어, 수현아. 잘 왔다. 이 년이 우리 욕하고 다닌댄다. 그리고 이 문자 봐 봐."

혜진이는 그 1학년 후배의 핸드폰을 나에게 건네주었다. 거기에는 이렇게 적혀 있었다.

'박수현 그 2학년 있지? 학교 앞에서 드러운 옷 입고 만두집 하는 아줌마 딸. 정말 깝치고 다녀서 못 봐 주겠어!'

수현이는 그 문자를 보고 도저히 참을 수 없었다. 자신과 엄마를 욕하는 것에 대해 무척이나 화가 났다.

"이년이 어디서 나불대! 말이면 단 줄 알아? 니가 우리 집 가난해서 보태 준 거 있나!"

수현이는 그 1학년 아이를 마구 밟고 때렸다. 이 폭행이 어떤 큰 일을 불러올지에 대해서 수현이와 친구들은 알지 못했다.

'찰싹!'

수현이의 뺨이 돌아갔다. 수현이는 고개를 들 수가 없었다.

"이게 뭐하는 짓이에요?"

수현이 엄마가 불쌍한 목소리로 힘없이 외쳤다.

"얘가 깡패지 학생입니까?"

그 1학년의 학부모는 수현이를 손으로 가리키며 수현이 엄마에게 화를 내었다.

"지금 애가 병원에 입원해 있어요. 팔이 하나 부러졌답니다. 도대체 어떻게 할 거예요?"

"죄송합니다. 정말 죄송합니다. 용서해 주세요. 다시는 이런 일 없을 거예요."

꾀죄죄한 옷차림을 한 수현이 엄마는 더욱 작아지고 있었다.

"이게 죄송하다고 될 일이에요? 정말 어이가 없어서. 치료비는 물론이고 정신적 보상까지 다 해 주셔야 해요. 그리고 교장 선생님! 이 학생, 아니 이 깡패 당장 학교 못 다니게 해 주세요!"

수현이 엄마는 다시는 이런 일이 없을 것이라고 고개 숙여 비셨다. 수현이는 엄마에게 미안했고 후회가 되었다. 그래서 고개를 들 수가 없었고 자꾸만 눈물이 났다.

수현이는 퇴학은 면했지만 다른 학교로 강제 전학을 가게 되었다. 수현이의 친구들도 각각 다른 학교로 전학을 가게 되었다.

엄마와 수현이는 집으로 향하는 동안 아무 말도 하지 않았다. 거리를 두고 말없이 걸을 뿐이었다. 매미 소리가 조금이나마 어색함을 달래 주었다. 집에 돌아와서도 침묵이 흘렀다. 시계 소리만이 들릴 뿐이었다. 수현이는 엄마에게 너무 미안해서 아무 말도 하지 않았다. 엄마에게 미안하다는 말을 하고 싶었지만 입 밖으로 나오질 않았다.

수현이는 방으로 들어가 오늘 있었던 일을 회상했다. 후배를 폭행한 것, 그래서 교무실에 불려 가고, 엄마가 머리 숙여 빈……. 모두 스쳐 지나갔다. 애써 눈물을 참아 보려고 해도 쉴 새 없이 쏟아지는 눈물을 막을 수 없었다. 오늘 있었던 일을 잊고 싶어서 눈을 감았지만 잠이 오지 않았다. 수현이는 그냥 눈을 감고 있었다. 그때 조용히 방문이 열렸다. 엄마였다.

엄마는 침대에 앉아 수현이의 손을 잡았다. 그러곤 조용히 기도를 하셨다. 엄마의 마음은 미어질 듯한 안타까움과 슬픔, 미안함으로 가득 차 있었다.

'모든 것이 내 잘못이야. 어린것이 얼마나 힘들었으면……'

수현이의 손등에 차가운 액체가 한 방울 떨어졌다. 엄마는 울고 계셨다.

"수현아! 미안해. 엄마가 미안해. 다 엄마 때문이야. 미안해, 미안해……"

엄마는 같은 말을 반복했다. 수현이도 엄마의 손을 꽉 잡았다. 힘들게 일하시느라 굳은살이 박인 손을 꽉 잡았다. 그리고는 지금까지 하지 못한 말, 하고 싶은 말을 했다.

"엄마, 미안해. 정말 미안해요. 그리고 사랑해요."

"수현아, 엄마가 관심 못 가져 줘서 미안해. 엄마가 수현이가 해 달라는 거 못 해 주고 힘들게 해서 미안해. 다 엄마 잘못이야."

"아니야, 엄마. 내가 미안해. 내가 잘못했어."

엄마와 수현이는 꼭 끌어안았다. 전학 가야 하는 문제 따위는 걱정되지 않았다. 외로운 두 사람에게는 지금 이 순간이 중요하고 소중했다. 달빛이 환하게 웃음을 머금고 엄마와 수현이를 내려다보고 있었다.

읽고 쓰고 톡톡!

1. 각 소설에 나오는 중심인물을 찾고 특징을 써 봅시다.

	중심인물	중심인물의 특징
애늙은이		
부자 행세		
경호		
방황		

2. 각 소설에 나오는 중심인물의 개성을 평가하고, 누구의 눈으로 서술되고 있는지 적어 봅시다.

	인물의 개성	시점
애늙은이	☆☆☆☆☆	
부자 행세	☆☆☆☆☆	
경호	☆☆☆☆☆	
방황	☆☆☆☆☆	

3. 여러분이 만약 소설을 쓴다면, 어떤 중심인물을 등장시키고 싶나요? 그 중심인물의 성격과 특징을 써 봅시다.

김 선생님의 소설 톡톡!

〈애늙은이〉, 〈부자 행세〉, 〈경호〉, 〈방황〉에는 특별한 개성을 가진 인물이 나옵니다. 소설은 인물들의 이야기라고도 할 수 있습니다. 그러므로 소설을 쓰려면 가장 먼저 개성 있는 중심인물(주인공)을 정하는 일이 중요합니다. 그 인물이 어떤 일을 하느냐가 사건이 되고, 그 인물의 깨달음이 주제가 되는 것이니까요.

〈애늙은이〉의 주인공 '애늙은이'는 매우 특별한 개성을 가진 인물입니다. 외모도 그렇고 말투도 또래의 학생들과 다릅니다. 그리고 마음도 너그럽고 어른스럽습니다. 이 소설의 인물 묘사는 매우 탁월합니다. 초등학교 5학년인데 벌써 새치 머리에 주름, 구부정한 몸을 하고 있으며, 화가 날 때 "이 녀석들, 혼내 줄 테다!" 하며 달려오지를 않나, 자기 혼자 궁시렁궁시렁거리며 말하는 것이 마치 노인 같습니다. 이런 인물의 설정은 소설의 호기심과 재미를 더해 줍니다. '나'는 이 특별한 친구를 괴롭히고 폭행합니다. 친구에게 애늙은이라는 별명을 붙여 주고, 용서받기 어려운 고통을 주고, 잘못임을 알면서도 끝내 사과조차 하지 못합니다. 이 소설을 쓴 학생은 소설을 쓰고 난 후 이렇게 말했습니다.

"이 소설은 모두가 사실입니다. 저는 정말 나쁜 놈이었습니다."

'나'는 친구를 괴롭힌 자신을 끝내 용서하지 못합니다. 그러나 '나'는 자신의 비겁함을 솔직하게 고백합니다. '자신보다 외모가 못생긴 친구가 선생님들로부터 칭찬받고 인정받는 것에 대한 질투심 때문에 괴롭혔다'고 말입니다.

이 소설은 1인칭 '나'의 시선으로 쓰고 있지만, '애늙은이'라는 인물을 관찰하면서 쓰고 있다는 점에서 1인칭 관찰자 시점입니다.

<부자 행세>의 주인공 강유형은 부잣집 아들로 행세하는 허풍쟁이이자 거짓말쟁이입니다. 자신이 부잣집 아들이라는 것을 드러내 보이기 위해 신발, 시계 등 모든 물건들을 명품 브랜드로 사고, 채소 장사하는 아버지를 대기업 부사장이라고 말합니다.

일곱 살 때 아버지의 교통사고로 가정 형편이 어려워지면서 생긴 열등감이 원인입니다. 주인공은 자신의 거짓말을 감추기 위해 계속 새로운 거짓말을 하는데, 결국 들키게 되어 창피를 당하고 말죠. 그러나 다행히도 친구들의 너그러운 이해심으로 해피엔딩이 되었군요.

인물을 표현하는 방법에는 직접 제시와 간접 제시가 있는데, 직접 설명하는 직접 제시보다 '인물의 말이나 행동'으로 드러내는 간접 제시가 더 문학적입니다.

직접 제시 : 나는 부자인 척했다.
간접 제시 : "우리 아빠 현대그룹 부사장이셔."

이 소설은 1인칭 주인공 시점으로 '나'(강유형)의 시선을 따라가며 소설을 전개합니다. 학생 소설에는 1인칭 주인공 시점이 가장 많습니다. 체험을 바탕으로 한 소설이 많기 때문이기도 하고, 소설의 사실성과 진실성을 확보하기 위한 선택이기도 합니다.

〈경호〉에는 전형적인 인물이 많이 등장합니다. 왕따 '안경호', 그리고 안경호를 괴롭히는 교실의 권력자 '이철민', 철민의 꼬붕들, 그리고 상황에 따라 입장이 달라지는 '나'. 일상의 교실에서 만나는 인물들을 그대로 옮겨 놓은 듯합니다.

이 소설에서 가장 입체적인 인물은 '나'입니다. '나'는 친구들에게는 무시당하는 왕따지만 토끼에게 다정한 말을 건네며 먹이를 주는 경호의 모습을 발견하고 그의 순진무구함에 감동을 받습니다. 그러나 경호가 도둑으로 몰리자 '나'는 흔들리고 맙니다. 그래서 경호를 괴롭히는 데 가담하기까지 합니다. 하지만 경호가 훔친 것이 아니라는 사실을 알았을 때 '나'는 부끄러움을 느낍니다.

이 소설은 자신의 확고한 생각보다 상황에 휘둘리기 쉬운 우리 자신의 비겁한 모습을 있는 그대로 드러낸 소설이라는 점에서 많은 것을 생각하게 해 줍니다. 이 소설에서 '경호'는 영화 〈제8요일〉이나 〈말아톤〉의 주인공과 비슷한 인물입니다. 부족하지만 보통 사람들보다 더 순수하고 맑고 깨끗한 영혼을 가진 인물 말입니다.

이 작품도 〈애늙은이〉와 마찬가지로, '나'가 경호라는 주인공에 대해 이야기하는 1인칭 관찰자 시점입니다.

〈방황〉은 비행 청소년이 된 수현이의 이야기입니다. 수현이는 자신의 감정을 건드리는 아이에게 가차 없이 폭력을 휘두릅니다. 그러나 이 소설에서 초점을 맞추고 있는 점은 왜 수현이가 비행 청소년이 되었는지입니다.

수현이는 자신이 살고 있는 낡은 동네가 싫고, 작고 초라한 집을 부끄러워합니다. 가난하고 외롭고 초라한 자신의 형편에 대한 분노를 "수현이는 이 모든 것이 화가 났다."라고 정확하게 지적하고 있습니다. 늦게 들어오고 일에 지친 엄마는 수현이가 어떤 생활을 하는지도 알지 못합니다. 수현이의 '일탈과 비행'은 바로 이 '가난, 무관심, 사랑의 결핍'이 낳은 것입니다.

이 소설은 청소년 비행을 사회적 원인에서 찾은 사회비판(고발)소설이라고 볼 수도 있습니다. 일탈아 수현이의 내면 풍경을 자세히 보여 줌으로써 빈부 격차나 양극화가 '청소년 비행'이나 '범죄'와 깊은 관계가 있다는 '사회학적 주장'을 소설로 표현했기 때문입니다.

이 소설은 '복합 시점'을 사용하고 있습니다. 처음에는 꾸준히 '수현'을 중심으로 한 3인칭 작가(관찰자) 시점을 유지하다가, 끝 부분에서 '엄마'의 입장에서 생각하는 대목이 나옴으로써 전지적 작가 시점으로 살짝 바꿔 놓았는데, 이런 경우를 '복합 시점'이라고 합니다. 소설의 일관성을 유지하면서도 중요한 순간에 인물들의 속마음을 보이기 위해 시점을 이동하는 방법입니다.

² 사건

◉ 특별한 사건을 찾아라

| 경험한 일 | 보고 들은 일 | 상상해 본 일 |

◉ 흥미 있는 사건으로 전개시켜라

| 호기심 | 궁금증 | 긴장감 |

◉ 인과성과 필연성으로 살려라

| 원인과 결과 |
| 우연과 필연 | 가상과 진실 |

네 편의 학생 소설을 읽고 소설의 '사건'에 대해 알아봅시다.
불꽃 사건 | 자전거 도둑 | 불장난 | 시험지

불꽃 사건

정혜린

중학교 2학년 때 일이다. 즐거웠던 1학년 생활을 마치고 새로운 학기를 맞이하게 되었다. 우리 반에는 처음 보는 애들이 많았다. 담임 선생님은 우리 학교에서 가장 무섭다고 소문이 난 유태석 선생님이셨다.

우리 반에는 초등학교 때부터 친구들로부터 괴롭힘을 당하던 종완이가 있었다. 선생님은 종완이를 건드리지 말라는 얘기를 하셨다.

초등학교 때 처음 만났던 종완이는 겉으로 보기에는 정말 아무 문제도 없어 보였다. 하지만 그 아이는 지나치게 순수하고 여려서 남의 말을 잘 거절하지 못했고, 상황 판단 능력이 부족하여 수업 시간에도 집과 학교를 구분하지 못해 많은 실수를 했다. 그럴 때마다 선생님은 종완이를 혼내셨다. 애들이 그런 종완이를 보며 비웃었지만, 종완이는 자신이 잘해서 그런 줄 알고 웃었다. 그런 일들이 점점 잦아지고, 애들은 종완이의 실수들을 보며 무시하고 놀리기 시작했다.

초등학교 때는 그 일이 그다지 중요한 문제가 되지 않았지만 중학생이 되면서부터 아이들의 장난은 점점 폭력적으로 변하기 시작했다.

중학생이 된 종완이는 초등학교 때보다 훨씬 키도 커졌고 얼굴도 아주 남자답게 보였다. 외모만 보면 보통 아이들보다 더 미남이었다. 그리고 우리가 흔히 말하는 '범생이' 스타일이었다. 어디로 보나 흠잡을 데 없이 말이다. 말없이 가만히 있는 종완이를 보고 있으면 매력적이기까지 해서 친해지고 싶을 정도였다.

하지만 겉만 그럴 뿐 종완이는 초등학교 때보다 더 이상해졌다. 수업 시간에 큰 소리로 웃으며 뭐가 혼잣말을 하기도 하고, 이상한 행동들을 했다. 예를 들면, 손을 씻고 와서 교실 바닥에 물기를 닦기도 했고, 애들이 하는 욕들을 배워서 그것을 아무 때나 하기도 했다. 욕이 다른 사람에 대한 관심 표현이라고 착각한 듯했다. 하루는 가운뎃손가락을 치켜들며 이렇게 말했다.

"이거 먹어."

거친 아이들이 하는 짓을 따라하는 것이 분명했다. 처음에는 종완이가 왜 그렇게 변했는지 알 수 없었다. 며칠 동안 그 애를 세심하게 관찰해 보니 변한 이유를 알 것 같았다. 많은 아이들이 종완이에게 이상한 짓들을 시키고 있었던 것이다. 자기들이 싫어하는 애들을 때리게 시킨다거나, 이상한 말을 가르치거나, 심지어 성적인 행동들을 시키기도 했다. 나는 종완이에게 그런 짓을 시키는 애들에게 소리치고 싶었다.

'그만해! 이 못된 자식들아!'

하지만 나는 그럴 수가 없었다. 나는 힘이 없었기 때문이다. 그래서 그 애들에게 소리칠 수 없었다. 다만 나의 손만 분노로 부르르 떨렸다.

다른 애들도 마찬가지였다. 아무도 종완이를 도울 수 없었다. 담임 선생님은 아직 그런 사실을 모르고 계셨다. 선생님은 자세한 내막을 알지 못한 채 종완이의 행동만을 보고 야단을 치실 뿐이었다.

새 학기를 시작한 지 한 달이 지났다. 그때 임우환이라는 애가 전학을 왔다. 그 애는 아주 사나워 보였다. 인상이 매우 강했고 반항적인 느낌이 물씬 풍겼다. 그 애의 자리는 종완이 옆이었다. 그런데 그 애는 의외로 종완이와 잘 지냈다.

여전히 종완이에 대한 아이들의 괴롭힘은 줄어들지 않았다. 심지어 이제는 다른 반 애들까지 찾아와서 이상한 장난을 시키거나 때리기까지 했다. 그 가운데 종완이를 가장 심하게 괴롭히던 애는 최윤성이었다. 최윤성은 우리 학교 짱이다. 그 애는 키가 크고, 한쪽 머리를 붉은색으로 염색하고, 귀걸이를 머리 아래 감추고 있었다. 최윤성이 말했다.

"종완아! 쟤 좀 때리고 와. 쟤가 피하면 그땐 따라가면서 때려. 알았지?"

나는 종완이의 눈을 보았다. 그 눈은 나에게 마치 이렇게 말하는 것 같았다.

'나 좀 도와줘.'

하지만 나는 그 눈을 피했다.

그때였다. 픽 소리와 함께 우리 학교 짱 최윤성의 뺨 한쪽이 빨개졌다. 그곳에 있던 모든 애들의 시선이 한곳으로 향했다. 바로 임. 우. 환. 임우환은 종완이에게 이상한 장난을 시키고 있는 최윤성을 보고, 그 애를 때린 것이었다.

그 순간 나는 우환이의 용기가 부러웠다. 우환이의 용기를 나도 갖고 싶었다. 나는 최윤성의 일이 잘못된 것이라는 것을 알면서도 한마디 말도 하지 못했기 때문이다. 심지어는 내가 종완이를 걱정하고 있으니 말을 안 해도 괜찮을 것이라며 내 스스로 책임을 회피하고 있지 않았는가? 그런데 우환이가 그렇게 행동을 하니 나의 마음 한구석을 바늘로 찌른 듯 따끔하고 아팠다.

우환이에게 한 대 맞은 최윤성이 일어나서 종완이를 보더니 소름 끼치는 미소를 짓고 나서 콧방귀를 뀌며 소리쳤다.

"네가 뭔 상관이야. 애들 다 저렇게 가만히 앉아서 아무 말도 안 하고 선생들도 아무 말 안 하고 있는데, 네가 뭔 상관이냐구? 너는 가만히 앉아서 네가 할 일이나 해. 쟤는 그냥 내 말 잘 듣는 애야, 알겠어?"

최윤성의 말을 들은 우환이의 얼굴은 시드는 꽃처럼 확 일그러졌다. 우환이가 한숨을 쉬며 눈썹 한쪽을 치켜세우고 말했다.

"뭔 상관이냐고 말했냐? 내 자리에 가만히 앉아 있으라고? 너 같은 놈은 인간도 아니다, 이 새끼야."

최윤성의 얼굴이 굳어졌다. 우환이는 그 모습은 신경 쓰지도 않고 말을 이어 나갔다.

"아무리 차종완이 모자라고, 너희들이 힘이 있다 해도 이건 상식적으로 심한 거 아니냐? 너도 하나의 인격체고 차종완도 하나의 인격체야! 나는 덜떨어진 너 같은 것들이 제대로 된 하나의 인간을 망가뜨리고 장난감처럼 갖고 논다는 게 이해가 안 될 뿐이다. 나는 덜떨어진 너 같은 것들보다는 제대로 된 인간이라고 생각하니까 상관을 하는 거다. 알겠냐? 아, 내가 덜떨어진 놈들에게 너무 어렵게 말을 했나? 그렇다면 미안하게 됐군."

최윤성의 주먹이 파르르 떨렸다. 아마도 임우환을 한 대 치고 싶었을 것이다. 그러나 최윤성의 목소리가 한층 낮아졌다.

"훗. 너는 제대로 된 인간이라고? 참 멋진 말이군. 하지만 그 말들 다른 사람한테는 안 통해. 너 같은 놈은 참 보기 드문 인간인데, 남의 일에 신경 끄고 꺼져. 그렇게 네가 제대로 된 인격체님이시면 선생님 앞에서 공부나 해. 그리고 그렇게 네가 나를 가르치고 싶다면 차라리 입 다무는 게 좋을 거다. 내가 화나면 아주 무서워지걸랑."

그 말은 진심이었다. 우환이가 우리 학교에 전학 온 지 얼마 안 돼서 모르겠지만, 저놈은 싸움을 하다가 상대의 코뼈까지 부러뜨린 놈이다. 하지만 우환이는 자신감에 찬 얼굴로 말했다.

"그까짓 거 뭐. 핏."

그러고 나서 최윤성과 우환이의 주먹은 날아다니기 시작했다.

다른 애들은 싸움을 보며 말릴 생각은 하지 않았다. 오히려 싸움을 부추기기까지 했다. 그때 낯익은 목소리가 들렸다.

"이것들이! 뭐 하는 짓들이야! 차종완, 최윤성, 임우환! 다 따라 나와."

바로 유태석 선생님이셨다. 다른 애들은 깜짝 놀라서 재빨리 자리에 가서 앉았고, 안절부절 어쩔 줄 몰라 하는 종완이와 씩씩거리며 땀을 닦는 최윤성, 그리고 손을 흔들며 몸을 푸는 듯한 임우환은 선생님을 따라 교무실에 갔다.

교무실에서 어떤 일이 있었는지는 확실히 알지 못한다. 소문에 따르면, 어머니들이 학교에 오셔서 서로 사과를 하며 일을 잘 마무리하고, 최윤성과 임우환은 사회봉사를 하게 됐다고 했다. 하지만 이것만은 확실히 알 수 있었다. 세 사람은 확실히 변해 있었다. 임우환은 종완이의 도우미가 되어 종완이를 깔보거나 종완이를 조금이라도 건드리는 애가 있으면 그 애를 혼내 주었다. 최윤성은 이제 종완이 주위에 가까이 가지 않았다. 이를 부득부득 갈면서도 종완이를 보면 휙 지나칠 뿐이었다.

나는 그때의 일을 '불꽃 사건'이라고 부른다. 모두가 힘 있는 애들 때문에 자신의 불꽃이 꺼질까 조심조심 가리고 피해 다닐 때, 임우환은 자신의 불꽃을 더 밝게 피워 내서 희미해져 가던 아이의 불꽃을 되살려 주었기 때문이다. 그 일은 내 마음의 작은 불꽃을 더 밝게 태우고 싶은 욕망을 일으켰다. 활활 타오르는 정의의 불꽃.

 지금 종완이는 우환이의 도움을 받으며 점점 안정된 상태로 돌아가고 있는 중이다. 나는 항상 종완이와 우환이의 행복한 얼굴을 본다. 우환이가 처음 전학 왔을 땐 그 아이가 불량스럽게도 보였지만, 지금의 우환이를 보면 내가 왜 그런 생각을 했었나 싶을 정도로 우환이의 얼굴은 밝게만 보였다.

 이로써 세 사람의 불똥같이 팟팟 튀었던 싸움도 끝났다. 진작 우환이 같은 애들이 한 명이라도 있었으면 어땠을까? 만약 그랬다면 종완이가 그렇게 심해지지는 않았을 것이다. 불꽃 사건이 생각날 때마다 나는 이런 생각을 한다.

 '나도 잘못된 일에는 용기 있게 나서는 우환이 같은 사람이 되고 싶다.'

자전거 도둑

이정준

지금으로부터 2년 전 일이다. 그때 나는 부지런히 모은 돈으로 새 자전거를 샀다. 자전거가 닳을세라 조심조심 타며 아끼고 또 아꼈다. 누가 자전거를 조금만 만지기라도 하면,
 "어딜 손을 대, 손 떼!"
하고 소리를 쳤다. 또 친구가 자전거를 얻어 타려고 하면,
 "얼른 내려. 아직 새 거란 말이야."
하고 인색하게 굴기도 했다. 자전거가 닳을세라 항상 조심조심 하면서 온통 신경을 곤두세웠다.
 "흠집이라도 내기만 해 봐라. 가만 안 둘 거야."
 그렇게 아끼던 자전거. 하지만 좋은 날은 얼마 가지 못했다. 나의 애마, 내가 그토록 아끼던 자전거가 감쪽같이 사라져 버린 것이다.
 나는 자전거가 없어진 그날부터 시간만 나면 뭐에 홀린 것처럼 자전거를 찾아다녔다. 집 앞에서 잃어버린 것이라 먼저 동네 사람들을 의심하기 시작하였다. 내 자전거와 비슷한 것을 보면 망설임

없이 다가가서 캐물었다.

"그거 어디서 샀어요?"

"언제 사셨나요?"

"누구한테 사셨나요?"

"혹시 훔친 건 아니죠?"

그러다 결국엔,

"이거 왜 이래? 왜 남의 자전거를 가지고 시비야?"
하며 화를 내는 사람도 있었고, 실컷 욕을 얻어먹기도 했다.
이렇게 망신을 당하면서도 나는 포기할 수가 없었다. 마치 경찰이 조사를 하듯이 내 자전거가 아닌지 구석구석 꼼꼼이 살폈다. 그러다가 싸움까지 일어난 적도 있었다.

눈에 불을 켜고 자전거를 찾아 헤매고 돌아다녀도 자전거는 어디로 갔는지 알 수가 없었다. 어느 날, 나는 내 자전거와 매우 비슷한 자전거를 발견했다. 나보다 두 살 어린 동네 아이가 자전거를 타고 있었다. 나는 당장 쫓아가서 물었다.

"그 자전거 네 것 맞니?"

아이는 조금 당황해 하며 대답을 했다.

"응, 내 것 맞는데."

나의 조사가 또 시작되었다.

"혹시…… 어디서 샀니?"

아이의 표정이 어두워졌다. 무언가 감추는 듯 입을 꾹 다물고 멍하니 서 있었다.

"어디서 샀냐고!"

아이는 나의 고함 소리에 겨우 입을 열었다.

"아, 말하지 말라고 했는데……. 사실은 어떤 형한테서 샀어."

아이는 조그만 소리로 말했다. 나는 아이의 말을 듣자마자 바로 다시 물었다.

"그 형이란 사람 혹시 어디에 사는지 아니? 생김새는?"

아이는 그 사람이 마스크에 모자까지 써서 눈하고 겉모습만 보았다고 하였다. 키는 나만 했고, 변성기가 온 목소리였다고 했다. 그리고 그 사람은 다른 사람의 자전거를 훔쳐서 또 다른 사람에게 헐값에 판다고도 말했다. 아이가 산 자전거도 그 사람이 의도적으로 접근해 싸게 팔았다는 것이다. 일단은 그 아이를 보내고 도둑을 잡을 궁리를 했다.

다음 날, 학교에 전학생이 새로 왔다. 내가 교실에 들어갔을 때는 이미 소개가 끝나 가고 있었다. 선생님이 잘 대해 주라는 말씀을 하셨지만 나는 관심이 없었다.

방과 후 집으로 가는 도중에 친구들이 내 이름을 부르면서 다가왔다.

"정우야!"

"너희들이 웬일이야? 왜 무슨 볼일이라도 있어?"

"저기…… 너 자전거 도둑맞았다고 했지?"

"어, 그런데? 지금 도둑 잡을 방법을 생각 중인데. 왜?"

"뭐 알아낸 거 있어? 우리도 며칠 전에 자전거 잃어버렸거든."

친구들이 한숨을 쉬며 말했다.

"도둑이 누군지는 아직 모르겠는데, 자전거를 팔 때 주로 나타난다는 곳은 알거든. 그렇지 않아도 도와줄 사람이 필요했는데, 너희들이 도와줄래?"

"그래."

"그럼 내일 모여서 작전을 짜자."

친구들한테 내일 모여서 작전을 짜자고 한 이유가 있었다. 동네 아이의 도움으로 그 도둑에게 자전거를 사기로 한 사람을 알게 되었기 때문이다. 나는 그 구매 예정자를 만났다.

"자전거를 팔겠다는 사람을 어떻게 알았지?"

내가 묻자 그 아이도 도둑이 먼저 접근했다는 것이다. 자전거를 헐값에 넘긴다기에 별다른 의심도 없이 바로 거래를 하기로 했다는 것이다. 나는 집으로 가서 철저한 계획을 짰다.

드디어 도둑을 잡기로 한 날이 왔다. 나는 친구들과 다시 한 번 의논했다.

"너는 여기, 너는 저기, 그리고 너는 저 뒤에 숨어. 그리고 도둑이 오나 안 오나 항상 주위를 주시하고, 도둑이 오면 신호를 보내. 그럼 도둑이 근처에 왔을 때 내가 신호를 보낼 테니 그때 다 같이 동시에 덮치는 거다. 알았지?"

자전거를 거래하기로 한 약속 시간이 되기 전 자전거 구매자가 왔고, 우리는 계획한 대로 숨었다. 그런데 이상한 일이었다. 한참을 기다려도 도둑이 오지 않았다. 기다리기가 점점 지루해졌다.

포기를 할까 하는 망설임도 있었지만, 혹시라도 도둑이 나타날지도 모른다는 기대에 조금 더 기다려 보기로 했다.

모두가 지쳐 갈 무렵, 그놈이 왔다. 자전거 도둑이 왔다! 도둑은 두리번거리며 자전거 한 대를 끌고 왔다. 나는 곧 덮치기 시작할 거니까 긴장을 늦추지 말라고 친구들에게 신호를 보냈다. 도둑이 목표 위치에 도착하자 나는 큰 소리로 외쳤다.

"덮쳐!"

우리는 도둑을 향해서 달려들었다. 도둑이 놀라서 도망가려는 순간, 자전거 구매자가 도둑의 팔을 잡았다. 그러나 강하게 뿌리치는 바람에 그 애는 오히려 넘어지고 말았다. 그리고 도둑은 놀라운 속도로 도망가기 시작했다.

"야, 도둑 도망간다. 저놈 잡아!"

우리도 뛰기 시작했다. 얼마나 달렸을까. 나와 친구들은 거의 지쳐서 뛰기를 포기했다. 그러나 달리기 솜씨가 뛰어난 친구 한 명은 끝까지 도둑을 잡기 위해 뛰어갔다. 우리가 겨우 도둑과 친구를 따라잡자 도둑과 친구는 막다른 골목에서 싸울 기세로 맞서 있었다.

"너는 이제 독 안에 든 쥐다!"

우리는 죽을힘을 다해 도둑에게 달려들었다. 한참의 사투 끝에 도둑과 우리는 힘이 완전히 빠졌다. 그렇지만 우리의 수가 훨씬 많았기 때문에 녀석은 우리 손에 잡히고 말았다.

"그놈 되게 날쌔다. 헉헉. 어디 얼굴 한번 보자."

우리는 숨을 헐떡대며 도둑의 얼굴을 보기 위해 마스크와 모자를 벗겼다. 그런데 이게 웬일인가? 도둑의 얼굴이 드러나는 순간 우리는 놀라움을 금치 못하였다. 며칠 전 우리 반에 전학 온 아이였던 것이다.

"너! 전학생 맞지? 너 솔직히 말해! 언제 여기로 이사 왔어?"

내가 말했다.

"3주 전에……."

"그 3주 동안 자전거 전부 어디다가 빼돌렸어? 일단 너희 집으로 가자."

우리가 동시에 외쳤다. 도둑 아니 전학생은 안 된다고 했지만, 우리에게 어쩔 수 없이 끌려갔다.

"여기가 너희 집이야?"

전학생은 풀이 죽은 목소리로 말했다.

"저기 얘들아, 내가 자전거도 찾아 주고 피해 보상금도 얹어서 줄 테니까 한 번만 이번 딱 한 번만 봐주면 안 될까?"

애걸을 했지만, 우리는 일단 그 애의 집으로 들어갔다. 부모님은 없었다. 하지만 우리는 또 한 번 놀라움을 금치 못했다. 생각했던 것보다 집이 넓고 화려했기 때문이다. 내가 말했다.

"이렇게 잘살면서 자전거는 왜 훔쳤던 거야? 용돈도 많이 받을 거 아냐?"

전학생이 고개를 흔들었다.

"부모님은 나를 믿지 않아. 내가 돈을 아껴 쓰지 않아서 몇 달간 계속 용돈을 못 받고 있었어."

"그래도 그렇지, 어떻게 남의 자전거를 훔칠 생각을 해? 너만 생각하니?"

그 애의 목소리가 더욱 작아졌다.

"미안해. 그리고 자전거 팔 때 받은 돈 다 모아 놨으니까 내가 줄게."

우리는 전학생을 어떻게 처벌할 것인지에 대해 의논하기 시작했다. 학교에 알려서 더 이상 그런 일을 하지 못하게 혼내 주자는 사람도 있었고, 이번이 처음이니까 한 번만 봐주기로 하자는 사람도 있었다. 의논 끝에 우리는 드디어 결정을 내렸다.

"자전거 찾아 주고 수리까지 새로 해 놓으면 봐줄게. 이번만 봐주는 거니까 다음부턴 다시는 이런 짓 하지 마라."

우리는 연락처와 전학생 부모님 핸드폰 번호까지 다 받아 적은 후 그 집을 나왔다. 며칠 후 자전거는 거의 새것이 되어 우리에게 돌아왔다. 하지만 나는 자전거를 돌려받을 수 없었다. 내 자전거는 그 애가 손대지 않았기 때문이다.

나는 절망에 빠졌다. 내 자전거를 훔쳐 간 사람이 따로 있었던 것이었다. 전학생은 초보인 데다 우리에게 바로 덜미가 잡혔지만, 내 자전거를 훔친 도둑은 찾을 수가 없었다. 그렇게 나만 자전거를 못 찾고 말았다.

하지만 얼마 후 나는 다시 자전거를 탈 수 있게 되었다. 언제부터 돈을 모았는지 내 생일 선물로 친구들이 돈을 모아 새 자전거를 사 주었기 때문이다. 전학 온 애도 미안하다며 많은 돈을 보탰다고 했다. 나는 친구들의 마음이 한없이 고마웠다. 친구들은 내가 고마워 어쩔 줄 모르자, 자신들의 자전거를 찾게 도와주고, 전학 온 애가 다시는 도둑질을 하지 않게 되고 친해졌으니 오히려 나에게 고맙다고 했다.

그렇게 해서 우리는 소중한 친구가 되었다. 나는 그 일을 겪은 후 불행을 견디고 나면 결국엔 더 큰 행운이 찾아온다는 사실을 깨달았다.

불장난

정학희

오늘도 나는 학교 가기 전에 동생 방에 있는 노란색 모자와 빨간색 가방을 보고 집을 나섰다. 그 두 가지 물건은 내가 내 마음을 담아 동생에게 준 선물이다. 그 모자와 가방을 보면 흐뭇해서 학교 가는 발걸음이 가볍다. 모자와 가방을 선물하게 된 사건, 즉 동생을 사랑하게 된 그 이야기를 들려주고 싶다.

작년에 일어난 일이다. 중학교 1학년이나 되었음에도 나는 불장난이라는 환상적인 놀이에 빠져 있었다. 빠져나오려고 하면 할수록 더욱 깊숙이 빠지는 것이 불장난이다. 그날도 성냥통을 들고 불장난을 시작하려는 순간, '찰칵' 하고 문 열리는 소리가 나더니 어머니와 아버지께서 들어오셨다. 나는 바로 현장에서 걸려 버린 것이다. 어머니께서 야단을 치셨다.

"야, 이동영! 그러다가 불이라도 나면 어쩌려고 지금 불장난을 하고 있는 거니?"

아버지께서는 역시 주먹을 먼저 날리셨다.

"야, 이놈아. 집은 타 버리면 새로 사면 되고, 돈이야 벌면 되지만, 너 죽으면 어쩌려고 그래? 엉?"

아버지께서 설교를 늘어놓으셨지만 내 귀에는 전혀 들리지 않았다. 아버지께서 나에게 엄청 중요한 얘기를 하시는 것 같았지만, 내 귀에선 이미 사람의 말이 아닌 모기의 날갯짓 소리로밖에 들리지 않았다.

"쌀랴쌀랴알라딸라? 라쌀라쌀랴……."

몇 분이 지났는지 몰라도 점점 다리가 저려 오기 시작하였다.

'아, 내 다리……. 언제 끝난담?'

이때 아버지께서 나를 부르셨다.

"야, 이동영!"

나는 순간 정신을 차렸고, 설교가 끝났다는 것을 눈치챘다.

"네?"

"동생은 뭐 하니? 방에서 한 번도 안 나오던데……."

나는 퉁명스럽게 대답했다.

"제가 걔 애인이에요? 그런 거 하나하나 다 알고 있게? 참!"

나는 동생에게 관심도 없거니와 뭘 하는지 모르는 것이 당연했다. 또 동생의 도움 요청은 일체 사절이었다.

하지만 이렇게 된 것도 사실은 부모님 때문이다. 동생과 나는 한 살 차이다. 동생은 여자고, 나는 남자라는 거 때문인지 부모님께서는 내게는 강하게, 동생에겐 항상 부드럽게만 나가신다. 동생의 이야기는 대부분 긍정적으로 받아들이고, 내가 얘기하면 거의 대부분 부정적인 대답이다. 또 모든 얘기의 마지막은 늘 공부 이야기로 바뀐다.

정말 어이없다. 그럴 때마다 동생에게 향하는 나의 마음은 점점 더 분노로 뜨겁게 활활 타올랐다. 그러니까 나에게 동생은 한마디로 밥맛이었다.

그러던 어느 날, 나는 스트레스도 풀 겸 불장난을 시작했다. 점점 활활 타오르는 불을 보면 왠지 나의 분노도 사그라드는 것 같았다. 나는 열다섯 개의 성냥에 한꺼번에 불을 붙이기로 마음먹고 불을 댕기고 있었다. 그때 동생이 들어와 소리를 질렀다.

"야, 너 왜 불장난해?"

나는 화들짝 놀라며 손에 있던 것을 떨어뜨렸다. 하지만 소리 지른 사람이 동생인 것을 알고는 안도의 숨을 내쉬었다.

"휴……."

"엄마인 줄 알았잖아! 죽을래? 당장 문 닫고 나가라. 괜히 맞는 경우가 생긴다!"

나는 고함을 쳤다. 동생은 문을 쾅 닫고 나갔다. 그런데 잠시 뒤 동생이 다시 문을 열고 시비를 걸었다.

"너, 이제 아빠한테 죽었어. 아빠한테 이를 테니까 그렇게 알아."

나는 순간 너무 화가 치솟아 성냥통을 집어 던지고 동생을 때렸다. 그런데…… 동생은 나에게 화를 내기는커녕 몸을 덜덜덜덜 떨고 있었다.

"오빠 부, 부, 불……."

나는 동생이 장난을 치는 줄 알았다. 다음부터는 불장난하지 말라고 말이다. 그런데 뒤를 돌아보는 순간 놀라서 까무러치는 줄 알았다. 진짜로 방바닥에 불이 붙은 것이다. 성냥통에 붙은 불이 활활 타오르더니 이불에 옮겨 붙고 있었다.
"민현아, 이 불은 우리 둘이서 끄자. 부모님께는 비밀이다!"
내가 다급하게 말했다.
"아이구 맨날 그런 짓이나 하구."
"너 정말, 이르면 죽을 줄 알아."
"빨리 불이나 꺼!"
동생이 더 크게 외쳤다.
"대답 안 해? 이를 거야, 안 이를 거야?"
나는 다짐을 받으려고 했다.
"지금 그게 문제야? 안 되겠다. 엄마 아빠랑 119에 전화해야겠어."
"너 뒤진다!"
나는 불을 끌 생각은 않고 동생을 따라갔다. 정신없이 동생과 말다툼을 하고 있는 사이에 불은 점점 더 번져 가고 있었다. 나는 불을 끄려고 바가지로 물을 떠 와 붓기도 하고 애를 썼지만, 이미 불이 심하게 번져 방으로 들어갈 수가 없었다. 연기가 펑펑 솟아오르는 것을 보고 나는 집이고 뭐고 다 팽개치고 뛰쳐나왔다. 내 지갑만 가지고 말이다. 내 뒤에서 119와 부모님께 연락을 하는 동생의 울음 섞인 다급한 소리가 들려왔다.

내가 정신을 차리고 집을 돌아본 순간 우리 집에서 검은 연기가 펑펑 쏟아져 나오고 있었다.

'아차, 동생을 데리고 나와야 하는 건데.'

내가 동생을 부르는 순간, 소방차와 응급차가 사이렌을 울리며 왔다. 부모님 또한 언제 오셨는지는 몰라도 와 계셨다.

나는 절망에 빠지고 말았다. 돌이킬 수 없는 상황이 되었고, 이제는 모두가 나를 쓸모 없는 인간으로 여길 것 같았다. 아무도 나를 용서해 주지 않을 것 같았다.

나는 가출을 생각했다. 사람들은 시끄러운 소방차와 응급차의 사이렌 소리에 정신이 팔려 있었다. 부모님은 동생 걱정으로 내 행방에 대해서는 생각 따위도 하지 않고 있었다.

나는 길거리로 나왔다. 허허벌판에 살기를 띤 것 같은 찬바람이 불었지만 나는 걷고 또 걸었다. 난 추위를 느끼지 못하였다. 오직 동생에게 미안한 마음과 부모님에 대한 죄송함. 이 두 가지만이 내 머릿속을 온통 차지하고 있었다.

길거리를 걷다가 나는 어떤 버스에 올라타고 하염없이 갔다. 얼마를 갔을까? 낯선 동네에 있는 종점에 이르렀고 모두들 내리기 시작했다. 하지만 난 내리지 않았다. 난 버스에서 자기로 결심했다. 잠시 뒤 버스 기사 아저씨마저 내렸다. 아저씨는 내가 뒤에 몸을 웅크리고 숨어 있는 것을 보지 못하신 것 같았다.

나는 편안하게 의자에 기댄 채 잠을 청했다. 아주 피곤한 하루였지만 잠이 오지는 않았다. 자꾸 부모님과 동생에 대한 생각만 떠올랐다. 얼마 지나지 않아 어둠이라는 사자가 나타나서 날 암흑 속에 가두었다. 이제 나는 기억도 없고, 뭐가 뭔지 아무것도 모르게 되었다.

눈을 뜨니 새벽 다섯 시였다. 아직 해가 뜨지는 않았다. 일어나 주머니에 넣어 온 초코파이로 허기를 대충 때우고, 공중화장실에 가서 씻은 후 버스 종점 맞은편에 있는 산으로 올라갔다.

산을 올라가면서 부모님과 민현이 생각을 하느라 점점 걸음이 느려졌다. 산 중턱에 올라가니 오후 두 시가 되었다. 산에서 파는 음식을 조금 사 먹은 후 나는 걷고 또 걸었다. 사람의 흔적이 없는 곳을 찾아 오르고 또 올랐다. 얼마나 올라갔을까? 나는 산의 정상에 올라섰다. 그곳에는 사람들이 없었다. 나는 할 일도 없어 다시 정상의 평평한 바위 위에 누웠다. 집이 그리웠다. 이전으로 다시 돌아가고 싶었다.

'부모님께서는 항상 사고만 치는 날 필요로 하실까?'

감정이 복받쳐 올라왔다. 그러나 이러한 감정도 잠시, 바람이 매우 거세게 불었다. 추워서 일어나는 순간, 몸이 평형감각을 잃고 어딘가로 떨어지고 말았다. 그 후부터는 아무것도 생각나지 않는다.

시간이 얼마나 흘렀을까? 나는 어둠 속에서 나오지 못했다. 점점 더 두려워지기 시작했다. 왜 내가 여기 있어야 하며, 가족의 얼굴을 볼 수 없는지……. 가족이 너무 그리웠다. 계속해서 시간이 흘렀다. 그리고 정신이 좀 들었다.

'음…… 여기가 어디지?'

주위를 둘러보니 예쁜 꽃이 화병에 담겨 있었고, 어머니는 침대 밑에 아버지는 병원 소파에 기대어 주무시고 계셨다. 그제야 나는 생각이 났다.

'아, 내가 산에서 떨어졌구나. 누가 구해 주었을까?'

살아 있다는 안도감이 들었다. 그리고 내 옆에 있는 그리운 두 얼굴이 너무도 고마웠다. 나는 마음이 놓이자 다시 잠으로 빠져 들었다.

다음 날 아침, 어머니와 아버지께서는 내가 깨어난 걸 보자 굳었던 얼굴이 환한 미소로 바뀌셨다. 옆에는 동생도 있었다.

"어, 민현아! 괜찮니?"

나는 먼저 동생의 상태를 물었다.

"오빠나 걱정하셔!"

부모님께서는 그저 내가 살아 돌아온 것만으로도 행복하셨는지 눈물을 흘리셨다.

"부모님 죄송합니다. 제가 불장난만 안 했더라도……."

그러자 어머니께서는 예전 같은 따뜻한 목소리로 말을 하셨다.

"됐다. 그건 지난 일이고, 처음부터 다시 시작하면 된다. 우리 가족이 뭉치면 어떠한 고난도 이겨 낼 수 있다. 모든 것을 용서하는 대신 이제는 더 이상 불장난하지 마라."

어머니는 그 다음 말을 잇지 못하고 눈물을 흘리셨고, 나도 울음을 터뜨렸다.

내가 퇴원하고 나서 처음으로 한 것이 동생과 손잡고 즐거운 마음으로 밖으로 나간 것이다. 그리고 내 용돈을 털어, 불장난 때문에 타서 없어진 동생의 물건 두 가지를 사 주었다. 빨간색 가방과 노란색 모자. 똑같은 디자인과 똑같은 색상이었다.

'그때 일만 아니었으면 지금 우리 집은 더 잘살 수 있었는데.'

아쉬움도 크지만, 한편으로는 그러한 고난을 겪은 것이 감사하다. 동생과 친해질 수 있게 되었고, 우리 가족의 사랑이 하나로 뭉쳐졌기 때문이다.

여전히 집에 들어오자마자 나는 동생과 말다툼을 한다. 컴퓨터 또는 텔레비전 때문이다.

"야, 이동영 비켜! 내가 먼저잖아. 왜 네가 하는데!"

또 동생이 버릇없이 난리를 핀다.

"시끄러. 내가 너보다 한 살이나 더 많이 먹었고, 내가 너보다 잘난 게 더 많잖아! 그니깐 내가 먼저 하는 거지."

나는 또 억지스런 말로 동생을 누른다. 하지만 예전과 차이가 있다면 가족과 동생에게 향했던 나의 분노가 지금은 사랑으로 바뀌었다는 점이다. 물론 동생 민현이가 사춘기로 접어들어 사이가 더 나빠질지도 모르겠다. 지금보다 더 동생이 예민해진다면 끔찍한 일이 생길지도 모르니까. 하지만 그 무엇도 우리 사이를 갈라놓지는 못할 것이다. 오늘도 내일도 민현이는 변함없는 나의 사랑스러운 동생이기 때문이다.

시험지

강희웅

시험 보기 며칠 전, 태현이는 컴퓨터 게임을 하고 있었다. 2학년 마지막 시험이라고 잘해 보라는 엄마의 말은 들은 척도 안한 채 컴퓨터 게임에 몰두하고 있었다.

태현이는 늘 성적엔 관심이 없었다. 학교에선 수업 시간마다 잠을 자기 일쑤였고, 숙제는 항상 해 가지 않았다. 그러다 보니 성적은 말이 아니었으며, 선생님의 상담과 비난이 태현이의 뒤를 귀찮을 정도로 따라다니고 있었다.

"내가 성적이 잘 나오든 말든 신경 쓰지 좀 말지!"

"그깟 시험이 뭐라고!"

컴퓨터를 하던 태현이는 불만스럽게 중얼거렸다. 그렇게 궁시렁거리며 게임을 하고 있는데, 한 통의 전화가 걸려 왔다.

"아, 또 누구야?"

귀찮아 하면서 전화를 받았다. 기욱이였다. 기욱이는 중학교에 올라오면서 친해진 친구였다. 그런데 2학년이 되고 반이 바뀌면서 최근에는 별로 만나지 못했다.

"할 말이 있는데 공원으로 나올 수 있어?"

기욱이가 물었다.

"무슨 말인데?"

태현이가 시큰둥하게 물었다.

"좀 급한 거야. 나올 수 있어?"

뭔가 중요한 일이 있는 듯한 목소리였기 때문에 거절할 수가 없었다.

"…… 알았어, 나갈게."

태현이는 대답한 뒤에도 컴퓨터를 계속 했다. 한참 후에야 미적거리며 기욱이가 기다리는 공원으로 갔다.

"나왔네."

기욱이는 태현이를 보더니 반가운 표정을 지었다. 그러나 곧 심각한 표정으로 말했다.

"내가 할 말은…… 음…… 너 성적 올리고 싶지 않아?"

그 말을 듣고 태현이는 잠시 생각했다.

'공부 잘하는 놈이…… 나한테 왜 공부 얘기를……. 평소에 나한테 성적 얘기는 한 번도 안 꺼내던 놈이…… 왜?'

"갑자기 왜? 나는 그런 거 신경 안 쓰잖아. 잘 알면서……."

태현이가 대답했다.

"네가 성적을 올릴 수 있는 방법이 있긴 한데……."

"너는 시험 그럭저럭 잘 보잖아."

"너와 나 둘 다 좋은 거야. 그래서 널 부른 거야. 들어 볼래?"

"뭔데?"

태현이가 물었다.

"이번 시험지……. 그걸 우리가 구하는 거야."

기욱이가 조심스레 말했다.

"어디서 그걸 구해? 우리가 뭐 훔치지 않는다면야……."

"니가 말한 대로야. 학교에서 가져오는 거지."

"뭐? 시험지를 훔친다고? 너 좀 이상해진 거 아니야?"

태현이가 놀라서 물었다.

"아니야. 나 사실 성적이 형편없어졌어. 이번 시험 못 보면 집에서 쫓겨날 거야."

"그래도 그렇지……. 어떻게 그걸 해?"

태현이는 도저히 상상하기 어려운 제안이었다. 그러나 기욱이는 더 적극적으로 태현이를 설득했다.

"잘 생각해 봐. 너 그동안 선생님한테 가서 상담받은 횟수 다 세려면 머리 아프지? 그리고 애들이 너 공부 못한다고 무시할 때 좋았어?"

"……."

"내가 너보고 일등하라는 것도 아니잖아. 네 성적도 올리면서 나 좀 도와줘."

태현이는 잠시 동안 생각했다. 시험을 잘 봐서 상담을 받지 않고, 오히려 선생님께 칭찬받는 장면을 상상해 보았다.

'야, 우리 태현이 이번에 웬일이야? 공부 진짜 열심히 했구나?

장하다! 훌륭해!'

그리고 아이들에게 본받으라고 추켜세워 주실 것이다. 그러면 아이들도 무시하지 못할 것이고, 부모님은 뭐 두말할 필요도 없다. 그토록 애원하던 컴퓨터도 새로 바꿔 주실 것이고……

만약 이번 시험 역시 예전처럼 개판이라면 여전히 가족들에게 구박받고, 애들에게 무시당하고, 선생님과 상담을 하며 온갖 구박을 받으며 변명을 늘어놓아야 할 것이다. 태현이는 입술을 꼭 깨물었다. 기회를 놓치고 싶지 않다는 생각도 들었다. 게다가 기욱이는 똑똑한 녀석이 아닌가?

"좋아. 하자! 어떻게 하면 되는 건데?"

태현이는 결심하고 말했다. 기욱이의 표정이 밝아졌다.

"자세한 건 내일 알려 줄게."

다음 날 아침, 기욱이가 태현이네 교실로 찾아왔다.

"오늘 오후 다섯 시 삼십 분까지 학교 정문으로 와. 기다릴게."

그렇게만 말하곤 남들이 볼세라 얼른 돌아갔다. 태현이는 그때부터 시간만 세고 있었다. 1교시, 2교시…… 5교시, 6교시. 시간은 빠르게 지나갔다. 수업이 끝난 후 태현이는 집에 가방을 놓고 학교로 다시 왔다. 기욱이가 정문에서 태현이를 기다리고 있었다.

"일단 나만 따라와."

둘은 학교 안으로 향했다. 학교 문은 오후 여섯 시에 잠긴다. 안으로 들어갈 때쯤 보니 20분이 남아 있었다. 문 앞에서 학교를 지키는 아저씨를 만났다.

"너희들 지금 학교에 왜 들어가려고 하냐?"

특별한 의심을 하는 것 같지는 않았지만, 태현이는 가슴이 두근거렸다.

"수행평가 과제를 두고 와서요. 빨리 갔다 올게요."

기욱이가 대답했다.

"진짜야?"

아저씨가 장난스럽게 또 물었다.

"네!"

태현이도 엉겁결에 대답했다. 학교 안은 조용했다. 교무실 문에 있는 유리로 들여다보니, 대부분의 선생님들이 퇴근하셨고 서너 분만 퇴근 준비를 하고 있었다. 학생은 태현이와 기욱이가 전부였다. 둘은 한 층 올라가 화장실로 향했다.

"여기서부턴 내가 하는 말 잘 들어. 내가 아는 애가 성공했던 거니까 걱정은 많이 안 해도 돼. 내가 학교 안에 있는 사람의 관심을 모을 때, 니가 시험지를 가져오는 거야. 시험지는 등사실에 있을 거야. 물론 들어가긴 어렵겠지만 내가 잘 알아서 할게. 알겠어?"

기욱이가 말했다.

"진짜 이거 성공하는 거 맞지? 왠지 모르게 불안하네."

태현이가 불안한 듯 소곤거렸다.

"너무 걱정하지 말라니까……. 자! 이제 가자."

둘은 등사실 쪽으로 갔다. 복도 쪽으로 난 문은 잠겨 있었다.

"일단 모퉁이에 숨어 있다가 사람이 없다는 걸 확인하면 등사실로 들어가. 그리고 시험지를 얻는 대로 1층 화장실을 통해서 나가."

기욱이가 말했다. 기욱이는 학교 앞문에서 좀 먼 쪽 창문 하나를 발로 깼다.

'쨍그랑!'

조용한 학교에 큰 소리가 울렸다. 그 소리에 등사실, 숙직실에 있던 선생님들이 뛰어나왔다. 다 나왔는지는 알 수 없었다. 하지만 태현이는 운에 맡기기로 하고 등사실에서 사람이 나오자마자 모퉁이 뒤에 숨어 있다가 마음을 가다듬고 등사실로 들어갔다. 다행히 아무도 없었다. 태현이는 시험지를 찾았다. 긴장되었다. 어디에 시험지가 있는지 빨리 눈에 들어오지를 않았다. 누군가가 금방이라도 들이닥쳐 걸릴 것만 같았다. 태현이의 행동이 빨라졌다. 그때였다. 태현이의 눈에 인쇄기가 돌고 있는 게 보였다. 태현이의 눈이 반짝였다. 바로 그 안에 시험지가 있었던 것이다.

그중에서 2학년이라고 써 있는 시험지 몇 장을 들고 나왔다. 그러고는 1층 화장실로 빠르게 뛰어갔다. 1층 화장실은 외부로 통하게 되어 있다. 태현이는 화장실 문을 열고 학교 밖으로 나왔다. 그러곤 정문에서 기욱이를 기다렸다. 시험지는 주머니 속에 차곡차곡 접어 넣었다.

한 20분쯤 기다렸을까. 기욱이가 나왔다.

"너 어떻게 했어?"

태현이가 물었다.

"별거 아니었어. 창문을 깼을 때 사람이 왔는데, 어떤 무서운 형을 만나서 도망가려고 깼다고 말했더니 보내 줬어."

기욱이는 마치 각본을 다 짜 두었다는 듯이 말했다.

"시험지는 안전한 거지? 시험지는 나한테 줘. 내가 오늘 내로 답지 만들어서 줄게."

태현이는 시험지를 기욱이에게 넘기고 집으로 돌아왔다. 밤늦게 기욱이가 와서 답지를 주고 돌아갔다. 태현이는 답지를 가지고 자기 방으로 들어갔다. 컴퓨터 생각 같은 건 없었다. 그저 시험 잘 볼 생각에 넋이 나가 있을 뿐이었다.

다음 날부터 태현이는 마음 놓고 시험 날을 기다렸다. 이제 좋은 점수는 따 놓은 것이나 다름이 없다고 생각하니 저절로 여유가 생겼다.

시험 첫 날, 첫 시간. 태현이는 시험지를 받자마자 쉽게 문제를 풀었다. 뭐 읽어 볼 필요도 없었다. 100점 또는 실수로 틀려도 95점 이상은 당연하게 나올 것이다. 너무 빨리 문제를 풀었기 때문에 태현이는 이 생각 저 생각 하며 시간을 때우고 있었다.

그런데 1교시가 끝날 무렵이었다. 갑자기 옆에 있던 1학년 아이가 울기 시작했다. 태현이네 학교는 1, 2학년이 절반씩 교실을 바꾸어 시험을 본다. 1학년 아이는 시험에 나온 것을 잘 몰라 답답해서 그러는 것 같았다. 태현이는 울고 있는 아이를 바라보다 갑자기 자신이 한심스럽다는 생각이 들었다.

'저 아이는 지금 자신이 제대로 공부하지 못해 결과가 좋지 않은 것에 대해 후회하며 아파하고 있는 것이 분명하다. 그런데 나는 어떤가? 훔친 시험지로 너무나도 쉽게 시험을 보았다. 아무런 노력 없이 아주 쉽게 모든 답을 쓸 수 있었다. 그러나 이번뿐이다. 언제까지 시험지를 훔쳐서 점수를 올릴 것인가? 결국 언젠가는 나의 실력이 드러나고, 그때는 이미 돌이킬 수 없을 정도로 늦어 버린 뒤일 것이다. 오히려 더 웃음거리가 되고, 나를 믿지 못할 것이다. 그때는 허송세월한 시간을 되돌릴 수도 없을 것이다.'

여기까지 생각이 들자, 점점 태현이의 마음속에는 후회가 밀려오기 시작했다.

'나는 노력하지 않은 것에 대해 저 아이처럼 후회한 적이 없어. 그래서 내겐 여태껏 발전이라는 게 없었을지 몰라. 답지가 필요한 건 바로 저 아이일지도 몰라. 내가 이번에 이렇게 시험을 쉽게 넘어간다면, 아마도 다음번에는 더 쉬운 방법을 찾아내려고 궁리하겠지.'

태현이는 확실한 결정을 내려야겠다는 결심을 했다. 2~3분만 있으면 종이 칠 것이다. 빨리 결정해야 했다. 종이 치기 전에 말이다. 태현이는 답지를 구겨서 창밖으로 던졌다. 창밖으로 양심을 담은 답지가 날아가 바닥으로 서서히 떨어지고 있었다.

읽고 쓰고 톡톡!

1. 각 소설의 사건 개요를 써 봅시다.

	사건의 개요
불꽃 사건	
자전거 도둑	
불장난	
시험지	

2. 각 소설의 사건이 얼마나 재미있었는지 평가하고, 그렇게 평가한 이유를 적어 봅시다.

	사건의 흥미성	이유
불꽃 사건	☆☆☆☆☆	
자전거 도둑	☆☆☆☆☆	
불장난	☆☆☆☆☆	
시험지	☆☆☆☆☆	

3. 여러분이 쓰고 싶은 소설의 사건 개요를 써 봅시다.

김 선생님의 소설 톡톡!

〈불꽃 사건〉, 〈자전거 도둑〉, 〈불장난〉, 〈시험지〉는 매우 흥미로운 사건을 다루고 있습니다. 소설은 '그 사람에게(또는 그곳에서) 무슨 일이 일어났나' 하는 이야기(서사)입니다. 일어난 일, 즉 '사건'의 재미가 바로 소설의 재미입니다. 사건은 독자들에게 '호기심과 궁금증, 긴장감'을 불러일으킵니다. 하지만 지나치게 흥미만을 추구하면 극단적인 사건 중심으로 쓰게 되고, 자칫 '사실성과 진실성'이 없는 황당무계한 소설이 될 수도 있습니다.

〈불꽃 사건〉은 약자를 괴롭히는 폭군을 응징하는 통쾌한 사건을 쓰고 있습니다. 교실에서 장애를 가진 종완이를 괴롭히는 최윤성을 제어할 수 있는 사람은 아무도 없습니다. '나'를 포함한 모든 아이들은 힘이 센 쪽에 붙거나 무력하게 관망할 뿐입니다. 우리의 현실과 똑같습니다. 현실에는 종완이와 최윤성 같은 인물들은 있지만 그것을 바로잡는 임우환은 없습니다. 그래서 이 소설을 쓴 학생은 임우환을 창조해 냈습니다. 전학생 임우환은 종완이를 괴롭히는 못된 최윤성을 멋지게 때려눕힘으로써 교실의 평등과 정의를 세워 줍니다.
이것이 바로 소설의 힘입니다. 소설은 현실을 반영하면서도 그 현실을 새롭게 변화시킬 수 있는 힘을 가지고 있습니다. 여기서 '불꽃'이란 바로 우리의 마음속에 꺼져 가던 '정의의 불꽃'을 의미하며, '불꽃 사건'이란 '정의를 위한 싸움'을 말합니다. '약자에 대한 강자의 억압 관계'는 우리 사회에 가장 만연한 갈등입니다. 세상에는 '빈부 격차, 사상의 차이, 성차별, 인종 차별, 종교 차별, 민족 차별……' 같은 참으로 많은 갈등이 존재합니다. 이러한 갈등과 차별에 대한 문제 해결 방법은 다양하지만, 소설도 한몫을 할 수 있답니다.

<자전거 도둑>은 자전거를 훔쳐서 파는 자전거 도둑을 탐문 끝에 붙잡는 사건을 다루고 있습니다. 이 소설을 쓴 학생은 애지중지 아끼던 새로 산 자전거를 잃어버린 경험을 살려서 소설을 썼습니다. 현실에서는 도둑을 잡지 못한 채 포기했지만 안타까운 마음이 남아 소설 속에서는 도둑을 잡는 것으로 그린 것입니다.

이 소설은 마치 탐정 소설처럼 범인을 추적해 가는 과정이 매우 흥미롭습니다. 또 막다른 골목길에서 격투 끝에 도둑을 잡아 변장을 벗기는 장면은 마치 수사 드라마의 한 장면처럼 역동적이고 경쾌합니다. 다만 잡힌 자전거 도둑이 전학 온 친구였다는 설정은 지나치게 우연성에 기댄 사건의 전개라는 점에서 아쉬움이 남습니다.

<불장난>은 불장난을 하다가 집에 불을 낸 사건을 다루고 있습니다. '나'는 부모님이 자신을 동생과 차별한다는 피해 의식에 젖어 불장난으로 불만을 표현합니다.

우리 사회에서는 종종 방화범으로 인한 엄청난 사건들이 일어나곤 합니다. 자신이 사회에서 차별받는다는 피해 의식에서 비롯해 불특정 다수에게 분풀이를 한 예가 많습니다. 자동차에 불을 지르기도 하고, 많은 사람들이 이용하는 지하철에 불을 지르는 끔찍한 사고도 있었습니다. 또 국보 남대문에 불을 지른 어이없는 경우도 있었습니다.

이 소설의 주인공 동영은 불을 내고 도망갔다가 산에서 굴러떨어지지만, 이 철없는 주인공을 가족은 따뜻하게 용서해 줍니다. 자신의 잘못을 뉘우치며 동생에게 친절하고 다정한 오빠가 되는 해피엔딩을 선택했는데, 이런 소설은 성장 과정에서 겪는 진통과 아픔을 그린 '성장 소설'이라고 할 수 있습니다.

〈시험지〉는 상상해 본 일을 쓴 소설입니다. 시험, 성적표, 꾸지람 등에 시달린 학생이라면 누구나 한 번쯤 이런 비슷한 상상을 해 보았을 것입니다. '학교에 불이 나서 시험지가 다 타 버린다'든가, '몰래 시험지를 빼내서 만점을 받는다'든가 하는 상상 말입니다. 〈시험지〉는 바로 그런 상상 속의 사건을 실제처럼 형상화한 공상 소설인 셈입니다.

학기말 고사를 앞둔 태현이는 기욱이의 제안으로 대담하게도 시험지를 훔치는 데 성공합니다. 그러나 결말은 학생답게 내면의 갈등과 양심의 소리를 듣고 스스로 포기하는 쪽으로 정리했습니다. 하지만 어렵게 훔친 시험지를 포기하고 양심에 따라 행동하는 계기가 조금 약하다는 단점이 있습니다. 1학년 학생이 시험을 잘 보지 못해 우는 모습이 마음을 바꾸는 계기로 그려져 있는데, 더 뚜렷한 이유를 설명해 주는 것이 소설의 진실성을 높여 줄 것입니다. 억지로 꾸민 듯한 사건의 설정은 인위적이라는 단점이 있습니다.

3 배경

◉ 언제 일어난 일인가?
(왜 하필이면 그 때여야 하는가)

연대 -	나이	학년			
계절 -	봄	여름	가을	겨울	
시간 -	아침	점심	오후	저녁	밤

◉ 어디서 일어난 일인가?
(왜 하필이면 그 곳이어야 하는가)

나라	서울	○○동	집	방
산	강	바다	길	
학교	운동장	공원		
버스	지하철			

네 편의 학생 소설을 읽고 소설의 '배경'에 대해 알아봅시다.
벚꽃 가득한 등굣길 | 2000원의 가치 | 지웅이의 가출 |
책상 밑에서 엄마 욕을 쓰다

벚꽃 가득한 등굣길

한도우

4월이라……. 머리카락을 제외하고는 전부 평범함의 극을 달리는 나, 강회윤이 중학교에 입학한 지도 벌써 한 달이 지났다.

지난 한 달간을 쭉 회상해 봤지만 재밌는 일은 없었던 것 같다. 생각해 보니 좋은 기억조차 없었다. 중학교에서의 첫 기억은 왼쪽 눈을 완전히 가린 머리를 입학식 날 교장 선생님에게 직접 잘릴 뻔했다는 거다.

입학할 때는 이팔청춘이 되는 중학교 3학년이 되기를 기대했지만, 3학년 선배들 얼굴의 검은 오오라(수심 깊은 얼굴)를 보고 '저게 어딜 봐서 청춘이야?'라는 생각이 들어 절망하고 말았다.

오늘은 7교시 수업에다 주번이다. 늦게야 청소를 끝내고 집으로 가고 있었다. 계단 난간을 내려갈 때 아래쪽에서 어떤 여자애가 앞서 가고 있었다. 그 애 옆을 지나갈 때 얼른 따라잡았다. 그리고 다시 천천히 뒤처져서 따라갔다.

얼핏 본 이름표 색으로 봐선 나랑 같은 1학년인 것 같았다. 그 여자아이는 운동장으로 내려가더니 천천히 조깅을 했다. 나는 멈취 서서 홀린 듯 보고 있었다. 어느새 나는 운동장 벤치에 앉아서 이유 없이 그 아이를 보고 있었다. 마치 시간의 경과대로 흘러가는 다큐를 보는 것 같았다. 아무 변화도 없는 동작이 이어졌다. 하지만 재미없지는 않았다.

핸드폰을 봤더니 어느새 다섯 시였다. 의도한 건 아니지만 학원을 땡땡이치고 말았다. 어차피 지금 가면 매 맞고 밖에 나가 있어야 하니 수업은 듣지도 못한다. 그래서 그냥 집으로 가려고 일어나는데, 이게 웬일인가? 흙먼지를 일으키며 여자아이가 넘어졌다. 그냥 엎어져서 아무 움직임도 없다. 아무래도 우는 것 같았다.

"아, 이런……."

저절로 탄식이 나온다. 저 애는 중학생이나 돼서 운동장에서 넘어져 지금 뭐하는 짓인가? 그냥 외면하고 가려 했지만 양심이 갈등하고 있었다. 심지어 운동장에는 인적도 없고, 바람만 떠돌아다니고 있지 않은가?

"아이 씨발……."

되는 일 하나도 없다. 나는 여자애한테 뛰어갔다. 하필이면 내가 있는 반대편 쪽에서 넘어져 있다. 왼쪽 눈을 완전히 덮어 버리게 기른 머리카락이 흔들린다. 얼굴을 엄청 간질이는 것이 이럴 땐 정말 거슬린다. 이런 단순한 달리기에도 힘들어 하는 내 체력을 저주해 가며 겨우 도착했다.

"후……, 괜찮나?"

속으로는 이렇게 말했다.

'제발 훌쩍거리다가 '살려 주세요' 같은 얼굴로 보지 말아 줘.'
"다리가……."

다리를 보았더니 왼쪽 다리가 심하게 다친 것 같았다. 그래서 주저하지 않고 업은 뒤 전력으로 아는 종합병원으로 뛰어갔다.

다섯 시의 거리는 오늘따라 사람이 더욱 많아 보인다. 사람을 업고 달려 본 기억이 있는가? 있다면 내 말에 공감할 것이다. 괴물 같은 체력이 아니고는 곧 지쳐 버리고 만다. 그러나 지친 와중에도 오기로 계속 달렸다. 걷는 게 더 빠르겠다. 아이들과 노는 일이 거의 없는 나에게 체력이란 단어는 먼 나라 얘기다. 사람들 사이로 지나가는데 사람들이 나를 자꾸 곁눈질했다. 굉장히 뭐가 팔린다.

"누구세요?"

힘든 와중에 생각했다. 이런 상황에서 이렇게 물을 수 있는 녀석을 바보라 해야 할지 순진하다 해야 할지…….

저기 멀리 종합병원 간판이 보인다. 너무 지친 나머지 간판 양옆에 천사 미카엘의 가호가 보이는 것 같기도 하다.

병원에서 기진맥진한 채로 알아낸 여자애의 이름은 '신유화'. 물감 같은 이름이다. 유화의 아버지가 딸이 죽기 직전이라는 소식이라도 들은 듯 달려왔다. 고맙다는 인사를 받기 전에 나는 병원을 나왔다.

저녁 일곱 시. 집에 가니 문이 잠겨 있다. 옆에 메모가 있다.

'학원에 안 갈 거면 집에도 오지 마!'

짧지만 무서운 메모다. 안에는 아무도 없다.

'이건 좀 심하지 않은가!'

하루의 10분의 1이나 되는 시간을 쓰기는 하지만, 매일 맞기나 하고 배우는 건 쥐꼬리만큼도 안 되는 학원을 단 한 번 땡땡이쳤다고 지금 엄마가 나한테 이렇게 하다니! 난 정말 분개하지 않을 수 없다.

반에서 8등이면 그런대로 잘한다고 인정해 달라고 하고 싶다. 엄마는 아무래도 내가 전교 1등 되기를 바라는 것 같다. 성경에 나오는 표현을 빌리자면 그건 낙타가 바늘구멍 통과하기보다 어려운 일이다. 우리 반에는 최상위 성적의 녀석들이 둘이나 있기 때문이다. 나는 주저앉아 버렸다.

'최상위 성적 녀석들도 똑같이 24시간 생활하고, 학교에선 공부하는 것 같지도 않은데 어디 숨어서 공부하는 거야?'

잡념에 사로잡혀 한 시간쯤 지났을까? 엄마가 나타나서 잠시 주춤하더니 집으로 들어가자마자 빗자루를 가지고 나와 나를 사정없이 두드려 패기 시작했다. 피할까 맞을까 아니면 오늘 있었던 일을 말할까 고민했지만, 결론을 내리지 못했다.

'빌어먹을!'

나도 어떻게 해야 할지 모르겠다. 그래서 그냥 아무 행동도 안 하고 밤새도록 몽둥이찜질 '풀코스'를 충분히 즐겼다.

다음 날 아침엔 정말 몇 분 동안 못 일어날 정도로 심하게 몸이 아팠다. 숙취가 이런 기분인가. 온몸의 뼈와 근육의 저질스런

하모니를 충분히 느끼며 일어난 나는 엄마와 아침밥이 동시에 행방불명된 것을 알았다. 가끔씩 이러는 거, '엄마…… 정말 싫다.' 밥통이 비어 있으므로 아침밥은 포기하고 교복을 입고 등굣길에 올랐다. 불행하다.

그런데 학교로 올라가는 언덕 앞에 도착했을 때, 멀리서도 목발을 짚고 올라가는 낯익는 뒷모습이 보인다. 신유화다.

"야!"

그녀가 뒤를 돌아본다. 포니테일 머리가 조금 흔들린다.

"아, 안녕……하세요."

이 말을 하는 데 3초나 걸렸다. 은인을 그렇게 쉽게 잊은 건가. 그리고 또 하나의 생각.

'학년 같으니까 존댓말 쓸 필요는 없지 않나?'

"아, 네. 이름도 아직 모르네요. 실례지만 이름을 물어보고 싶은데……."

우리나라가 동방예의지국이라는 것에 자부심을 갖고 있는 건지, 어제 생각한 것처럼 그냥 바보인 건지……. 어쨌든 인연도 있는 것 같으니 이름 정도는 말해도 상관없을 것 같다.

"내 이름은 강회윤, 1학년 4반."

"제 이름은 신유화, 1학년 1반이에요. 잘 부탁드립니다."

"빨리 안 올라가면 지각할 거야."

이름보다도 다리 상태가 어떤지 물어보고 싶었지만, 정말로 엄마한테 맞은 데가 아팠지만, 아무 말도 하지 않고 계단을 걸어 올라갔다.

　유화가 올라가기 힘든 것 같아 업어 주고 싶었지만, 아무래도 어제와는 비교도 안 될 만큼 많은 학생들이 있다. 그래서 절룩거리는 그 애를 부축해 주었다.

　부축해 주느라 계단을 평소보다 천천히 올라가는 내내, 빠르게 지나가는 아이들 머리 사이로 벚꽃이 활짝 피어 있었다.

　'4월이라……'

　좋은 기억 하나 생긴 것 같다. 얼굴에 저절로 미소가 생겨난다.

2000원의 가치

박중현

"강대야! 일어나야지."
"음, 10분만요."
"엄마 이제 나가야 해. 빨리 일어나!"
"알았어요. 일어났어."
"그러고 또 눕지! 엄마 나가야 된다니까. 아침밥 먹고 이모 댁에 가야지!"
"네! 네! 진짜 일어났어요."
"일어났으면 빨리 이불 개고 나와."

여느 때와 마찬가지로 강대네 집의 아침은 시끄럽다. 깨우려는 엄마와 1초라도 더 자고 싶어 하는 강대의 다툼 아닌 다툼으로 말이다. 강대는 이불을 돌돌 말고는 눈을 반만 뜬 채로 비틀비틀 방에서 나왔다. 그러고는 화장실로 향하며 엄마한테 말했다.

"엄마, 오늘 토요일이에요?"
"그래. 토요일이 무슨 날인지 알지?"
"그럼요. 엄마가 출근했다 집에 안 오시는 날. 그래서 이모 댁에 가야 하는 날."

강대는 힘없이 말했다. 엄마와 함께 토요일을 보내고 싶은 마음이 굴뚝같다는 듯이. 강대는 잠에서 완전히 깨려고 세수를 하고 밥상에 앉았다. 그러고는 숟가락을 들어 밥을 퍼 먹었다.

"강대야, 오늘은 학교 안 가는 토요일이지?"

"네."

"그럼 이모 댁에 좀 일찍 가라. 그리고 엄마 방 화장대에 2000원 넣어 놨으니까 비상금으로 써. 알았지? 그리고 차 조심하고. 이모 힘들게 하지 말고. 이모가 심부름시키면 '네' 하고. 알았지?"

엄마는 걱정스럽게 강대에게 잔소리를 늘어놓았다.

"걱정하지 마세요. 저도 이제 초등학교 2학년이에요. 하루 이틀 가는 것도 아니고 매주 토요일마다 가는 건데. 걱정하지 말아요, 엄마."

강대는 엄마를 안심시키려고 애써 말했다. 그제야 엄마는 안심이 되었는지 회사에 갔다. 강대는 엄마가 나가자 두 숟가락 정도 먹다가 밥통에 밥을 도로 넣었다. 일찍 일어나서 그런지 입맛이 없었다.

강대는 매주 토요일마다 이모 댁에 가야 된다는 게 싫다. 이럴 때는 돌아가신 아빠가 너무 보고 싶다. 그러나 그런 걸 엄마 앞에서 말하면 엄마가 슬퍼할 게 뻔했다. 그래서 강대는 아무 말 없이 매주 이모 댁에 간다. 강대는 이모 댁에 가기 위해서 씻고 옷을 입었다. 채비를 모두 한 다음에 강대는 2000원을 가지고 가기 위해 안방으로 들어갔다.

돈을 보자 강대는 신이 났다. 2000원이나 주시다니.

'이 2000원으로 뭘 하지?'

강대는 엄마가 놓고 간 2000원을 주머니 속에 꼭꼭 넣고는 집에서 나왔다. 아직 지하철을 타고 다니기에는 어린 나이지만, 어렸을 때부터 자주 갔던 이모 댁이라 강대는 전혀 무섭지 않다. 그냥 의무적으로 학교에 가는 것과 같이 이모 댁에 가는 것뿐이다. 강대는 지하철역을 향해 가면서 생각했다.

'오늘은 이모 댁에서 뭘 하고 놀지? 오늘도 사촌 동생들이나 약 올리면서 놀까?'

사촌 동생들이 놀림을 당하고, 자기를 때리려고 쫓아다니는 귀여운 모습이 눈에 선했다. 그러다가 문득 2000원으로 뭘 할지 결정을 안 했다는 것이 생각났다.

'맞다. 2000원! 2000원으로 장난감이나 사 가지고 가서 사촌 동생들이랑 놀까?'

'아니야. 장난감은 사촌 동생들이 달라고 조르고, 가지고 놀다가 망가뜨리고 말 거야.'

그때 먹고 싶은 게 생각났다.

'그래. 그때 이모가 사 주신 맛있는 닭꼬치를 사 먹자.'

강대의 입에는 벌써부터 군침이 돌기 시작했다. 그때 먹은 닭꼬치의 맛은 한 달이 지난 지금도 군침을 돋우었다. 강대는 닭꼬치가 세상에서 가장 맛있었다. 엄마가 해 주신 케이크보다 더. 강대는 닭꼬치 먹을 생각에 신이 나서 노래를 부르면서 갔다.

"세상에서 제일 맛있는 닭꼬치~ 꿀보다 맛있는 닭꼬치~"

이렇게 노래를 부르며 걷고 있는데, 저 앞에서 누군가가 절뚝거리며 걸어오는 게 보였다. 그 사람이 강대 앞에 섰을 때, 그의 가슴에 붙어 있는 글씨가 보였다.

'휠체어를 사고 싶습니다. 도와주세요.'

몇몇 사람들이 그에게 1000원짜리, 500원짜리를 건네주고 갔다. 강대는 그것을 보면서 천천히 걸었다. 그 남자는 힘들게 절뚝절뚝거리며 넘어질 듯 비틀비틀 걸어갔다. 금방이라도 넘어질 것만 같았다. 강대는 순간 주머니 속에 있는 2000원이 생각났다.

'아, 나도 돈이 있지. 근데…… 이 돈은 닭꼬치를 사 먹어야 하는 돈인데.'

순간 강대는 고민을 했다. 저 불쌍한 아저씨께 돈을 드려야 하나 아니면 맛있는 닭꼬치를 사 먹어야 하나. 갑자기 강대는 일주일 전의 바른생활 시간이 생각났다.

"여러분! 어려운 사람들을 보면 어떻게 해야 하죠?"

선생님이 이렇게 물었을 때 강대는 크고 자신 있게 대답했다.

"당연히 도와드려야 해요!"

강대는 그때가 생각나자 2000원을 드려야 한다고 생각했다. 2000원을 주머니에서 꺼내려는 순간, 닭꼬치의 꿀 같은 맛이 생각나면서 군침이 돌기 시작했다. 그러면서 강대는 자신도 모르게 이런 생각을 했다.

'에이, 2000원으로 휠체어를 살 수 있겠어? 2000원짜리 휠체어가 있다는 소리는 못 들었다. 그냥 닭꼬치나 먹자. 다른 사람들이 많이 도와주면 되겠지.'

이렇게 생각하니 왠지 모르게 마음이 편해졌다. 마치 무슨 죄를 씻기라도 한 것처럼. 강대는 다시 지하철역을 향해 갔다.

강대는 지하철역에 도착해서 계단을 내려갔다. 그런데 오늘따라 그동안에는 별로 보지 못했던 불쌍한 사람들이 자꾸 눈에 띈다. 계단 중간쯤에 쭈그려 앉아 있는 할머니가 눈에 들어왔다. 할머니는 이렇게 추운 날 목도리, 장갑도 없이 쭈그려 앉아 떨고 있었다. 너무나 불쌍했다.

'우리 외할머니는 돌아가시기 전까지 엄마가 보살펴 드렸는데. 저 할머니는 자식이 먼저 죽었나?'

이런 생각을 하니 그 할머니가 더 측은하게 느껴졌다. 그리고 갑자기 도와드리고 싶다는 생각이 들었다.

'주머니에 2000원이 있는데, 그거라도 드릴까?'

하지만 역시 아까처럼 망설이는 마음이 들었다.

'안 돼! 닭꼬치 사 먹으려고 했는데······.'

강대는 또다시 고민 아닌 고민에 빠졌다.

'아······ 닭꼬치는 먹고 싶고, 할머니는 불쌍하고······.'

'닭꼬치냐 할머니냐 그것이 문제로다.'

강대는 생각에 잠겼다. 그때 지하철이 들어오는 소리가 들렸다. 순간 강대는 자신이 끼고 있던 장갑이 생각났다.

'그래, 장갑을 드리자. 지금은 먹는 것보다는 추운 게 더 힘들 거야. 집에 또 장갑이 있으니까, 이거 하나 드려도 엄마한테 혼나지 않을 거야.'

그렇게 생각을 하고 강대는 재빨리 장갑을 벗어서 할머니 옆에 놨다. 그러고는 지하철로 뛰어 들어갔다.

이모 댁에 도착하려면 20분 정도 가야 해서 강대는 지하철 안에서 잠을 자려고 했다. 눈을 감고 생각하니 장갑을 드린 것이 매우 뿌듯했다. 강대가 막 잠이 들려는 때였다. 역에서 문이 열리고 사람들이 내리고 타더니, 대학생 누나와 형이 들어왔다. 그들의 손에는 '모금함'이라고 적힌 상자가 들려 있었다. 대학생 누나와 형은 얼굴이 발그스름하게 달아올라 있었다. 대학생 형이 머뭇거리더니 연설을 시작했다.

"여러분! 잠시 집중해 주시기 바랍니다. 3분이면 됩니다. 잠시만 여기를 봐 주세요."

그 형은 처음에는 부끄러운 듯이 작게 말하더니 조금씩 목소리가 커지기 시작했다.

"여러분! 지금 아프리카에서는 밥을 못 먹어서 죽어 가고 있는 아이들이 수백만 명에 이르고 있다고 합니다. 지금 이 아이와 같은 또래들이 말입니다."

그 형은 강대를 가리켰다. 순간 강대는 얼굴이 빨개졌다. 사람들의 시선이 강대에게 잠시 집중되었기 때문이다.

"여러분! 이들은 많은 돈을 필요로 하지 않습니다. 2000원이면

한 가족이 3일을 먹고살 수 있다고 합니다. 단돈 2000원으로 말입니다."

이번엔 여대생 누나가 말했다. 누나는 사진 한 장을 보여 주었다. 사진에는 뼈밖에 없는 아이가 거의 죽을 듯한 얼굴을 하고 누워 있었다. 강대는 그 사진을 보고 생각했다.

'아! 잔인해. 저건 사람이 아니라 완전 해골 뼈다귀잖아. 누가 저렇게 한 거지?'

강대가 이런 생각을 하자 대학생 누나는 강대의 말을 듣기라도 한 것처럼 말했다.

"여러분! 이 아이는 무슨 잘못이 있어서 이렇게 된 것이 아닙니다. 누가 이렇게 만든 것도 아닙니다. 먹을 것이 없어서 이렇게 죽어 가고 있습니다. 우리나라에서는 먹기 싫어서 남기는 밥을 이 아이들은 먹지 못해서 죽어 가고 있습니다."

이 말을 듣자 강대는 밥을 남기지 말아야겠다고 생각했다. 그리고 다시 2000원이 생각났다.

'이 돈이면 가족들이 사흘이나 먹을 수 있다고 했는데.'

"여러분! 여러분은 2000원을 과자 사 먹는 데 씁니다. 그 과자 한 번 안 먹고 불쌍한 아이를 살릴 수 있다면 그것보다 쉬우면서도 뿌듯한 일은 없을 것입니다. 부탁드립니다. 자, 주저하지 마시고 이 모금함에 돈을 넣어 주세요."

대학생 형이 모금함을 가지고 다니자 여러 사람들이 돈을 넣기 시작했다. 그것을 보고 강대는 생각했다.

'다행이다. 내가 아니어도 많은 사람들이 돈을 넣네. 저 정도면 애들을 충분히 도울 수 있겠지? 그럼 난 내지 않아도 되겠다.'

강대는 안심을 하고는 다시 잠을 자기 위해 눈을 감았다.

지하철에서 내려 이모 댁으로 향했다. 10분쯤 걸어가 드디어 닭꼬치집에 도착했다. 강대는 신이 났다.

"아저씨! 닭꼬치 하나만 주세요."

강대는 굉장히 큰 목소리로 말했다. 돈부터 내고, 닭꼬치가 구워지는 냄새를 맡으며 살짝 웃음을 지었다.

"자! 다 됐다, 꼬마야."

아저씨가 꼬치를 손에 쥐어 주었다.

"아! 먹는다! 드디어 먹는다!"

강대는 너무도 기쁜 나머지 침을 흘리며 닭꼬치를 내려다보고 중얼거렸다. 그리고 이모 댁을 향해 걸어가며 닭꼬치를 한 입 베어 물었다. 입에서 녹는 그 맛. 강대는 그 맛을 느끼기 위해 불쌍한 사람들을 제쳐 두고 2000원을 지켜 오지 않았는가! 닭꼬치는 달콤하면서도 매콤하게 입 안을 톡 쏘았다. 충분히 2000원의 가치가 있는 맛이었다.

'아! 진짜 맛있다.'

하지만 한 스무 걸음이나 걸었을까? 벌써 닭꼬치가 없다.

'어? 뭐야! 벌써 다 먹어 버렸잖아!'

'아 씨, 무슨 양이 이렇게 적어? 아껴 먹을걸!'

강대는 짜증이 났다. 아직 배가 차지도 않았는데……. 영원할 것만 같던 그 꿀 같은 닭꼬치의 맛이 몇 걸음 가지도 않아 금세 사라지다니. 강대는 2000원을 그냥 버린 것 같은 느낌이었다.
'아, 양이 조금만 더 많았으면 좋을 텐데.'
'도대체 내가 2000원으로 뭘 한 거지?'

그날 밤이었다. 강대가 집으로 돌아가는데 한 남자가 앉은 채로 낑낑거리며 강대에게 다가왔다. 그 남자는 강대에게 뭐라고 말을 하고 있었다. 강대는 무슨 말인지 듣기 위해 그 남자에게 다가갔다.
"네가 2000원만 줬더라면 난 휠체어를 살 수 있었어! 근데 난 2000원이 부족해서 이렇게 앉은뱅이가 돼 버렸다고! 다 너 때문이야!"

강대는 그 남자가 무서워서 마구 달아났다. 그렇게 마구 뛰어가다가 한 남자아이와 부딪혔다. 남자아이가 넘어져서 뒹굴고 있었다. 그 남자아이를 일으켜 주려다가 강대는 깜짝 놀라서 뒤로 자빠지고 말았다. 그 남자아이는 뼈밖에 없는 해골이었다. 낮에 대학생들이 보여 준 사진 속의 아이였다. 그 남자아이는 강대를 원망스러운 눈빛으로 쳐다보며 이렇게 말했다.
"네가 2000원을 주지 않아서 우리 형이 어제 죽었어! 아마 나도 곧 죽을 거야. 니가 2000원만 주었더라면 우리 둘 다 살 수 있었다고! 다 너 때문이야!"

강대는 눈물이 나왔다.

"난 닭꼬치가 너무 먹고 싶어서 그랬어. 정말 미안해."

그러자 남자아이가 말했다.

"넌 닭꼬치를 안 먹어도 죽지 않지만 우리는 2000원이 없어서 죽게 되었어."

강대는 그 아이를 더 이상 보고 싶지 않았다. 그래서 강대는 뒤를 돌아서 달려갔다. 강대가 마구 달려가는데 길 한가운데 누군가가 쓰러져 있다. 자세히 보니 할머니였다. 할머니는 이미 얼어 죽어 있었다. 강대는 그 할머니가 자신이 장갑을 주었던 할머니라는 것을 알았다. 그때 한 남자가 강대의 멱살을 잡았다. 강대는 너무 놀라서 아무 말도 못했다. 그 남자가 말했다.

"이 할머니는 네가 2000원을 주지 않아서 죽은 거야. 이 할머니는 장갑보다는 따뜻한 밥 한 끼를 먹을 수 있는 2000원이 더 필요했어. 이 할머니는 굶어 죽었어. 다 너 때문이야! 네가 2000원을 주지 않았기 때문이야!"

강대는 그의 손에 대롱대롱 매달려서 울면서 빌었다.

"미안해요! 미안해요! 정말 미안해요!"

그때 누군가가 강대를 흔들었다.

"강대야! 왜 그러니? 강대야! 일어나 봐. 어머 땀을 엄청 많이 흘리는데?"

강대는 어렴풋이 들리는 이모의 목소리를 들었다. 그러고는 눈을 떴다. 다행히도 모두 꿈이었다. 강대가 있는 곳은 이모 댁이었다. 강대는 식은땀을 흘리며 일어나 앉았다.

"강대야, 무서운 꿈 꿨나 보구나?"

"아니에요, 이모. 죄송한데, 저 집에 갈 때 2000원만 주시면 안 될까요?"

"왜?"

"저, 닭꼬치 좀 사 먹게요."

"그래. 이모가 2000원 줄 테니까 나쁜 꿈 꾸지 말고 편하게 자고 일어나서 가라."

다음 날 강대는 2000원을 받아 집으로 향했다. 강대는 지하철을 타고 어제 그 대학생 형과 누나가 타기를 목이 빠지게 기다렸다. 그러나 강대가 집에 가는 동안 대학생 누나와 형은 타지 않았다. 강대는 어제 만난 할머니를 찾아갔다. 그러나 어제까지만 해도 지하철 계단에 앉아 계시던 할머니가 안 계셨다. 강대는 아쉬워하며, 절뚝거리고 길을 걷고 있을 아저씨를 찾기 위해 지하철역에서 나왔다. 그러나 5분을 넘게 뛰어다니며 찾아봐도 그 아저씨를 찾을 수가 없었다.

'왜 내가 돕고 싶을 때는 도움을 청하는 사람이 없을까? 모든 게 다 때가 있는 탓일까? 어제 그분들을 도와드렸어야 하는 건데. 사람을 살릴 수도 있었던 2000원이었는데……'

강대는 그렇게 아쉬워하면서 죄를 지은 마음으로 힘없이 집으로 걸어갔다.

지웅이의 가출

노원희

오늘 성적표가 나왔다.

"휴, 야 김지웅! 성적 좀 올랐냐?"

영호가 다가오며 말했다.

"아 씨, 몰라 좆나 못 봤어."

지웅이는 짜증이 묻은 목소리로 말했다.

"누군 잘 나온 줄 아냐? 다 잊고 피시방이나 가자."

"싫어. 그럴 기분 아니야."

지웅이의 성적은 원래 80점대 초반이었다. 하지만 이번 시험에서 무려 10점이나 내려갔다. 평균 70점대 초반으로 뚝 떨어진 것이다.

교문을 나서 집으로 가며 엄마에게 뭐라고 말해야 할지 고민을 하던 지웅이는 금방 집에 도착했다. 집으로 들어가자 엄마는 통화 중이었다. 시험이 끝난 날이니 분명히 엄마 친구가 자기 아들 성적 자랑이나 하려고 전화를 했을 거라고 지웅이는 생각했다.

"아, 지웅이 왔네. 나중에 다시 걸게."

지웅이는 엄마가 전화하는 게 싫다. 전화를 하고 나면 비교당하기 때문이다. 특히 오늘 같은 날에는……. 지웅이의 성적표를 보더니 엄마의 얼굴이 울그락불그락해졌다.

"이것도 성적이라고 받아 온 거야?"

"아, 나도 몰라! 난 할 만큼 했다고!"

지웅이도 지지 않고 소리를 질렀다.

"이게 무슨 말버릇이야! 이녀석 안 되겠다. 아빠 오면 다 말할 테니까 방에 들어가 있어!"

지웅이는 방으로 들어갔다. 너무 화가 나서 문 옆에 있던 저금통을 집어 던져 버렸다.

저녁에 아빠가 집에 들어오자마자 지웅이 방으로 들어가 지웅이를 때렸다. 엄마가 이미 전화를 해 놓았기 때문이었다. 저녁 내내 아빠에게 실컷 두드려 맞은 지웅이는 저녁도 먹지 못해 배가 고팠다. 그래서 부엌으로 가 냉장고 문을 여는데 엄마가 옆으로 다가왔다.

"이 새끼가 뭘 처먹으려고 해! 너 같은 놈한테 줄 건 없어!"

"……."

"이 식충아. 꼴 보기 싫으니까 방으로 들어가!"

지웅이는 절망스러웠다. 더 이상은 이런 집구석에 있을 수 없다는 생각이 들었다.

'집을 나가 버리자.'

가출 외에는 떠오르는 게 없었다. 하지만 막상 집을 나간다고 생각하니 어디로 가야 할지 막막해졌다. 그러던 중 지난번 이벤트에서 당첨된 기차 할인표가 생각이 났다.

"맞다. 그게 아직 있으려나?"

지웅이는 바로 이메일로 확인을 했다. 아직 있었다.

"무궁화호. 좀 느리지만 이게 어디야."

지웅이는 바로 짐을 싸기 시작했다. 하지만 짐을 싸던 중 가지고 있는 돈이 얼마 되지 않는다는 걸 알았다. 그 돈으로는 하루도 버티기 힘들 게 분명했다. 그때 친구 익찬이 생각이 났다. 익찬이가 돈을 좀 모아 놨다는 말을 한 기억이 났다. 지웅이는 바로 익찬이에게 전화를 했다.

"야, 내가 그 정도도 못 도와줄까 봐? 빌려 줄게!"

사정을 들은 익찬이는 흔쾌히 승낙을 했다.

"고마워. 역시 넌 의리 하나는 짱이다. 이따가 학교 앞에서 보자."

전화를 끊고 지웅이는 짐을 싼 가방을 들고 나섰다. 학교 근처로 가서 익찬이에게 돈을 받은 후 지하철을 타고 청량리역으로 갔다. 지웅이는 매표소에서 기차 일정을 보고, 강원도로 가는 표를 샀다.

기차표를 사고 기차를 타니 지웅이의 가슴은 두근거렸다. 난생 처음 혼자 하는 여행이었다. 강원도 강릉에 도착했을 때는 이미 밤이었다. 지웅이는 역 근처 찜질방으로 향했다. 찜질방에는 사람이 꽤 많았다. 찜질을 하고 샤워도 하고 나니 지웅이는 마치 자기가 어른이 된 것처럼 느껴졌다.
'일단은 자고 내일부터 신나게 놀자. 엄마는 속 좀 썩으라고 하지 뭐.'
모든 게 자유로웠다. 지긋지긋한 학교, 성적표, 엄마, 아빠……. 이제는 다 먼 나라 얘기일 뿐이다. 지웅이는 콧노래를 부르며 옷을 갈아입고 식혜나 하나 사 먹을까 하고 옷을 넣어 둔 곳으로 갔다. 그런데 이게 웬일인가? 옷을 넣어 둔 사물함이 열려 있었다. 얼른 지갑을 찾아보았다. 하지만 지갑은 보이지 않았다.
"어? 내 지갑 어디 갔지? 누가 훔쳐 갔나?"
지웅이는 옆에서 옷을 꺼내 입고 있는 대학생으로 보이는 남자에게 물었다.
"저기 혹시 제 지갑 못 보셨나요?"
"지갑? 그런 거 못 봤는데?"
하지만 지웅이는 남자가 의심스러웠다.
"그럼 혹시 누가 제 사물함 여는 거 못 보셨나요?"
"아, 몰라. 귀찮게스리. 저리 꺼져!"
남자는 지웅이를 밀어냈다. 그때 그 남자의 사물함 안에서 지웅이의 지갑이 보였다.
"어? 저 지갑 제 거예요!"
"뭐? 이게……. 이건 내 거야!"
대학생은 지갑을 사물함 안으로 밀어 넣으며 말했다.
"무슨 소리예요! 제 거라구요!"

"이, 이게 생사람 잡고 있어!"

그때 찜질방 주인이 다가왔다.

"무슨 일이세요?"

지웅이는 사정을 얘기했다. 하지만 찜질방 주인 역시 지웅이를 믿어 주지 않았다.

"증거가 없잖아, 증거가. 그만해라, 꼬마야!"

"뭐라고요? 그런 게 어디 있어요?"

지웅이는 억울해서 소리쳤다. 주인 아저씨는 지웅이를 무시하는 눈빛으로 말했다.

"꼬마야, 그러면 내쫓는 수가 있어!"

"뭐요? 이 아저씨가! 아저씨도 이 사람이랑 한패죠?"

"이 꼬마가 보자보자 하니까……. 너 나가!"

아저씨가 지웅이의 등과 어깨를 밀었다.

"그럼 찜질방 돈이라도 줘요!"

"사기꾼한테 줄 돈은 없어!"

결국 지웅이는 질질 끌려 쫓겨 나갔다. 밖으로 내쫓기자 눈물이 터져 나왔다. 낯선 곳에서 억울한 일을 당했지만 자신을 도와줄 사람이 아무도 없었다. 기가 막히니 울음밖에 나오지 않았다.

그 일을 당하고 나니 벌써 집으로 돌아가고 싶은 마음이 들었다. 하지만 이젠 돌아갈 돈도 없었다. 당장 잘 곳도 없었다. 아무것도 생각이 나지 않았다. 길거리는 너무나 추웠다. 주위에 지나가는 사람들이 부러웠다. 그들은 돌아갈 곳이 있는 사람들이다.

지웅이는 일단 바람이라도 피해야겠다는 생각이 들어서 근처 공원의 공중화장실로 들어갔다. 화장실 안이 그래도 덜 추웠다. 변기에 앉아서 잠을 자려고 하니 자는 꼴이 너무 비참해서 다시 눈물이 났다.

아침이 되었다. 배가 고파 아침밥을 사 먹고 싶었지만 돈이라고는 호주머니에 있는 1000원이 전부였다. 고민을 하던 지웅이는 낙산사로 가기로 했다. 전에 가족들이랑 갔던 기억이 났기 때문이다. 낙산사 가는 버스를 탄 후, 지갑을 잃어버린 사정을 얘기해서 1000원만 내고 갈 수 있었다.

낙산사에서는 방문객들에게 국수를 나누어 주었다. 지웅이는 국수로 배고픔을 달래고 절 근처를 돌아다녔다. 낙산사는 경치가 좋았다. 그 후에는 바닷가에서 몇 시간을 보내다가 다시 시내로 나와 걸어 다녔다.

그렇게 거리를 방황하던 중 편의점에서 알바를 구한다는 포스터를 봤다. 원래 중학생은 알바가 안 되지만 지웅이는 점장을 만나 사정을 했다.

"저, 아저씨. 저 여기에서 알바하면 안 될까요?"

"뭐? 너 몇 살인데?"

아저씨가 지웅이를 훑어보았다. 지웅이는 나이를 최대한 올려서 열여섯 살이라고 말했다.

"안 돼! 너 가출한 거잖아. 부모님 속 그만 태우고 집에 가라!"

'헉! 이 아저씨가 어떻게 알았지?'

지웅이는 당황했지만 그래도 최대한 침착하게 말했다.

"그러니까 집에 돌아가려는데 차비가 없어서 그래요. 며칠만 일하게 해 주세요."

"그런다고 내가 믿을 것 같아? 안 되니까 얼른 나가라!"

"제발요, 서울로 돌아갈 차비가 없다니까요!"

"안 되는 건 안 되는 거야. 자 어서 나가!"

그렇게 지웅이는 편의점에서 쫓겨나고 말았다. 편의점에서도 쫓겨나고 나니 더욱 앞길이 막막해졌다. 그저 멍하니 시내를 돌아다닐 수밖에 없었다. 그러다 보니 금방 밤이 되었다. 밤이 되자 지웅이는 잘 곳이 걱정이 되었다. 그만 집으로 돌아가고 싶었다. 하지만 집으로 돌아가기에는 너무 멀리 왔다. 그때 지웅이의 눈에 지하도가 보였다.

'일단 저기에서 어떻게든 밤을 보내야겠다.'

지하도에 들어가자 노숙자들이 있었다. 노숙자들은 이불 가지들도 가지고 있었다. 하지만 지웅이에게는 이불조차도 없었다. 그래서 지웅이는 옷을 있는 대로 껴입은 후 신문지를 덮고 웅크린 채 앉아 있었다. 그때, 한 노숙자가 다가왔다.

"너 혹시 가출했니?"

더러운 옷을 입은 노숙자 아저씨가 물었다.

"네? 저……."

지웅이는 무서워서 얼버무렸다.

"그만 집에 늘어가렴."

아저씨는 의외로 친절한 목소리였다.

지웅이는 어이가 없었다. 자기도 가출한 노숙자면서 그런 말을 하는 게 이해가 안 가고 황당했다.

"그래, 어이가 없겠지. 내가 그런 말을 할 자격도 없지. 하지만 난 갈 곳이 없지만, 너는 있잖아. 만약 나에게도 갈 곳이 있다면 난 바로 돌아갈 거야."

노숙자 아저씨가 안타깝다는 듯이 지웅이에게 말했다.

"아저씨는 가족이나 집이 없으세요?"

지웅이가 물었다.

"야, 이놈아! 그러니까 여기에 이러고 있지!"

아저씨는 자신의 이름이 정덕찬이라고 했다.

"꼬마야, 나도 너 같은 아들이 있었어. 회사가 폐업을 해서 실직을 하고, 아내와 이혼하는 바람에 애 엄마가 데리고 갔단다. 그래서 너 같은 애를 보면 우리 애가 생각난다. 그건 그렇고, 춥지? 이거 내 이불인데 이거 덥고 자렴. 그리고 내일 아침에는 집으로 돌아가렴."

"하지만 저희 집은 서울인걸요. 돌아가고 싶어도 차비가 없어서 돌아가지 못해요."

지웅이는 노숙자 아저씨가 준 이불을 덮고 구석 자리에서 잠이 들었다.

아침에 눈을 뜨니 어제 그 노숙자가 아저씨가 서 있었다.

"잘 잤니, 꼬마야?"

지웅이는 이불을 개서 아저씨에게 드렸다.
"고맙습니다."
"그래. 그것보다 이걸 받으렴."
아저씨의 손에는 꼬깃꼬깃한 만 원짜리 지폐가 들려 있었다.
"어! 이거 저 주시는 거예요? 아저씨도 돈 별로 없잖아요."
지웅이가 놀라서 말했다.
"내가 어제 생각을 많이 했는데, 네가 꼭 내 아들 같아서 말이야. 받으렴."
땟국물이 줄줄 흐르는 아저씨가 돈을 주다니 정말 뜻밖이었다.
"정말이요? 감사합니다!"
지웅이는 눈물이 나려고 했다.
서울로 돌아오며 지웅이는 며칠 만에 자신이 매우 성숙해졌음을 알았다.
'그래, 이제는 내 스스로 미래를 개척하는 사람이 되어야겠어.'
지웅이는 이번에 겪은 외로움과 고통을 생각하며 결심을 했다. 그리고 부모님과 친구들이 빨리 보고 싶었다.

책상 밑에서 엄마 욕을 쓰다

이동훈

난 어딘가 밑에 있는 것이 좋다. 그래서 밥을 먹고 나서도 늘 식탁 밑에서 쉰다. 그렇게 찬 바닥에 앉아 있다 체한 적도 있다. 동생과 방을 바꿀 때 엄마는 마음잡고 공부하라고 약 30만 원의 거금을 들여 책상을 사 주셨다. 그 책상은 내 마음에 들었다. 유성 매직만 아니면 지우개로 쓰싹쓰싹 하면 다 지워진다.

책상의 양쪽에는 서랍이 달려 있는데, 서랍 사이의 공간이 꽤 넓다. 침대가 없는 난 그곳에 이불을 넣는다. 책을 보려고 그곳에 누우면 폭신해서 기분이 좋다. 그러다 책상 밑에서 살며시 잠이 들곤 했다.

지금도 난 책상 밑에 누워 있다. 근데 느낌이 이상하다. 누군가 나를 쳐다보는 것 같다. 아니 나를 노려보는 것 같다. 내 앞에 시커먼 것이 기어 다닌다. 뭐지? 만져 보았다. 갑자기 시커먼 것이 나에게 무엇을 쏘았다.

'따―악!'

앗 잘못 걸렸다. 쉬는 시간 10분만 자려고 했는데 벌써 수업 시간이라니. 그것도 찌그러진 악마 시간에. 그건 그렇고 몇 시지?

난 시계를 쳐다보았다. 그와 동시에 수업이 끝난 것을 알리는 음악이 울렸다. 난 교무실에서 수학 선생님의 찌그러진 얼굴을 보며 억수로 맞았다.

"이제 가 봐!"

"감사합니다."

찌그러진 악마한테 맞고 난 후 이렇게 말하지 않으면 더 두들겨 맞는다. 그래서 나는 마음에도 없는 말을 한다.

"야! 이번 시간 뭐냐?"

난 시간이나 날짜 개념이 없어 친구에게 자주 물어보곤 한다.

"사회야."

'음, 고릴라 시간이군.'

사회는 내가 좋아하는 과목이므로 잠을 자지 않고 경청한다.

"160쪽 펴라."

"네에."

'이번 시간도 끝나 가는구나. 집에 가서 오락이나 해야겠다.'

"다녀왔습니다."

"잘 다녀왔니?"

"넵!"

우리 엄마는 나와 가치관이 전혀 다른 분이다. 전에, 1년 동안

두 시간씩 덜 자고 한 달 치의 공부를 더 할 것인지 아니면 충분히 자고 1년을 머리가 맑은 상태로 지낼 것인지를 물어본 적이 있는데, 난 당연히 뒤엣것이라고 답했다. 하지만 엄마는 앞엣것을 강요하셨다. 엄마와 나는 항상 대립했다. 아버지가 안 계실 때 집안 주도권이라든가 성적 문제, 공부 문제로 티격태격한다.

컴퓨터 게임을 하려고 일주일 전에 사 온 컴퓨터를 켜자 아름다운 소리가 났다.

'뭔 소리지? 난 컴퓨터를 할 때 소리를 안 나게 하는데.'

"또 게임이니? 컴퓨터를 팔든지 해야지 원……. 공부 좀 해라. 성적이 4점이나 떨어졌잖아. 노력 좀 해!"

엄마의 날카로운 소리가 들렸다.

"그만 좀 해요. 저도 열심히 한다구요."

난 소리를 지르고 컴퓨터를 끈 후 책상 밑 이불에 기대었다. 책상 밑면의 낙서가 보였다. 난 연필을 집었다. 거기에 엄마의 추한 모습을 그린 후 욕을 써 댔다. 전에 일기장에 적었다가 일기장 검사 때 담임 선생님께 호되게 혼난 적이 있었다. 그래서 난 누구도 관심을 갖지 않는 그곳에 낙서, 아니 엄마의 욕을 한다. 그게 못된 짓임을 알지만 그렇게 안 하고서는 견디기 어려웠다. 이불의 푹신함에 긴장이 풀렸는지 잠이 왔다.

'학원에 가야 하는데……. 그냥, 10분만 자자.'

난 편안히 잠을 잤지만 일어났을 때는 지옥이었다. 학원에 지각했기 때문이다. 난 이것도 지겨웠다. 주말을 제외하고는 매일 지각

한다. 제기랄! 난 색다른 삶을 꿈꾸지만 현실적으론 불가능했다.

생각을 접어 두고 뛰기 시작했다. 지난 1학년 겨울방학부터 들어 온 강의인데 대부분의 필수 과목 성적이 올랐기에 나도 다니길 원했고 엄마도 원했다.

학원 수강이 끝나면 매일 배가 출출했다. 학원 가기 전 간식을 먹지 못해 그런 것 같았다. 난 어쩔 수 없이 집에 일찍 들어간다. 생존을 위해서이다. 그러나 출출함을 무릅쓰고 어쩌다 한 번씩 서점에 들른다. 그런 날을 제외하고는 매일 반복되는 일상이다.

언제나 아침이면 만원 버스에 짓눌려 반쯤 죽다 살아나다시피 해서 간신히 학교에 도착한다. 오늘도 내일도 비슷한 일. 매일 책을 바꿔 가며 공부해서 성적표에 들어오는 수치들이 조금씩 달라지는 것이 변화의 전부일 뿐. 창의성을 필요로 하지 않고 암기를 최우선으로 한다. 판검사 만드는 것이 교육의 전부인 것 같다.

세계가 원하는 새로운 것을 만들어 내어 노벨상을 타거나 위인전에 나올 인물이 될 수 있을까? 북한에 대한 적대적 생각을 우리에게 심어 주고서는 우리의 소원은 통일이라고 노래까지 만들어 부르라고 한다. 이런 교육으로 과연 우리가 중심이 된 세상을 만들 수 있을까? 하는 생각을 해 본다.

음, 맞다. 이런 생각은 책상 밑에서나 정리가 된다. 왜지? 나에게는 그 책상 밑이란 곳이 꼭 필요한 것인가? 생각이 머릿속을 빠르게 오갔다.

"얘, 밥 먹으러 빨리 와라."

엄마의 목소리에 정신을 차리고 밥 먹으러 갔다. 숟가락을 들 때 엄마가 말한다.
"손 씻고 먹어야지."
난 말없이 화장실에 갔다. 공부에 대한 잔소리 빼고는 엄마가 좋게만 느껴졌다. 특히 밥 먹을 때 말이다. 생각을 접어 두고 손을 씻고 나와 소리 없이 밥을 '꾸기적꾸기적' 먹었다.

난 지우개로 책상 밑에 쓴 낙서와 욕설을 지우기 시작했다.
'그래도 엄마인데…… 내가 좀 잘못했지.'
소리 없이 지우다가 30분 만에 일어섰다.
'쿵!' 무심코 일어서다가 그만 책상에 머리를 박았다. 머리를 만지며 천벌인가 보다 하며 의자에 올라앉았다. 밀린 숙제를 하자니 귀찮고, 오늘 배운 걸 복습하자니 또 귀찮다. 만화책을 붙잡았다. 10분 정도 보다가 그것도 재미없어 던져 버렸다. 뭔가 허전했다. 정서적으로 불안했다. 막 떨렸다. 책상 밑에서 멀어지니 불안해지는 것 같다. 생각을 할 수가 없었다.
'제기랄!'
세상이 싫어진다.

읽고 쓰고 톡톡!

1. 각 소설에서 배경이 잘 표현된 문장을 찾아서 써 봅시다.

	배경이 잘 표현된 문장
벚꽃 가득한 등굣길	
2000원의 가치	
지웅이의 가출	
책상 밑에서 엄마 욕을 쓰다	

2. 각 소설의 배경 설정 능력을 평가하고, 그렇게 평가한 이유를 적어 봅시다.

	배경 설정 능력	이유
벚꽃 가득한 등굣길	☆☆☆☆☆	
2000원의 가치	☆☆☆☆☆	
지웅이의 가출	☆☆☆☆☆	
책상 밑에서 엄마 욕을 쓰다	☆☆☆☆☆	

3. 여러분이 쓰고 싶은 소설의 배경을 글 또는 그림으로 표현해 봅시다.

김 선생님의 소설 톡톡!

〈벚꽃 가득한 등굣길〉, 〈2000원의 가치〉, 〈지웅이의 가출〉, 〈책상 밑에서 엄마 욕을 쓰다〉는 개성 있는 배경을 설정하고 있습니다. 배경은 소설 속의 인물이 활동하거나 사건이 일어나는 시간과 공간을 의미합니다. 배경 설정이 뛰어난 소설은 소설의 주제와 구성, 이미지 등을 구체화시켜 주며, 배경은 소설의 작품성을 높이는 데 매우 중요한 요소입니다.

〈벚꽃 가득한 등굣길〉은 '벚꽃이 화려하게 핀 4월'이라는 시간적 배경과 '등굣길'이라는 공간적 배경을 작품 제목으로 제시하고 있습니다. 이 소설에서 이러한 배경은 소설의 주제를 드러내는 데 중요한 구실을 하고 있습니다. 주인공 강회윤은 물감처럼 아름다운 이름을 가진 '신유화'라는 여학생을 사랑하게 됩니다. '벚꽃 가득한 4월'은 사랑을 발견한 계절(시간)이면서 아름답고 환한 사랑의 이미지를 나타냅니다. 또 '등굣길' 역시 신유화를 다시 만나는 공간이기도 하면서 동시에 사랑하고 있음을 깨닫는 공간입니다. 이런 이중적이고 상징적인 배경 설정은 이 소설을 수준 높은 작품으로 만들었습니다.

〈2000원의 가치〉에서 중요한 공간적 배경은 '길거리, 지하철 계단, 지하철 안'입니다. 주인공 강대는 이곳에서 불쌍한 사람들을 만납니다. 지하철로 가는 길에서 휠체어를 사고 싶다며 구걸하는 장애인을 만나고, 지하철 계단에서 추위에 떨며 구걸하는 할머니를 만나며, 지하철 안에서는 굶어 죽어 가는 아프리카의 어린이를 위해 모금 활동을 하는 대학생들을 만납니다. 강대는 그들을 도와줄 것인가 아닌가에 대해 갈등을 느낍니다. 그들을 돕지 않는 쪽을 선택하지만, 끝내 강대는 어린이다운 순수한 양심의 갈등을 하며 다시 그들을 돕기 위해 그곳을 찾아갑니다. 그러나 그곳에 그들은 없었습니다. 여기서 공간의 의미는 시간의 의미와 깊은 관계가 있습니다. 그들이 존재했던 공간과 존재하지 않는 공간은 시간에 의해 나누어지기 때문입니다. 그들을 도울 수 있었던 것은 '그때 그곳'에서만 가능했던 것입니다. 이 작품에서도 시간과 공간의 설정이 매우 문학적입니다.

〈지웅이의 가출〉은 '강릉'이라는 구체적인 지역이 공간적 배경입니다. 꾸지람을 듣고 홧김에 가출한 지웅이는 가족들과 가 본 적이 있는 강릉에 갑니다. 실제로 이 소설에서 중요한 공간은 '찜질방, 공중화장실, 편의점, 노숙자들이 자는 지하도'입니다. 이 공간은 지웅이가 고통을 겪는 공간이면서 또 동시에 깨달음을 얻게 되는 공간이기도 합니다. 찜질방에서는 지갑을 잃었고, 잘 곳이 없어 공중화장실에서 밤을 보내며, 일자리를 얻으려다 편의점에서 쫓겨나고, 노숙자들이 자는 지하도에서 자고 그곳에서 노숙자 아저씨의 도움을 받고 깨달음을 얻습니다. 시간적 배경은 추운 겨울이고, 집을 나온 후 이틀 밤 사흘 낮 동안입니다. 가장 힘든 것은 '추운 밤'입니다. 이 소설이 여름이 아니라 겨울이라는 계절을 배경으로 한 것은 가출의 고통을 극대화하기 위한 설정인 셈입니다. 특히 잠잘 곳이 없는 '추운 밤'의 고통은 상상만 해도 절절합니다. 가출의 고통이 클수록 깨달음은 더욱 커지므로 주제가 분명해집니다.

〈책상 밑에서 엄마 욕을 쓰다〉는 '책상 밑'이라는 매우 독특한 공간을 배경으로 설정하고 있습니다. 주인공 '나'는 어딘가 늘 밑에 있는 것을 좋아합니다. 식탁 밑이나 책상 밑.

주인공의 심리 상태를 이렇게 표현하고 있습니다. 뭔가 허전했다. 정서적으로 불안했다. 막 떨렸다. 책상 밑에서 멀어지니 불안해지는 것 같다. 생각을 할 수가 없었다.

그러니까 책상 밑은 '나'의 정신적 도피처인 셈입니다. 공부, 성적, 학원, 엄마의 잔소리……. 사춘기 소년이 느끼는 정서적 불안과 반항심, 삭막한 내면 풍경을 이보다 더 창의적으로 표현하기 어려울 것입니다. 심리학에서는 어린아이들이 옷장 속이나 큰 상자, 책상 밑 등 어둡고 좁은 곳에 들어가거나 숨으며 노는 것을 좋아하는 경향을 '자궁 회귀 본능'이라고 합니다. 태아일 때 엄마의 자궁에서 지냈던 아늑함과 편안함이 그리워 자신도 모르게 그런 곳에서 안락함을 느낀다는 것이지요. 이 소설에서 주인공이 '책상 밑'에서 편안함을 느끼고 그곳에서 자신의 슬픔이나 분노를 해소하는 것은, 자신에게 닥치는 현실의 힘겨운 파도에 떠밀려 가지 않고 자신을 지키려는 사춘기 소년의 불안한 자화상이라고 할 수 있습니다.

이 소설의 문학적 성취는 바로 '책상 밑'이라는 탁월한 공간적 배경의 설정에 있습니다.

4 소재

◎ 소설의 재료를 찾아라

일어난 일(과거)

일어나는 일(현실)

일어날 수 있는 일(상상)

누구나에게 일어날 수 있는 일(보편성)

나만이 겪은 일(특이성)

갈등을 일으키는 요소

인물의 심리, 태도에 영향을 준 것

생각이나 감정의 변화를 가져온 계기

네 편의 학생 소설을 읽고 소설의 '소재(제재)'에 대해 알아봅시다.

옆집 개 | 고래잡이는 어려워 | 목욕탕에서 쓰러지다 | 사랑을 알 때까지

옆집 개

허태영

네 살 때 나는 대문 앞 100미터 안쪽에서는 골목대장이었다. 매일 밥만 먹으면 골목길에 나가서 누구의 눈치도 보지 않고 즐겁게 놀았다. 때로는 밥 먹는 것조차 잊어버릴 정도로 말이다. 하지만 언젠가부터 이 즐거움은 사라지고 비극이 시작되었다.

어느 날, 우리 옆집으로 한 아줌마가 이사를 왔다. 하지만 그건 나와는 전혀 상관없는 일이었다. 내가 관심을 기울일 일은 아니었다. 나는 여느 때처럼 친구들과 자유롭게 뛰놀았다. 하지만 예상하지 못했던 일이 생겼다. 그것은 그 아줌마네 개가 골목길을 어슬렁거리면서 시작되었다.

옆집 아줌마는 개를 키우고 있었다. 어느 날 내가 골목길로 나서는데 그 개가 나를 향해 달려오는 것이 아닌가! 나는 불안감에 휩싸였다. 그 개는 다른 개보다 별로 크지도 않고 아직 완전히 자란 개도 아니었다. 복슬복슬한 털을 가지고 있는 그 개는 나만 보면 짖었다. 나는 매일 골목에서 그 개와 맞닥뜨려야 했는데, 시간이 지날수록 그 개는 점점 나에게 공포의 대상이 되어 갔다.

하루는 친구들과 놀고 집으로 돌아오는데 그 옆집 개가 우리 빌라 앞을 가로막고 있었다. 나는 겁부터 먹었다. 나는 그 자리에서 한 발자국도 움직이지 못했다. 조금이라도 움직이면 개가 달려들 것 같았다. 시간이 멈춘 것 같았다. 그렇게 심하게 겁을 먹은 것은 처음이었다.

나는 마치 석고상처럼 그 자리에 가만히 서 있어야 했다. 옆집 아줌마가 나와 개를 데리고 집 안으로 들어간 후에야 겨우 우리 집으로 들어갈 수 있었다. 그것은 지옥에 다녀온 것과 같은 고통스러운 기억이었다. 몇 분 되지 않는 시간이었지만, 내게는 30분도 넘는 시간처럼 길게 느껴졌으니 말이다. 우리 집이 그렇게 편안하고 좋게 느껴졌던 적이 없었다.

그 후 나는 밖으로 놀러 나갈 때나 엄마 심부름을 갈 때, 옆집 현관문이 열려 있는지 닫혀 있는지 꼭 확인하고 가야 했다. 현관문이 닫혀 있으면 마음 편안하게 나다닐 수 있었지만, 현관문이 열려 있으면 나는 밖에 나갈 수가 없었다.

그러던 어느 날 사건이 터졌다. 오후쯤 옆집 아줌마가 윗집에 놀러 가면서 그 개도 데려갔다. 윗집 아줌마는 겨우 13개월밖에 안 된 아기를 키우고 있었다. 아줌마들은 수다를 떨고 있었다. 그 가운데 우리 엄마도 있었다.

그런데 그때 어디선가 '쿵' 하는 소리가 들렸다. 이제 겨우 13개월밖에 안 된 갓난아기가 4층 높이에서 옆집 개를 창문 밖으로 던져 버린 것이다. 개는 곧장 동물병원으로 갔다는데, 죽었는지

살았는지는 모르지만 엄마 말로는 죽었을 것이라고 했다.

　나는 이 사건으로 자유를 되찾았고 세상이 떠나가라 기뻐했다. 물론 한편으론 불쌍한 생각도 없지는 않았지만 말이다. 개가 없어진 얼마 동안 나는 다시 옛날처럼 친구들과 뛰놀며 천진난만한 골목대장이 되었다. 아마도 나의 어린 시절 중 가장 행복하고 재미있는 시간이었을 것이라고 생각된다.

　하지만 한 달쯤 지났을까? 갑자기 어디선가 개 짖는 소리가 들려왔다. 그것은 옆집 개! 죽었을 것이라고 생각했는데 어떻게 다시 돌아왔는지 궁금했지만, 아무튼 그 공포의 개가 다시 돌아온 것이다. 나는 겁부터 집어먹고 도망을 갔다. 그 개를 피해 겨우 집으로 들어와서 엄마한테 그 개가 어떻게 다시 돌아왔는지 물어보았다. 하지만 엄마는 무심하게,

　"몰라!"

할 뿐이었다. 나는 비극적인 생각에 빠졌다.

　'내 팔자는 왜 이러나?'

　그리고 나는 다시 그 개를 피하기 위한 필사적인 전쟁을 매일 치러야만 했다. 지옥 같은 생활이었다.

　그러나 세월이 흘러 학교도 들어가고 나도 제법 등치가 큰 아이가 되었다. 그래서 그런지 혹은 오랜 동안 익숙해져서인지 나는 더 이상 그 개를 무서워하지 않게 되었다. 개도 늙고 병들어 가는 모양이다. 밖에 나오는 일도 점차 줄고 어쩌다 골목길에 나오더라도 힘이 없어 보였다. 점점 그 개를 볼 수 없었다. 나중에는 옆

집에서 개 짖는 소리조차 들리지 않았다.

어느 날 내가 옆집 개에 대해서 물어보니, 엄마는 역시 무심하게 대답했다.

"늙어서 죽었댄다."

이젠 다시는 그 개를 보지 않아도 된다는 생각에 정말 좋았다. 그런데 또 나도 모르게 마음 한구석으로부터 불쌍한 생각이 드는 게 아닌가? 미운 정 고운 정이 들었던 것일까?

나도 골목길에서 노는 시간이 점점 줄어들었다. 그러나 골목대장을 자처하던 내가 그깟 개 한 마리 때문에 벌벌 떨며 체면을 구기던 어린 시절의 상한 자존심은 오랫동안 회복되지 않았다.

그러던 어느 날, 엄마가 우리도 개를 키운다고 했다. 나는 죽어버리고 싶었다. 엄마는 내 생에 도움이 되지 않는 분인 거 같았다. 내가 가장 싫어하는 개를 키우다니. 나는 다시 불안감과 공포감에 휩싸였다. 어린 시절의 악몽이 되살아나는 것 같았다. 나는 엄마한테 제발 그만두자고 사정사정을 했지만 엄마는 결국 이튿날 개를 사 오셨다. 그날 나는 가출을 할까 하는 생각까지 했다.

그러나 막상 집에 들어가서 대면을 하고 보니 하나도 무섭지 않았다. 엄마가 사 온 귀여운 강아지를 보자마자 알 수 없는 친근감과 행복감에 빠지고 말았다. 그리고 이제는 제법 다 큰 우리 개가 없으면 하루도 심심해서 못 견딜 정도가 되었다.

지금 생각하니 내가 왜 그 옆집 개를 그렇게 무서워했는지, 왜 내가 그 개를 보면서 꼼짝도 못했는지 그저 웃음이 날 뿐이다.

고래 잡는 건 어려워

이창진

몹시 추운 겨울방학, 나는 작년에 약속한 것이 문득 떠올랐다.

"엄마, 나 이번엔 진짜 결심했어······."

"응? 그게 무슨 말이니?"

"이번엔 수술할 거라고요."

"아, 하하하. 그래라."

엄마는 내가 드디어 결심을 했다는 것을 알고 기뻐했다. 미루고 또 미루어 왔기 때문이다. 언젠가는 어차피 해야 할 일, 피할 수 없는 일이 아닌가. 그래서 결심을 한 것이다.

나는 일단 은성이에게 같이 하자고 꼬실 생각이었다. 그래서 은성이 집에 놀러 갔다.

"어떡하지? 나 엄마한테 수술한다고 선포했어!"

"키키키, 맞다! 우리 다 같이 하기로 했었잖아."

"혼자 하는 것보다 같이 하면 재밌지. 그리고 좀 덜 아프지 않을까?"

"그래, 좋아! 애들 불러라."

같이 하기로 약속한 애들에게 모두 연락을 했다. 공원에 친구들이 모두 모였다. 항상 그랬듯이 현진이만 늦었다.

"진태야. 우리 모두 같이 약속한 거 잊지 않았겠지?"

"무얼?"

"우리 작년 겨울에 그 수술 하려고 했는데 그냥 올해로 미뤘잖아."

"맞아. 그래. 그냥 까짓 거 하자."

역시 진태다웠다. 그때 현진이가 나타났다.

"음, 내가 왔다. 하하하."

모두들 현진이에게 눈을 흘겼다.

"뒤질래? 만날 늦으면서 웃음으로 넘어가려고? 우리가 쉽게 보이냐?"

"야, 어쨌든 현진이 몰래 한 말 알지?"

애들은 현진이만 따돌리는 시늉을 했다.

"헐. 재밌냐? 야! 왜 오라고 했어?"

그러나 결국 우리는 현진이에게도 말을 해 주었다.

"우리 모두 대수술 하기로 했다. 너도 동참해서 같이 하자."

"그래. 다 같이 하자."

그렇게 해서 상수를 비롯해서 현진이, 은성이, 은태, 진태와 다 같이 수술을 하기로 약속을 했다. 접수는 어머니께서 모두 해 놓으셨고, 우리들은 순서를 짰다.

현진이가 먼저 수술을 하고 그 다음 날은 내가 하기로 했다. 수술할 날이 다가왔고 나는 떨렸다. 하지만 친구들은 하나도 무섭지 않은 듯 평소와 같이 하루하루를 지냈다. 나는 그동안 축구랑 탁구 등 수술하면 못 하는 운동들을 미리 많이 해 두었다.

현진이가 처음으로 수술하는 날, 나는 너무 두려워서 미리 알아보려고 현진이를 따라가 주었다. 얼마나 아플지 궁금했기 때문이다. 현진이는 막상 자기 차례가 되자 두렵고 긴장이 됐는지 나에게 기도해 달라고까지 했다.

'짜식! 강한 척하더니……'

내색을 안 했던 것뿐이다. 현진이가 수술실 안으로 들어가고 20분 정도 만화책을 보고 있었는데, 갑자기 '악!' 하는 요상한 소리가 들렸다. 그건 분명히 현진이 목소리였다. 난 밖에서 조용히 비웃어 주었다. 그리고 10분 정도 더 지나자 현진이가 엉거주춤 이상한 자세로 나왔다.

"야, 현진아 괜찮냐?"

나는 웃음이 터져 나왔다. 현진이는 인상을 잔뜩 찡그리고 화를 냈다.

"웃지 마, 이 자식아! 그래도 생각보다 안 아파."

"정말?"

"응, 근데 가위 소리가 삭둑삭둑! 아, 무서워."

"헉……. 그래, 빨리 집에 가자!"

난 현진이를 데려다 준다는 핑계로 같이 가면서 이것저것 물어보았다. 생각보다 무서울 게 없고, 별거 아니라는 생각이 들었다.

그런데 집에 돌아온 후 몇 시간 뒤에 현진이에게 전화가 왔다.
"여보세요?"
"야~~~~ 나 아파 죽는다. 마취 풀리니깐 죽어! 죽어!"
나는 계속 웃음이 나왔다. 현진이가 아프다고 하는 것이 왜 그렇게 우스운지……. 하지만 한편으로 겁도 났다.
"야! 그럼 나 어떡해?"
그러자 현진이가 겁을 주었다.
"넌 이제 죽었다."
"이놈아, 겁주고 난리야. 많이 아파라."
난 마음가짐이 중요하다고 생각하고 마음을 편하게 먹고 잠을 잤다.
달은 저물고 다시 해가 떴다. 그런데 나는 정말 긴장되고 불안했다.
'혹시 수술이 잘못돼서 무슨 병이라도 걸리면 어쩌지?'
'정말 아파서 소리를 악! 하고 질러서 애들에게 내 약한 모습을 보여 주기라도 하면?'
모든 것이 걱정스럽고 무서웠다. 현진이는 아파서 대신 은태가 같이 가 주었다. 나는 수술실에 들어갔고 은태는 대기실에서 기다렸다.
수술실에서 "누우세요." 하는 선생님 말이 정말 그렇게 무서운 적은 처음이었다. 난 바지를 벗었다. 간호사 누나들과 의사 선생님이 보고 있어서 정말 쑥스럽고 창피했다. 그리고 너무나 긴장이 되어 자꾸만 떨렸다.

 수술은 처음으로 해 보는 것이라서 '마취하면 기분이 어떨까?' '정말 마취를 하면 안 아플까?' 하는 궁금증이 있었는데, 정말 신기하게도 마취를 하자 아무 느낌도 없었다. 나는 수술을 시작했는지도 몰랐다. 그리고 수술 과정을 고개를 들어 다 보았다. 간호사 누나가 보고 있으면 더 아프다고 보지 말라고 했지만, 난 수술 과정을 알고 싶었고 친구들에게도 알려 주고 싶었다.

 그런데 수술 도중 꿰매는 과정에서 갑자기 마취가 풀려 아프기 시작했다. 다시 마취를 했고 무사히 수술은 끝났다. 하지만 현진이가 말한 것처럼 그렇게 아프고 또 괴롭지 않았다. 나는 현진이가 날 겁주려고 일부러 그런 것이라고 생각했다. 하지만 그것은 착각이었다.

 집에 도착해서 내일 애들을 만나 수술 내용을 말해 주고 싶어 입이 간질간질했다. 나는 누워서 텔레비전만 보았는데, 엄마는 나에게 너무나도 잘해 주셨다. 그래서 나는 '이 수술도 나쁜 것은 아니구나.' 하는 생각이 들었다.

 그러나 그런 행복도 잠시. 갑자기 엄청나게 거기가 아파 왔다. 드디어 마취가 풀린 것이다.

 "악~~~!"

 나는 소리를 질렀다. 너무 아팠다. 정말 소리 내어 울고 싶을 정도로 아팠다. 하지만 중학교 2학년이나 되었는데 크게 울면 바보스럽게 보일까 봐 꾹 참아야 했다. 그 고통은 정말 말로는 표현할 수 없었다. 학교에서 선생님에게 종아리를 맞는 것과는 비교할 수 없었다.

 하지만 그때 머릿속으로 현진이의 말이 스쳐 갔다. 현진이 말대로 수술할 때 아픈 것이 아니라 수술하고 난 그날 밤이 고비라는 것. 시간이 꽤 흐르고 좀 괜찮아지나 싶어 텔레비전을 보면서 늦게야 밥을 먹었다.

 일찍 자려고 아홉 시에 불을 끄고 눈을 감았다. 그런데 다시 아파 오기 시작했다. 너무 아파서 도저히 잠을 잘 수가 없었다. 날씨가 추웠는데, 나는 그때 속옷만 입고 있었다. 그런데 수술 부분이 이불에 닿아서 더 아팠다.

 나는 그렇게 고통으로 계속 발버둥을 치다가 열두 시쯤 잠이 들었다. 자면서도 통증 때문에 30분 간격으로 계속 깨고 자고를 반복했다. 그렇게 힘겨운 하룻밤을 넘기고 아침이 되었다.

 가족들이 다 나가자 난 컴퓨터를 했다. 그렇게 마음 편히 컴퓨터를 오래 한 적은 부모님이 시골에 가셨을 때를 제외하고는 처음이었다. 그렇게 하루를 보내고 나니, 다음 날은 조금 덜 아팠다. 그래서 친구들과 만나서 이야기를 했다.

 어제 은태가 수술을 했고, 오늘 진태가 하는 날이라고 들었다. 친구들은 수술에 대한 얘기들을 마음껏 털어놓았다. 현진이는 이제 전혀 안 아프다고 피시방을 오가며 자유롭게 지냈다. 나 여전히 아팠지만 이제 하나도 안 아프다고 거짓말을 했다. 나도 모르게 현진이와 경쟁을 하고 있는지 거짓말이 나왔다. 나는 집에서 텔레비전이나 보겠다고 핑계를 대고 집으로 왔다. 난 그때도 몹시 아팠다.

그리고 일주일 후에는 종이컵을 끼우지 않고 다녀도 괜찮을 정도가 되었다. 하지만 아직은 조심을 해야 할 때였다. 그러나 나는 축구가 하고 싶고 탁구도 치고 싶었다. 나는 앞으로 어떤 일이 닥칠지 전혀 상상도 못한 채 애들과 운동장으로 운동을 하러 갔다. 수술을 안 한 애들과 현진이랑 동네 꼬마 애들과 같이 축구를 했다. 정말 재밌게 했다.

한참 열심히 뛰고 있는데, 상대편 팀에서 찬 공이 나의 수술 부위를 정확하게 강타하는 게 아닌가. 너무 아파서 일어설 수가 없었다. 아픈 것도 잠시, 이상해서 운동장 한복판에서 바지를 내리고 빨리 검사를 했다. 아니나 다를까 피가 흐르고 있었다. 너무 당황스럽고 무서웠다. 빨리 병원에 가서 소독을 하라고 현진이가 말했다.

나는 현진이와 같이 힘겹게 병원에 가서 소독을 했다. 너무도 아팠다. '악~ 악~' 하는 비명 소리가 끊임없이 흘러나왔다. 의사 선생님께서는 큰일 날 뻔했다고 집에 가서 부채질을 열심히 하라고 하셨다.

난 절망했다. 병원에서 준 약을 열심히 바르고 부채질도 열심히 했다. 그러나 수술한 자리가 터졌기 때문에 회복되는 속도가 다른 애들보다 많이 늦어졌다. 현진이는 다 회복되었고 은태와 진태도 거의 회복될 쯤 나는 약을 바르고 부채질을 해야 했다. 애들은 나가서 뛰어놀고 또 은태는 학원에 다시 다녔는데 말이다. 나도 빨리 회복되어서 학원에 다니고 싶었다. 그렇게 가고 싶지 않았던 학원이었지만, 아픈 것보다는 차라리 그것이 더 낫다고 생각되었다.

  친구들은 나를 위로해 주러 맛있는 것을 사 오고 비디오도 빌려 와 외롭지 않게 해 주었다. 고마웠다. 그렇게 다시 일주일이 지나고 거의 회복되어 애들과 같이 놀 수 있었고, 또 학원에도 다시 다닐 수 있게 되었다. 학원이 그렇게 좋았던 것은 처음이었다. 다시는 이런 수술을 하지 않게 되기를 바라며, 자유를 다시 찾은 기쁨을 마음껏 누리고 싶다.

목욕탕에서 쓰러지다

엄태호

샤워를 두 달에 한 번 꼴로 하는 나는, 여자애들에게는 물론 남자애들 사이에서도 인기가 없다. 우리 집에 왔다가 내 방을 보고 놀라지 않는 친구가 없었다. 내 방에는 입었던 양말, 옷, 팬티 등이 널려 있고, 환기도 하지 않아서 냄새가 고약했다. 내 방에서 한 시간 이상 버틴 친구는 단 한 명도 없다. 머리는 감지 않아 항상 비듬이 잔뜩 붙어 있고, 아무 데나 코를 풀고 가끔씩 옷에도 쓱쓱 문질렀다.

초등학교에서는 학교 화장실에서 똥 누는 일은 더럽고 부끄러운 것으로 인식되어 있었는데, 나는 변비가 있어서 화장실에 오래 머물러 있어야 했다. 화장실에서 나오면 냄새가 몸에 배어 있곤 해서 친구들은 나를 놀렸지만, 나는 아무렇지도 않았다. 결국 나의 이런 조금은 지저분한 습관 때문에 나와 잘 지내던 친구들도 점차 멀어졌다. 내가 잘 안 씻어 더럽다는 이유가 나와 놀아 주지 않는 주된 이유인 셈이었다.

오직 죽마고우인 진수만 나와 놀아 주었다. 왜냐하면 진수도

(나보단 덜하지만) 꽤 더러운 축에 끼는 학생이었기 때문이다. 머리에 더덕더덕 붙은 비듬이며, 지독한 암내 등 결코 뒤떨어지지 않았다. 그래서 그런지 진수와 나는 궁합이 잘 맞았다. 진수 덕분에 그런 대로 반년 동안은 학교생활을 버틸 수 있었다.

그러다 겨울이 되니 날씨가 추워서 그나마 월중 행사였던 샤워도 하지 않게 되었다. 하루는 보다 못한 엄마가 샤워 좀 하라고 잔소리를 퍼부어 댔다.

"너는 누굴 닮아서 그렇게 더럽니? 더러워서 친구들도 모두 널 싫어하잖니?"

엄마는 처음에는 더럽다고만 말씀하시다가 나중에는 고함을 치셨다.

"당장 샤워하지 못하겠어? 어서!"

"싫어요! 지금은 너무 춥단 말이에요!"

나는 저항했다.

"아니, 이게 정말? 당장 안 씻어?"

엄마는 곧 몽둥이라도 들 기세였다.

"나중에 씻을게요!"

나는 도망치듯 현관문을 열고 빠져나왔다.

그러다 2주가 지나자 내 몸에서는 더 이상 참을 수 없는 온갖 역겨운 냄새가 나기 시작했다. 친구들도 냄새가 난다고 피하고 부모님이나 동생 역시 마찬가지였다. 게다가 여동생 수미는,

"오빠! 샤워를 하거나 목욕탕에 좀 가! 더러워서 정말 같이 못

있겠어!"

"뭐 어떠냐? 잘 먹고, 잘 자고, 잘 싸기만 하면 되는 거지."

나는 뻔뻔하게 대답했다.

수미는 더 이상 못 참겠다는 듯이 외쳤다.

"아, 진짜 이건 경고야! 내일 안으로 샤워 안 하면 아빠한테 이를 거야!"

"으이그! 하면 되잖아, 하면!"

나는 하는 수 없이 샤워를 하려고 보일러를 켜고 욕실 안으로 들어갔다. 물을 틀었다. 그런데 이게 웬 행운인가? 샤워기가 고장 나서 물이 안 나오는 것이 아닌가! 나는 속으로 기뻐하면서도 짐짓 얼굴 표정을 찡그렸다. 그러고는 물이 안 나와 어쩔 수 없이 샤워는 못 하게 되었다고 간신히 위기를 모면할 수 있었다.

다음 날 학교에 가니 아이들은 예전보다 나를 더 피했고, 나도 점점 스트레스가 쌓이기 시작했다. 그런데 그날 저녁, 드디어 올 것이 오고야 말았다. 오랜만에 일찍 들어오신 아빠가 나를 보고 냄새를 맡으시더니 화를 내셨다.

"너 지금 그 꼴이 뭐야? 그 냄새 하며!"

나는 변명을 늘어놓았다.

"저기…… 요즘 추워서 샤워를 석 달이나 안 했더니……. 게다가 샤워기도 고장 나서……."

어이없는 표정을 지으시던 아빠께서,

"으이그! 이 더러운 놈. 도대체 누구를 닮아서 이렇게 더러운지 모르겠어."

아빠는 애가 타는 듯 가슴을 치셨다.

"너 내일 당장 목욕탕에 가라! 안 그러면 다리몽둥이를 분질러 버릴 거다."

"네……."

나는 개미 소리보다도 조그맣게 대답했다. 그런데 생각해 보니 나는 목욕탕에 가 본 적이 없었다.

다음 날, 날씨는 화창했지만 나에게는 더 없이 침울한 일요일이 되었다. 나는 진수에게 전화를 했다.

"여보세요?"

"어, 진수냐? 나 정진이야."

"아, 무슨 일이야?"

"어, 그게…… 혹시 시간 있으면 목욕탕 같이 갈래?"

"엥? 네가 웬일로?"

"아빠가 더럽다고 목욕탕에 가라고 해서."

"하하하, 내가 너 그런 날이 올 줄 알았다. 알았어, 같이 가자. 그럼 용궁목욕탕에서 만나자."

전화를 끊고 안도의 한숨을 쉬며 약속 장소로 뛰어갔다. 그러고는 진수와 목욕탕에 들어갔다. 일요일이라서 그런지 사람들이 꽤 많았다.

나는 이곳저곳을 신기하게 구경하다가 옷을 벗고 탕에 들어갔다. 처음으로 들어가는 목욕탕이라서 그런지 긴장되고 떨렸다. 나는 아빠가 바쁘신 덕에 아빠와 샤워를 한 적이 없다. 그래서 나와는 약간 다른 아저씨들의 몸을 구경거리인 듯 훔쳐보며 재미있어 했다. 아저씨들의 몸 이곳저곳에 털이 있어 약간 징그러웠다. 욕탕 안도 참 신기했다. 뜨거운 물과 따뜻한 물, 차가운 물로 나누어져 있었고, 샤워할 때와는 달리 몇 명이든 들어가 같이 목욕을 했다. 나는 그런 것을 얼마 동안 신기한 듯 바라보며 구경을 했다. 바닥은 보통 집과는 다르게 돌로 되어 있었고, 샤워기도 있었다.

그러다가 얼떨결에 진수를 따라 뜨거운 물에 들어갔다. 처음에는 뜨거웠지만 나중에는 기분이 좋을 정도로 딱 맞았다. 뜨거운 물에 녹아내리는 기분으로 눈을 지그시 감고 있자 진수는 내 얼굴을 보며,

"늙은이도 아니고 표정이 그게 뭐냐?"

하며 놀렸다. 하지만 처음으로 간 목욕탕은 한마디로 최고였다.

'겨울이어도 이렇게 따뜻할 수가 있구나.'

그러다 진수가 목욕탕의 참맛은 '사우나'라고 하며, 다른 사람이 보면 납치당하는 것처럼 보일 정도로 나를 강제로 끌고 사우나 방으로 들어갔다. 사우나 안은 엄청 더운 공기가 맴돌았다. 의자와 누울 수 있는 공간이 있었다. 의자는 뜨겁고 바닥도 마찬가지였다. 그런데도 다른 사람들은 어떻게 그렇게 잘 버티고 있는지 궁금했다. 어떤 사람은 "어~ 좋다!"라고 말하기까지 했다. 하지만 나는 온 벽에서 불똥이 튀는 것같이 뜨겁고, 눈알이 튀어나올 것같이 고통스러웠다. 그런데 진수는 늙은이 같은 표정을 지으며,

"으아, 딱 좋구만."

하는 게 아닌가! 나는 이상하고 기가 막혔다. 나도 일단 따라해 봤지만 영 어색하고 뜨거울 뿐이었다. 그런 내 모습을 본 진수는,

"야, 넌 사우나 처음이냐? 찜질방도 안 가 봤어?"

나를 무시하는 말투였다.

"어……."

나는 더듬거리며 대답했다. 그러자 진수는 의기양양해 하며 잘난 척했다.

"너, 나랑 누가 더 오래 버티나 내기할래?"

"뭐?"

"자신 없으면 안 해도 되고?"

나도 자존심이 있었기 때문에 지기 싫었다.

"뭐야? 좋아! 하자!"

"크크크, 지는 사람이 바나나우유 쏘기, 어때?"

"좋아, 너 바나나우유 살 돈이나 준비해!"

우리는 서로 노려보며 앉아 있었고, 그렇게 시간은 10분, 20분, 30분이 지났다. 나와 진수는 너무 더워서 미리 가져온 찬물로 얼굴을 적시며 버티려고 노력했다. 그러나 찬물도 사우나의 뜨거운 공기에 못 이겨 미지근해져 버렸다.

그렇게 40분이 흘렀다. 우리는 자존심 때문에라도 이기려고 몸부림을 쳤다. 이리저리 계속 몸을 뒤틀었다. 50분이 지났다. 조금씩 어지러워졌다. 갑자기 진수와 사우나 방이 모두 빙글빙글 도는

것처럼 보였다. 점점 의식이 몽롱해져 갔다. 그러고는 갑자기 캄캄해졌다. 그 다음부터는 기억이 나지 않았다.

눈을 떠 보니 진수와 나는 선풍기 바람을 쐬며 누워 있었다. 주인아저씨께 무슨 일이 있었는지 물어보니, 사우나에 너무 오래 앉아 있어 탈수 현상이 났다는 것이다. 내가 상황 파악이 다 되었을 때 진수도 눈을 떴다. 진수도 상황 파악을 하고, 우리가 동시에 기절한 사실을 알게 되었다. 진수와 나는 서로 크게 웃다가 바나나우유 내기도 잊은 채로 목욕탕을 나왔다.

이 일이 있은 후부터 목욕탕의 재미를 알게 되어 나는 일요일마다 목욕탕에 갔다. 그리고 나는 점점 깨끗하게 변해 갔다. 또 진수와 나는 더 절친한 친구가 되었다.

사랑을 알 때까지

김민욱

학교 수업이 끝나고 집으로 가는 길이었다.

"야, 준호! 우리 오늘 미팅 있는데 너도 끼워 줄까? 쨔샤, 다 너를 위한 거야. 우리 형님들 따라와라!"

친구가 지껄였다.

"야, 니네 뭐야? 그리고 웬 미팅? 난 그런 거 몰라. 얼른 집에 가 봐야 해."

"쨔샤, 튕기지 말고 따라와! 괜히 좋으면서 수줍음 타기는!"

"싫다니까 왜 이래?"

"후회 안 하지?"

"그으래."

"알았다. 잘 있어라 바보."

'흥! 미팅? 그게 뭐라고. 여자가 뭐가 좋다고 그러는지. 쯧쯧.'

다른 사람들의 말에 의하면, 나는 조금 늦되는 아이다. 막내이기 때문에 응석받이로 자라난 까닭도 있고, 부모님 말씀으로는 내가 유전적으로 성장이 더딘 편이라고 했다. 중학교 2학년이 끝나 갈 무렵, 다른 아이들은 모두 사춘기를 겪고 있었다. 목소리가 컬컬해지고, 코밑 솜털에 검은빛이 돌기 시작했으며, 갑자기 말수가 줄어들고 무게를 잡기도 하였다. 또 저희들끼리 야한 사진을 보고는 딸딸이니 뭐니 낄낄거리기도 했다. 그러는 한편 빵집이나 공원에서 여자 친구를 만나는 일에 정성을 들이는 아이도 있었다.

하지만 나는 도무지 그런 아이들을 이해할 수 없었다.

'도대체 무슨 재미가 있어 계집애들을 만나는 걸까? 계집애들이 뭐길래?'

그때 나는 여자애들은 보기도 싫고 옆에 있기도 싫었다. 여자애들은 말처럼 뛰어다니며 시끄럽게 굴거나 남자애들에게 치대곤 했다. 안 그러면 너무 잘난 척하거나 예민하게 굴거나……. 어쨌든 남자애들 못지않게 여자애들도 이상하게 굴기는 마찬가지였다.

어제도 어떤 여자애가 내 옆에 와서 자꾸 찝쩍거려서 면박을 주었더니 심통이 나서 나만 보면 눈을 치뜨곤 한다. 나에게 여자는 '괴물'이었다. 그러니까 빵집이나 공원에서 여자 친구를 만나는 따위의 일은 '미친 짓'으로밖에 보이지 않았다. 오늘도 나는 '만남 공원'을 지나다가 서로 부둥켜 안고 이상한 짓을 하고 있는 치들을 보고,

"정신병자들!"

하고 소리를 꽥 지르고는 도망치듯이 뛰어왔다.

그날도 수업이 끝나고 아이들은 제각기 자기 집이나 학원으로

갔다. 난 곧장 집으로 가서 학원 가방을 챙겨 들고 다시 나왔다. 시간을 보니 늦을 것 같았다. 난 막 뛰었다.

'쿵' 서두르다가 머리가 그만 벽에 부딪쳤다. 그 길은 두 사람이 어깨를 스치면서 지나갈 만한 좁은 골목길이었는데, 주의를 하지 않은 탓이다.

"아, 배고프다! 빨리 가서 밥 먹어야지!"

나는 학원을 가지 않는 날에는 일주일에 두 번 정도는 수업을 마치고 학교 도서관에 남아 공부를 하다가 하늘이 햇님을 꿀꺽 삼키면 집에 왔다. 그날도 늦게야 학교를 나왔는데 웬일인지 와야 할 버스가 오지 않았다.

"에이, 그냥 걸어서 가자. 좀 늦으면 어때?"

집에 거의 도착하였을 때는 꽤 늦은 시간이었다. 난 가벼운 발걸음으로 골목길로 들어섰는데,

"저……."

뒤편에서 무슨 소리가 들렸다. 아무 거리낌 없이 소리 나는 쪽으로 고개를 돌렸다. 낯익은 얼굴이었다. 옷차림을 보니 치마를 입고 흰 남방을 입고 있는…… 여자 교복이었다. 난 당황했다. 그래서 뒷걸음질을 쳤는데 그 계집애가 내게 다가와 무엇인가를 손에 얹어 주고는 얼굴이 빨개지면서 막 뛰어갔다. 난 엉겁결에 받은 것을 보았다. 그것은 예쁜 꽃무늬 포장지로 싼 것이었다.

난 어쩔 줄 몰라 하다가 누가 볼까 창피해서 주위를 둘러보고 아무도 없는 것을 확인하고는 선물 꾸러미를 가방 속에 넣고 쏜

살같이 뛰었다.

"헉, 헉."

땀이 줄줄 흘러내렸다. 부엌에 들어가 물 한 사발을 꿀꺽 들이 켜고 호흡을 가다듬었다. 그리고 장롱에서 이불을 꺼내어 뒤집어 쓰고 그 선물 꾸러미를 열어 보았다. 선물 꾸러미 안에는 하트 모양의 초콜릿과 사탕이 들어 있었다.

'이얏! 쿵!'

난 얼른 초콜릿과 사탕을 방바닥에 내동댕이쳤다. 그리고 그 초콜릿과 사탕을 쓰레기통에 버리려고 일어서는 순간 눈에 딱 띄는 게 있었다. 예쁘고 귀여운, 이상한 모양으로 복잡하게 접은 흰 쪽지. 바로 편지였다.

"에잇! 이까짓 거 그냥 버리자!"

그러나 궁금해서 그냥 버리기가 아쉬웠다.

"뭐 어때? 한 번 보고 버려도 손해 볼 건 없잖아?"

접힌 편지를 똑바로 펴서 처음부터 쭉 읽어 보았다.

덜덜덜. 그 편지가 내 손에서 떨어졌다.

"세, 세상에……."

난 너무 황당했다.

"이런 젠장!"

정말 어처구니가 없었다.

"추신 한마디가……."

그 추신 한마디가 문제였다.

'오빠를 좋아합니다.'

내 얼굴은 벌써 맛이 간 상태였고 눈이 뒤집혔다.

"이…… 이 망할 계집애."

난 너무도 화가 나서 그 편지를 들고 밖에 나갔다. 그리고 그 편지를 '빡빡' 찢은 후 태워 버렸다. 나의 화는 이 정도로 그치지 않았다. 너무나 화가 나서 머리가 빠개질 정도였다.

"아~악!"

난 소리를 질렀다. 목이 터져라 소리를 지르고 나서 잠시 쉬었다. 소리를 지르고 나니 약간은 마음이 진정된 것 같았다. 그래도 '아직'이었다. 뛰어나가 동네 한 바퀴라도 돌아야 풀릴 것 같았다. 하지만 시간이 너무 늦어서 그냥 잠자리에 들었다.

그런데 잠을 자려고 하니 자꾸만 그 생각이 났다. 이불 속에서 나는 또다시 얼굴이 벌개지고 말았다. 할 수 없이 일어나서 세수를 하고 다시 잠자리에 들었다. 하지만 결국 밤새도록 잠을 설치고 말았다.

사실 그 계집아이는 못생기지도 촌스럽지도 않았으며 멍청하지도 않았다. 하지만 그 애의 이해할 수 없는 행동이 나의 눈에는 우스꽝스럽고 바보스럽게만 보였다. 이번 사건으로 난 여자를 더욱 증오하게 되었다. 쓸데없는 짓에 그렇게 신경 쓰게 하다니.

다음 날 나는 결국 지각을 했다.

"헉, 헉. 아직 수업 시작은 안 했겠지?"

그러나…….

"야, 준호! 너 이리 와서 손들어. 지각을 했으면 당연히 벌을 받아야지!"

기분이 좋지 않게 시작한 하루는 종일 별로였다. 수업이 끝난 후 난 투덜거리면서 버스 정류장에서 힘없이 앉아 버스를 기다렸다. 그러나 버스는 5분이 지나고 10분이 지나도 오지 않았다. 이상하게 생각한 나는 그 옆에 계시는 아저씨에게 여쭈어 보았다.

"아저씨, 왜 버스가 안 오지요?"
"자네 모르나? 이 코스 다니던 버스 파업했다지 아마?"

오늘은 완전히 엎친 데 덮친 날이다. 난 투덜거리며 걸어서 집으로 갔다. 골목길을 지나갈 무렵, 검은 그림자 하나가 내 앞에 서 있었다. 그 그림자는 치마를 입고 있었다. 바로 그 계집애였다. 그 계집애는 웃는 얼굴로 내게 다가왔다. 난 소름이 '쫙' 끼쳤다. 난 과감하게 그 계집애 어깨에 손을 갖다 댔다. 그러자 그 계집애의 얼굴이 금세 빨개졌다. 난 소리를 질렀다.

"야, 너 뭐하는 애야. 다시는 이런 장난 하지 마. 알았어, 이 고릴라야? 그럼 알아듣는 걸로 알겠어. 잘 가, 고릴라!"

나는 그 계집애에게 최대한 모욕을 주고자 했다. 난 오늘 기분이 나빴고, 오늘 생물 시간에 배운 원숭이가 생각나서 그렇게 말한 거였다. 그 계집아이는 얼굴이 굳어 있다가 끝내 울음을 터트리며 손에 쥐고 있던 조그만 물건을 내던지고는 막 뛰어갔다. 그 계집애가 뛰어가면서 내 어깨를 스칠 때 그 계집애의 얼굴에 모욕, 경멸, 배신 등의 표정이 스치고 지나갔다. 하지만 난 그런 것에 신경을 쓰지 않았다. 다만 오직 복수했다는 마음에 무조건 기분이 좋았다.

추운 겨울이 지나고 따뜻한 봄이 왔다. 이제 3학년이 되었다. 난 더욱 공부를 열심히 했다. 그러던 어느 날 내가 변한 것을 알았다. 처음에는 별로 이상하게 생각 안 했는데, 목이 잠기더니 아무리 소리를 질러도 도무지 큰 소리가 나지 않았다. 오히려 허스키한 목소리만 흘러나왔다.

그것뿐만이 아니었다. 몸에 털이 많이 나기 시작했고, 정말 중요한 부분에는 더 시커먼 털이 수북이 쌓여 가는 것이 아닌가? 목에는 복숭아씨가 더 튀어나오고, 나의 턱은 사각턱에 가까워졌다. 하지만 가장 신기하고 놀라운 것은 이젠 더 이상 여자가 싫지 않게 되었다는 점이다.

여자를 봐도 피하고 싶다는 생각이 없고, 더 이상 여자가 증오스럽지도 않았다. 이젠 오히려 여자들이 그리워졌다. 그러나 간절한 마음뿐, 행동으로 뭔가를 할 형편은 아니었다. 여름방학 중 고등학교 대비를 위한 공부를 미리 하고 있었다.

어느 날 친구에게 전화가 왔다. 친구는 오늘이 동창회라고 하면서 '제비 노래방'으로 오라고 했다. 나는 혼자서 공부하는 것도 지루하던 차에 호출이 즐거웠다.

"야호! 드디어 친구들과 만날 수 있겠구나! 빨리 가야지."

난 기쁘고 들뜬 마음으로 노래방으로 막 뛰어갔다. 골목길을 접어들었을 때 나는 문득 멈춰 섰다. 작년 이맘때쯤 있었던 일이 떠올랐다. 난 잠시 머물러 생각에 잠겼다. 그런데 앞쪽에서 검은 그림자가 다가오고 있었다. 그리고 그 검은 그림자가 내 앞에 섰다. 그런데 세상에, 옛날 내가 '고릴라'라고 놀렸던 바로 그 소녀였다. 그 순간 비로소 난 알았다. 그 소녀의 얼굴은 '고릴라'가 아니라 '너무도 아름답고 예쁜 소녀'였다는 걸 말이다. 갑자기 내 가슴이 뛰기 시작하였고, 그 소녀에게 이름을 물어보고 싶고 말도 하고 싶었다. 난 용기를 내어 그 소녀에게 다가갔다.

"저어……."

난 그 소녀에게 옛날 일을 사과도 할 겸 말을 걸려고 하였다.

"흥!"

그 순간 그 소녀는 싸늘한 표정을 짓더니, 고개를 휙 돌렸다. 그리고 소녀는 내 어깨를 차갑게 스치고 지나갔다.

읽고 쓰고 톡톡!

1. 각 소설의 소재(제재)를 찾고 특징을 써 봅시다.

	소재(제재)의 특징
옆집 개	
고래 잡는 건 어려워	
목욕탕에서 쓰러지다	
사랑을 알 때까지	

2. 각 소설에 나오는 중심 소재의 적절성을 평가하고, 그렇게 평가한 이유를 적어 봅시다.

	소재의 적절성	이유
옆집 개	☆☆☆☆☆	
고래 잡는 건 어려워	☆☆☆☆☆	

목욕탕에서 쓰러지다	☆☆☆☆☆	
사랑을 알 때까지	☆☆☆☆☆	

3. 여러분이 쓰고 싶은 소설의 소재(제재)를 한두 가지 골라 보고, 그것을 고른 이유를 써 봅시다.

소재(제재)	선택 이유

김 선생님의 소설 톡톡!

〈옆집 개〉, 〈고래 잡는 건 어려워〉, 〈목욕탕에서 쓰러지다〉, 〈사랑을 알 때까지〉는 독특하고 참신한 소재를 선택하여 소설의 재미를 한층 높인 작품입니다. 소설의 소재(제재)는 인물이 갈등을 일으키고, 사건을 진행시키는 매개 역할을 합니다. 또 인물의 심리, 태도, 상황을 암시하는 경우가 많습니다.

〈옆집 개〉는 누구나 어릴 때 한 번쯤 겪어 본 '개에 대한 두려움'을 소재(제재)로 선택했습니다. 어린 시절에 느낀 감성이나 기억은 문학적 상상력의 원천입니다. 어떤 일들은 오랜 세월이 지나도 마치 영화나 연극의 한 장면처럼 생생하게 되살아납니다. 특히 '두려움'이나 '공포의 정서'는 어린아이들에게 공통적으로 나타나는 특징입니다. 어른이 되면 아무것도 아닌 일들이지만, 어릴 때는 매우 큰 장애나 위협으로 다가오기 때문입니다. 길을 잃을까 봐 엄마 손을 놓지 못하고, 약간만 높은 계단이 있어도 내려오지 못한 채 쩔쩔매기도 합니다. 그런데 신기하게도 아이들은 공포를 즐깁니다. 무서워하면서도 어린아이들은 기괴하거나 무서운 존재가 나타나는 이야기나 영화를 보고 싶어 합니다. 이유는 바로 공포가 어린아이들의 주요 정서이기 때문입니다. 성장한 어른들도 공포 영화나 공포 소설을 즐기는데, 그것은 어린아이 때 느꼈던 공포를 추억하면서 동시에 공포를 벗어나려는 본능적인 의지를 발현시키는 즐거움을 맛볼 수 있기 때문입니다.

〈고래 잡는 건 어려워〉의 제재는 '포경 수술의 경험'입니다. 남자아이들이 성장 과정에서 겪어야 하는 일종의 통과 의례인 포경 수술은 제재 자체가 흥미를 끕니다. 이 소재(제재)의 흥미성 때문에 수업 시간에 학생들이 가장 먼저, 열심히 읽는 '학생 창작 베스트셀러' 소설입니다. 베스트셀러는 가장 많이 팔리는 소설이지만, 많이 팔리는 소설이 가장 수준이 높거나 문학적인 소설이라고 할 수는 없습니다. 하지만 사람들은 누구나 일단 제재가 새롭고 호기심을 자극하면 글을 읽고 싶다는 욕구를 강하게 느끼는 것이 사실입니다. 그래서 간혹 잘 팔리는 소설을 쓰기 위해 극단적이거나 선정적인 제재를 선택하는 경우가 많습니다. 이런 소설을 '소재주의 소설'이라고 부르기도 하는데, 바람직하지는 않습니다.

〈목욕탕에서 쓰러지다〉는 '오랜만에 간 목욕탕에서 내기를 하다 쓰러진 이야기'를 소재로 작은 소동을 만들어 냈습니다. 지저분하고 씻기를 싫어하는 '나'는 가족 모두의 비난을 사는 인물입니다. 절대로 가지 않으려는 목욕탕에 가서 역설적으로 긴 시간을 견디는 내기를 한다는 발상이 재미있습니다. 불결한 습관을 가진 '나'의 모습을 과장되게 표현한 것도 재미있습니다. 사실 불결 증후군은 성장기의 소년들에게 일반적으로 나타나는 현상입니다. 사춘기 때의 2차 성징으로 인해 무의식적으로 자신의 몸을 감추려는 경향 탓이라고도 합니다. 신체의 변화에 아직 적응하지 못해 몸을 드러내는 일을 더 싫어합니다. 공상은 많아지고, 현실 생활은 멀어져 마땅히 해야 할 일상의 청소나 일 처리 등을 미루는 경향이 생기는 거지요.
약간 아쉬움이 남는 점은 조금 더 풍부하게 썼더라면 하는 것입니다. 예를 들면, 여자 친구에게 냄새가 난다고 딱지를 맞는다든가 하는 일화를 더 첨가하는 식으로 말입니다. 이 소설은 일상의 작은 일화들이 모두 소설의 소재가 될 수 있음을 보여 준 작품입니다.

〈사랑을 알 때까지〉는 '이성에 대한 감정의 변화'를 소재(제재)로 재미있는 이야기를 만들어 냈습니다. 이 소설은 사랑을 깨닫고 배우는 성장 소설이면서 학생 애정 소설이라고도 할 수 있습니다.
주인공 '나'는 조금 늦되는 소년입니다. 친구들이 미팅을 나가거나 여학생에 관심을 갖는 것을 이해하지 못했고, 예쁜 여학생의 사랑 고백을 듣고 '고릴라'라고 욕을 해 주는 아직 어리고 단순한 소년입니다. 그러나 중학교 3학년이 되면서 달라지기 시작합니다. 목소리가 컬컬해지고, 코밑 솜털에 검은빛이 돌면서 야한 사진을 보고 딸딸이니 뭐니 낄낄거리는 친구들의 모습을 이해하기 시작하게 된 것입니다. 그리고 자신이 모욕을 주고 고릴라라고 불렀던 그 여학생이 아름다운 여성으로 보입니다. 하지만 이미 때는 늦어 버린 뒤입니다. 한 소년이 이성에 눈뜨는 과정을 재미있게 다루면서도 '인생은 지나고 나서 후회하는 것'이라는 상식적인 의미까지 추론할 수 있는 잘 쓴 작품입니다.

5 주제

◉ 나만의 생각을 담아라

> 주장   신념   철학   인생관   세계관

◉ 소설을 쓰는 목적을 분명히 하라

> 재미와 흥미   고백   문제의식   깨달음   갈등의 해결
>
> 가치   현실(사회) 비판   경험을 통해 얻은 교훈

◉ 주제에 맞는 소설의 종류를 선택하라

> 순수 소설   성장 소설   가족 소설   사회 비판 소설
>
> 애정 소설   추리 소설   판타지 소설

네 편의 학생 소설을 읽고 소설의 '주제'에 대해 알아봅시다.
집 나오면 개고생이다 | 미안해 동생아 | 김씨 할아버지 | 인간에겐 아직 희망이 있다

집 나오면 개고생이다

조윤정

바람이 선선해지고 하늘이 높아지는 독서의 계절 가을이지만, 중학교 2학년이 된 아이들은 한가롭게 계절을 만끽할 여유조차 없다. 이 아이들의 능력을 시험하는 중간고사 기간이기 때문이다.

"히히히, 내가 이렇게 시험을 잘 보다니. 믿을 수 없어."

"누군 밤을 새서 공부해도 60점 간신히 넘기고, 누군 열 시 땡치고 잤는데 100점 맞고. 역시 신은 불공평해!"

자신보다 공부를 덜 하는 지아가 시험을 더 잘 본 것에 대해 샘이 난 듯, 혜원이는 자신의 시험지와 지아를 번갈아 가며 쏘아보고 있었다.

"우와, 민혜원 눈 봐 봐. 눈이 완전 빠져나올 것 같은데."

옆에서 지켜보던 민선이가 말을 했다. 이에 삐진 혜원이는 자기 먼저 집에 가겠다고 한다.

"이 씨, 나쁜 것들. 나 혼자 집에 갈 거야."

원래 별명이 삐순이인 혜원이는 민선이의 말을 듣고 혼자 집에 가겠다고 했지만, 같이 갈 친구가 없을까 봐 내심 걱정을 했다. 하지만 걱정과는 다르게 역시 오랜 세월 함께한 친구들답게 소리를 지르며 한걸음에 쫓아왔다.

"우와! 이리 와 봐, 지아야. 《코난》 65편 나왔어."

"정말이네!"

지아가 3개월 전부터 《코난》이 나오기를 기다렸던 것을 아는 친구들은 만화방 앞에서 멈추었다.

"그런데 빌려도 돼? 내일 시험이 아직 남았잖아."

걱정스럽다는 듯이 혜원이가 말했다. 하지만 민선이의 설득은 청산유수다.

"괜찮아. 지아가 숨기는 거 하나는 잘하잖아. 엄마도 늦게 들어오시는 날이고. 그리고 무슨 시험 공부를 하루 종일 하냐? 오늘 시간도 많잖아. 내일 오면 누가 빌려 가고 없을걸."

민선이의 설득에 넘어간 지아는 만화방에 들어가려 했다. 그때 고양이가 튀어나오는 바람에 지아는 엉덩방아를 찧었다.

"아이, 재수 없어."

고양이가 사라지고 나서야 지아는 만화방 안으로 들어갔다.

"나는 말렸다! 너 내일 시험 못 봐서 땅을 치고 후회해도 몰라."

다음 날은 국어와 도덕 시험이 있었다. 지아는 엄마에게 만화책 보는 걸 들켰지만, 시험만 잘 보면 된다고 생각했다. 학교에 가자 아이들이 물었다.

"너 어제 만화책 안 들켰어?"

"어……, 들켰어. 하필이면 엄마가 일찍 들어온 거 있지. 공부다 했다고 해서 위기 모면. 시험만 잘 보면 돼."

1교시 국어 시험이 끝나고 삼총사는 모여서 각자 쓴 답을 확인하였다.

"으악! 안 돼! 완전 망했다."

지아는 어제 너무 방심한 탓인지 국어 시험은 물론 도덕 시험도 망치고 말았다.

"야!《코난》 65편의 저주인가 보다. 그러게 누가 빌리래?"

혜원이는 왜 자신의 말을 안 듣고 만화책을 빌렸냐며 지아를 놀렸다. 하지만 시험을 그럭저럭 본 민선이는 노래방에 가고 싶어 안달이 난 표정으로 둘을 보챘다.

'띠리링!'

"어, 문자 왔다!"

지아는 놀라며 핸드폰을 꺼냈다. 엄마에게서 온 문자였다.

'지아야, 시험 어땠니?'

지아가 엄마에게 전화를 했다.

"엄마……, 나 못 봤어."

지아의 목소리가 기어들어 갔다.

"너 빨랑 집에 와!"

엄마의 목소리가 날카롭다.

"얘들아, 나 먼저 집에 가야겠다."

지아의 표정만 보아도 알 수 있는 친구들은 눈치를 채고 더 이상 노래방에 가자고 보채지 않았다. 지아는 집에 가는 발걸음이 무거웠다.
 엄마는 지아를 꾸중하기 시작했다.
 "어제 만화책만 안 빌려 왔어도 이런 일이 벌어지지 않았을 것 아냐? 만화책 본 한 시간이 짧다고 생각해?"
 엄마의 꾸중은 끝도 없었다. 지아는 더 이상 참을 수가 없었다.
 '이 씨, 내가 못하고 싶어서 못한 거냐고! 까짓 거 집 나가지 뭐, 이 아줌마야!'
 지아는 엄마가 방에 들어가자 중얼거리며 옷과 지갑 등을 챙겼다. 그러고는 집을 나왔다. 하지만 막상 나오고 보니 어떻게 해야 할지 막막했다. 지아는 친구들에게 문자를 했다.
 '나 집 나왔어. 어디로 가야 할지 모르겠어.'
 '집을 나왔다고? 너 지금 어디야?'
 '나? 학교 근처 놀이터.'
 '너 거기에 있어. 내가 바로 갈게.'
 역시 진짜 친구들은 달랐다. 지아가 집을 나왔다는 이야기를 듣고 모두 가방을 싸 가지고 달려왔다.
 "왜 너희들까지 나온 거야? 그냥 어떻게 해야 될지 물어본 건데."
 "실은 나도 오늘 엄마하고 싸웠거든. 요번에 몰래 피시방 간 것 들켜서. 내가 가려던 것도 아니고 강제로 간 건데 이해를 못 하잖아. 이렇게 된 거 우리 찜질방이나 갈래? 편하고 좋잖아."
 "너도 엄마랑 싸웠냐? 나는 엄마가 계속 내 동생한테만 잘해 줘서 뭐라고 했더니 엄마가 막 나한테 짜증 내더라."

"그럼 찜질방으로 렛츠 고!"

저녁 여덟 시. 삼총사는 의기투합하고 보니 신이 나기까지 했다. 이런저런 이야기를 나누며 찜질방에 도착했다. 찜질방에 들어가려는데 카운터에 있던 아저씨가 말했다.

"저기 핵싱들? 청소년보호법인감 그거 땜시 학생들은 열 시 이후엔 여기 있을 수가 없대네. 쪼까 있을 수 있긴 헌데, 갠찮을란감?"

아쉽지만 어쩔 수 없었다.

"괜찮아요."

삼총사는 엄마 욕을 하면서 두 시간을 눈 깜짝할 새에 보냈다.

"핵싱들, 이제 열 시야. 빨리 나가야제."

"아 조금만 더 있으면 안 돼요? 저희 갈 곳이 없는데……."

"안 된당께. 아까 다 말해 줬잖여. 빨리빨리 준비허구 나가야!"

찜질방에서 쫓겨난 뒤, 세 사람은 이리저리 머리를 굴리다가 영화관에 가기로 했다.

"우와, 벌써 열한 시네. 영화관에서는 안 쫓겨나겠지?"

지아는 이번에도 쫓겨나면 갈 곳이 없다는 것을 알고 있었다.

"그럼. 나 저번에 갔었는데 안 막혔어."

민선이는 저번 경험을 내세우며 지아를 안심시켰다. 지아, 혜원, 민선이는 버스에서 내려 영화관 앞에 도착했다.

"음……, 그럼 우리 〈불꽃처럼 나비처럼〉 보자."

셋은 번호표를 뽑고 잠시 기다리다가 영화 표를 사러 카운터로 갔다.

"네. 2만 1000원입니다."

지아는 돈을 내려고 가방을 뒤졌다. 그런데 아무리 뒤져도 지갑이 보이지 않았다. 누군가가 가져간 것이 분명했다. 다른 친구들도 갑자기 나와서 돈이 없었다.

"에이, 어떡하지? 그냥 가야겠다."

셋은 결국 영화관 밖으로 나와서 갈 만한 곳이 있는지 주위를 둘러보았다.

"우이잉. 갈 곳이 없어. 지금 시간에는 노래방도 못 가는데."

그때 저만치에서 얼굴은 까맣고 키는 작고 술에 잔뜩 취한 아저씨 한 명이 비틀거리며 다가오고 있었다.

"야, 저기 이상한 아저씨 온다. 우리 빨리 피하자."

민선이는 아저씨를 피해 다른 길로 가자고 했다.

"그래그래. 저 아저씨 이상해. 술도 마신 것 같고."

"헤이. 거기 예쁜 아가씨들!"

가까이 다가온 술 취한 아저씨가 그들을 불렀다.

"헐, 뭐야. 어떡하냐?"

"거기 아가씨 예쁜데. 나랑 결혼할래?"

술 냄새를 마구 풍기며 정신이 나간 사람처럼 지아에게 작업을 거는 게 아닌가.

"이 아저씨 뭐야? 미친 거 아니야! 빨리 꺼져요."

민선이는 아저씨에게 화를 냈다. 아저씨는 아랑곳하지 않고 지아의 손을 잡았다. 혜원이는 급히 112에 신고를 했다.

"거기 경찰이죠? 어떤 술 마신 미친 아저씨가 자꾸 찝쩍대요. 빨리 와 주세요."

"네. 거기 위치가 어디죠?"

상냥한 목소리의 여경이 물었다.

"여기 영화관 앞 골목길이요. 빨리 와 주세요."

"아가씨 키도 크고 내 스타일인데. 흐흠, 그래 나 니 성추행하는 거여."

술에 취한 아저씨는 점점 막장을 향해 달려가고 있었다.

'휘이익~'

호루라기 소리와 함께 경찰 아저씨가 달려왔다.

"저기요. 이러시면 안 됩니다."

경찰 아저씨는 술에 취한 아저씨를 말로 타이르려 했지만, 이미 정신을 놓은 아저씨는 횡설수설했다. 대화가 되지 않자 강제로 붙잡고 경찰차에 태웠다.

"너희들도 같이 가서 설명 좀 해 줬으면 좋겠다."

밖에서 쌀쌀한 날씨에 떨고 있던 셋은 아무런 생각도 하지 않고 경찰차에 탔다.

경찰서에 도착하니 그곳에 지아, 혜원, 민선이의 엄마가 와 있는 게 아닌가.

"어? 엄마!"

지아는 깜짝 놀랐다. 엄마는 지아가 집을 나간 걸 알고 민선이 엄마와 혜원이 엄마에게 전화를 하고 온 동네를 같이 찾아다녔다고 했다. 찾지 못하고 밤이 깊어지자, 경찰서에 신고를 했던 것이다. 우리가 경찰서에 신고를 하고 오고 있다고 해서 먼저 와서 기다리고 있었던 것이다. 지아 엄마는 지아를 원망하는 듯 눈물을 흘리며 말했다.

"네가 왜 집을 나가?"

"엄마, 미안……."

지아도 울며 엄마 품에 안겼다.

혜원이 엄마도 혜원이의 어깨를 잡고 울었다.

"엄마는 내가 설명하려는 건 듣지도 않고 이해도 안 해 주잖아."

혜원이 엄마는 혜원이를 안아 주었다.

세 모녀는 그렇게 모두 마음속의 응어리를 풀고 집으로 돌아갔다. 그들의 뒤에는 환한 가로등 불빛이 빛나고…….

아, 그리고 그 술에 취한 아저씨는 자신이 안 그랬다고, 증거가 있냐고 우기다가 혜원이가 핸드폰으로 녹음한 음성을 증거로 내밀자 자백하고 유치장에 들어갔다나 뭐라나.

미안해 동생아

강태호

내 이름은 박준희. 나에게는 정말로 끔찍한 동생이 한 명 있으니, 그 악독한 놈의 이름은 김준호. 나랑 성이 다른 이유는 엄마가 아빠와 이혼을 하고 지금의 새아빠와 재혼했기 때문이다.

내 동생은 항상 내 방에 들어와서 연필을 다 부러뜨리고, 종이에 낙서를 하고, 책상 위를 더럽힌다.

한번은 용돈을 모아 큰맘 먹고 산 엠피스리를 던져서 망가뜨릴 뻔하기도 했다. 그리고 시험 공부 할 때도 놀아 달라고 되지도 않는 떼를 쓰곤 해서 나를 짜증 나게 한다.

"엄마, 애 좀 어떻게 해 봐요."

내가 뛰어 나가며 소리친다.

"왜 그러니 준희야?"

엄마가 달려온다.

"얘가 짜증 나게 하잖아요. 자꾸 침대에 오줌을 싸요."

"이해해라. 아직 네 살밖에 안 됐잖아."

엄마는 동생을 안으며 나온다.

"짜증 나요."

나는 문을 쾅 닫고 방으로 들어간다. 기분이 나빠서 자려고 하는데 누가 문을 두드린다. 김준호다.

"엉아, 엉아, 놀아 줘."

지겨운 녀석이다.

"빨리 안 나가! 나 잘 거라고."

내가 고함을 지르고 윽박지르자, 동생 눈에는 눈물이 가득 고인다. 그리고 금세 울음을 터뜨린다.

"으아아아아아앙."

엄마가 놀라 달려온다.

"준희야! 엄마가 동생 울리지 말랬잖니."

"자려는 거 알면서 굳이 들어와서 짜증 나게 해요. 데리고 나가세요. 엄마는 왜 만날 나한테만 그래?"

나는 짜증을 내며 아파트 단지 안에 있는 놀이터로 나갔다. 아파트라 그런지 놀이터에는 어린아이들이 많았다. 나는 동생 또래의 아이들을 보며 속으로 생각했다.

'다른 애들은 귀여운데, 왜 김준호는 저렇게 얄밉지?'

이런저런 생각을 하다가 심심해서 내 베스트프렌드 동현이에게 문자를 보냈다.

'야, 피시방 가자'

그랬더니 동현이는 기다렸다는 듯이 '콜!' 하고 문자를 보냈다.

나는 친구 만날 생각에 기분이 좋아졌다. 집에 들어가서 돈을 가져오려고 엘리베이터 앞에 섰는데, 마침 새아빠가 퇴근을 하고 주차장에서 올라오고 있었다.

"준희야! 어디 갔다 오니?"

새아빠와 친하고 싶지 않았던 나는 퉁명스럽게 대답했다.

"왜요? 피시방 가려고 돈 가지러 가요."

그랬더니 새아빠가 지갑에서 돈을 꺼내 주었다. 나는 집에 들어가기 싫었는데 이게 웬 횡재인가 싶어 얼른 돈을 받았다. 그리고 내가 뒤를 돌아 나가려고 하는데 뒤에서 새아빠의 말이 나를 뜨끔하게 했다.

"준희야, 준호 좀 잘 봐줘라. 아직 어리잖아. 너한테 불편하게 해도 동생이잖니. 이렇게 아빠가 부탁할게."

"네."

나는 힘없는 말투로 어쩔 수 없는 대답을 했다. 그리고 얼른 피시방에 가서 동현이랑 재미있게 게임을 했다. 여덟 시쯤 되었을 때 엄마한테서 문자가 왔다.

'준희야, 엄마 아빠가 급히 시골에 내려가야 할 것 같다. 작은할아버지가 돌아가셨다는구나. 내일 아침에 올 테니 집에 와서 준호 좀 돌봐 줘라.'

나는 문자를 보고 핸드폰을 주머니에 쑤셔 넣었다.

"야 동현아, 집에 가자."

"야, 나 이번 판만 하고."

"그럼 나 먼저 간다."

"새끼! 지가 불러 놓고 먼저 가네."

"미안타."

나는 너털웃음을 짓고 피시방에서 나와 집으로 갔다. 시험이 2주일 앞으로 다가와 공부를 하려고 책상에 앉았지만 게임 생각밖에 나지 않았다.

동생 생각이 나서 동생이 자고 있는 방으로 가 보았다. 동생은 잘 자고 있었다. 나는 속으로 '나를 실컷 괴롭히니 피곤하겠지.' 하고 문을 살짝 닫으려 했는데, 실수로 쾅 닫고 말았다. 그래서 동생이 깨 버렸다. 동생은 울기 시작했다. 또 짜증이 밀려왔다.

겨우 동생을 진정시키고 나도 잠이 들었다. 잠을 자다가 배가 고파 일어났다. 동생은 여전히 자고 있었다. 시계를 보니 밤 열 시였다. 먹을 걸 찾아 먹고 있는데 갑자기 방에서 '으아아아아앙' 하는 큰 울음소리가 들렸다. 나는 깜짝 놀라 방으로 달려갔다. 그런데 김준호가 피를 철철 흘리며 바닥에서 구르고 있는 게 아닌가. 침대에서 자다가 떨어져 장난감에 머리를 부딪쳐 머리가 찢어진 것이었다. 나는 놀라고 겁이 나고 눈물이 났다.

나는 전화기로 달려가 119에 전화를 했다. 동생은 아프다고 계속 울다가 정신이 희미해져 가고 있었다. 급히 엄마한테도 전화해서 상황을 알렸다. 엄마는 말이 없으셨다. 전화를 끊고 지혈을 해 보려고 하는데, 그 사이 119가 오고 나는 동생을 따라 병원으로 갔다.

동생은 수술을 해야 했다. 처음에는 보호자가 없어서 안 된다며 지혈만 계속 했으나 상황이 좋지 않자 수술에 들어갔다.

나는 너무 답답하고 무서웠다. 이 모든 일들이 동생을 제대로 돌보지 못한 내 잘못인 것 같았다. 동생이 잘못되면 어쩌나 두려웠다. 다행히 피가 멈추었고 부모님도 오셨다. 엄마가 도착했을 때, 나는 의자에 앉아 엉엉 울고 있었다. 엄마는 나를 꼬옥 껴안아 주셨다.

"엄마! 으어어어엉."

"준희야 괜찮아, 괜찮아."

새아빠도 걸어와서 나를 안아 주셨다.

"우리 잘못이다. 준희야 울지 마라. 준호는 괜찮을 거야."

나는 집으로 먼저 오고, 부모님은 지친 몸으로 수술실 앞에서 뜬눈으로 밤을 지새우셨다.

아침이 되었다.

'따르르르릉'

"여보세요?"

"어, 준희니?"

"네."

"그래 엄마다. 준호 수술이 잘되었구나. 너무 걱정하지 말고. 인제 학교 갈 시간이구나. 아침은 꼭 먹고……."

"네 엄마. 준호한테 몸조리 잘 하라고 전해 주세요."

"그래. 우리 준희 착하구나."

나는 서둘러 아침을 먹고 학교에 갔다.

평상시처럼 친구들이 장난을 걸어도 별로 반갑지 않았다. 평소에는 동현이가 장난을 치면 맞장구를 쳤을 테지만, 별로 달갑지 않은 기분이었다. 이번 일도 그렇고 동생한테 너무 미안했기 때문이다.

내가 사실 김준호를 싫어하는 이유는 내 친동생이 아니기 때문이다. 아빠와 이혼하고 새아빠와 결혼한 엄마. 처음에도 마음에 안 들었는데 그 미운 새아빠와 같이 들어온 미운 오리 새끼, 김준호. 그래서 나는 그 아이가 더 싫었다.

하지만 지금 내 머릿속에는 많은 생각들이 가득했다. 종례 후, 나는 김준호가 입원해 있는 병원으로 향했다. 막상 빈손으로 들어가기가 미안했다. 지갑을 열어 보니 동전이 몇 개 있었다. 나는 그것으로 동생이 좋아하는 막대 사탕을 몇 개 사 가지고 들어갔다. 붕대를 감고 있는 동생의 모습을 보니 더 안쓰러웠다. 동생은 나를 보더니 반갑게 달려들었다.

"어, 엉아, 엉아."

나는 그 모습을 보고 눈물이 났다. 차마 동생 앞에서 눈물을 보이기가 그랬다. 여태까지 센 척은 다 했기 때문이다. 나는 사탕을 얼른 침대에 던졌다.

"야, 이거 먹어."

하고는 급히 병실을 나왔다. 엄마가 마침 오고 있었다. 나는 엄마를 피해서 화장실로 달려가 울었다.

준호는 내가 화장실에 있는 것을 어떻게 알았는지 사탕을 먹으며 또 하나의 사탕을 손에 쥐고 나에게 왔다.

"엉아, 왜 울어 엉아?"

"야 인마, 너 나 여기 있는 거 어떻게……?"

"나 여기 와서 맨날 노는데?"

"야 인마, 사탕 맛있냐?"

"엉아, 이거 먹어."

"안 먹어. 너나 실컷 먹어."

동생이랑 얘기를 하면서 문득 처음 준호를 만났던 때가 생각났다. 지금보다 더 혀 짧은 소리를 하며, 말도 잘 못하던 준호의 모습이 말이다. 그때에 비하면 지금 준호는 참 많이 컸다. 나는 동생을 목마를 태우고 화장실에서 나왔다. 그러곤 병실로 향했다.

녀석은 뭐가 좋은지 소리를 지르며 웃어 댔다. 나는 다짐했다. 나는 이 꼬마의 형이고, 앞으로 잘해 주겠다고.

병실에 갔더니 새아빠가 퇴근을 하고 와 있었다. 엄마와 새아빠는 우리를 바라보았다. 동생에게 못되게 굴던 내가 동생을 목마 태우고 오니 신기한가 보다. 그 일이 있고 난 뒤 준호와 나는 몰라보게 달라졌다.

그 일이 있고 나서 3개월이 지났다. 오늘은 가족 여행을 가는 날이다. 준호와 나는 서로 앞다투어 엄마 아빠를 도왔다. 준비를 마치고 나는 준호의 손을 잡고 먼저 문 밖을 나섰다. 우리 뒤에서 우리를 바라보는 부모님의 훈훈한 눈길을 느낄 수 있었다.

김씨 할아버지

유창우

"아함, 잘 잤다. 벌써 7시 55분이네."

오늘 아침은 어쩐지 몸이 뻐근하다. 일어나자마자 창가로 가서 하늘을 보니 구름 한 점 없는 게 제법 쌀쌀해 보인다. 간밤에 김씨 할아버지께 아무 일도 없었을까 걱정부터 든다.

김씨 할아버지는 내가 두 달 전부터 보살펴 드린 독거노인이다. 우연히 뒷산에 올라갔다가 내려오는데, 힘들게 내려가시던 한 할아버지께서 나에게 부축해 달라고 하셔서서 집까지 모셔다 드린 일이 계기가 되어 처음 알게 되었다.

그리고 일주일 후에 산을 올랐는데 다시 그 할아버지를 보게 되어서 한 번 더 부축해 드렸고, 그런 일이 몇 번 있고 나서부터 자발적으로 김씨 할아버지를 보살펴 드리게 된 것이다.

솔직히 내가 하는 일이 그리 많지는 않다. 일주일에 두 번 정도 할아버지 찾아가서 재밌는 이야기도 해 드리고, 안마도 해 드리고, 할아버지를 부축해 뒷산에 올라갔다 오는 정도이다.

뒷산은 '국사봉'이라고 하는 작은 봉우리인데, 거기를 올라가노

라면 가파른 길이 하나 있다. 가파른 길 바로 옆에는 마을버스 정류장이 있고, 그 아래에는 작은 마을버스 회사가 하나 있다. 그 마을버스 회사 맞은편에 벤치 네 개가 있다. 가끔 국사봉에 갔다가 내려올 때 힘들면 그곳에서 잠시 앉았다가 내려가는데, 그 길 바로 아래쪽에 할아버지 댁이 있다.

할아버지 댁은 부엌이 딸린 방 하나, 조그마한 화장실 하나가 있는 작은 집이다. 그 집 앞에는 할아버지 성함이 새겨진 작은 나무 문패가 달려 있다. 그런데 문패 이름이 한자여서 내가 읽을 수 있는 글자는 '김(金)' 자밖에 없다. 그래서 나는 '김씨 할아버지'인 줄 알았다.

오늘은 일요일. 일찍 할아버지를 모시고 국사봉 자락에 있는 '사자암'이라는 절로 가야 한다. 그런데 꿈지럭거리는 바람에 조금 늦었다. 이만 대충 닦고는 내가 좋아하는 초록색 니트를 걸치고 서둘러서 갔다.

부모님에게는 교회에 간다고 하고 집을 나왔다. 사실은 꼭 한 달 하고도 보름 정도를 교회에 가지 못했다. 김씨 할아버지를 돕느라 가지 못했던 것이다.

조금 늦은 것 같아서 뛰어갔더니 5분 만에 도착할 수 있었다. 내가 도착하자 낡은 꽈배기 지팡이를 들고 집 앞에 할아버지가 서 계셨다.

"인석아, 왜 이렇게 늦었어?"

"히히, 겨우 2분 지났어요. 밤에 춥지는 않으셨어요? 우리 빨리 올라가요."

 할아버지 팔을 붙잡고 다니면 왠지 포근하고 따스한 느낌이 든다. 꼭 우리 친할아버지 같다. 우리 친할아버지께서는 내가 여섯 살쯤에 교통사고로 돌아가셨다. 나에게 잘해 주셨고 나도 할아버지를 무척 따랐다. 하지만 너무 어릴 적이라 기억이 희미하다. 그리고 할아버지가 돌아가셨을 때, 나는 죽음이라는 게 뭔지 몰랐기 때문에 슬퍼하지도 않았다.

 그러나 점점 커 갈수록 할아버지 생각이 많이 났다. 명절 때면 어릴 적 할아버지가 잘해 주시던 기억들이 떠오르며 그립다는 느낌도 생겼다. 그래서인지 김씨 할아버지를 돕는 일이 나에게는 즐거웠다. 다시 친할아버지를 만난 것 같은 기분이 들기도 했다.

 흙으로 뒤덮인 계단을 걸어 올라가서 약수터 가는 길 반대편으로 돌아가면 사자암이 나온다. 나는 절 안에는 들어가지 않았다. 우리 집안은 모두 기독교인이고 나도 교회를 다니기 때문에 할아버지를 모셔다 드리고는 피시방으로 향했다.

 원래는 교회를 가야 했지만, 내가 다니는 교회는 조금 멀어서 할아버지를 집까지 모셔다 드리고 나면 이미 교회는 끝날 시간이었다. 그래서 그냥 사자암에서 나오실 때까지 놀면서 시간을 보내고 있었다.

 원래는 할아버지가 내려가실 때까지 국사봉 정상까지 오르거나 약수터 근처에서 운동을 하거나 놀면서 시간을 보냈지만, 오늘은 날씨도 쌀쌀하고 새로 푹 빠진 게임도 있어서 피시방으로 갔다. 게임을 하다 보니 어느새 해가 저 높이 솟아올라 있었다. 그래서 아침처럼 늦을까 봐 서둘러 게임을 끝내고 나왔다.

김씨 할아버지가 열두 시에 나오시니까 그때에 맞춰 가려고 조금 빠른 걸음으로 다시 사자암으로 갔다. 그러다가 혹시나 늦었나 싶어 뛰어갔다. 오늘 아침처럼 김씨 할아버지께서 미리 나와서 기다리실까 봐 50미터를 7초에 주파하는 내 달리기 솜씨를 발휘하며 뛰어갔다.

땀이 빗방울처럼 흐를 때까지 뛰니 어느새 사자암에 도착했다. 그런데 오늘은 무슨 일인지 좀 일찍 끝이 났나 보다. 시계를 보니까 11시 58분이었는데, 이미 할아버지가 나와 계셨다.

"할아버지, 왜 이렇게 빨리 나오셨어요?"

"인석아, 아침에도 늦더니 또 늦어? 굼벵이를 삶아 먹었냐?"

"아니에요. 할아버지 전 일찍 왔는데 할아버지가 더 일찍 나오신 거잖아요."

나도 할 말이 있었다. 하지만 할아버지는,

"이 녀석이 말대꾸하는 거냐?"

하며 도리어 나에게 호통을 치시는 게 아닌가. 난 어이가 없었다.

"할아버지 피곤하시죠? 빨리 내려가요."

나는 꾹 참고 할아버지를 집까지 모셔다 드렸다.

그런데 집에 와서 침대에 누워 곰곰이 생각해 보니 화가 나고 짜증이 치밀어 올라왔다. 그래서 정수한테 전화를 걸었다.

"야, 정수야 내 말 좀 들어 봐. 있잖아, 내가 말했었잖아, 김씨 할아버지. 오늘 내가 아침에 모시러 갈 때 아주 쪼끔 늦고, 그리고 절 끝나고 모시러 갈 때 절에서 일찍 나오셨나 봐. 나는 안 늦었는데 조금 기다렸다고 나한테 소리를 버럭 지르시더라고. 내가 그렇게 정성을 다해 드리는데 조금 늦었다고 화를 내? 내가 늦은 것도 아니야. 내가 지금까지 최선을 다했는데, 정말 너무하는 거 아니야?"

나는 마구 불만을 털어놓았다. 그러자 정수가 빈정댔다.

"야, 이 바보야. 그러니까 그런 귀찮은 일을 왜 지금까지 하고 있어? 지금이라도 거기에 그만 찾아가. 김씨 할아버지도 니가 귀찮아서 그렇게 하는 게 아니겠어? 그럼 나 전화 끊는다."

정수는 애깃거리도 되지 않는다는 듯이 매정하게 전화를 끊어 버렸다. 듣고 보니 정수 말이 맞는 것도 같다. 내가 지금까지 왜 교회도 못 가면서 봉사를 했을까? 어쩜 하나님이 나를 시험하신 것이 아닌가 싶었다. 교회를 열심히 안 다니니까 벌을 주신 게다. 이제부터는 교회만 열심히 다니고, 김씨 할아버지 댁에는 얼씬도 하지 말아야겠다. 나는 이렇게 결심을 했다.

그렇게 며칠이 지나고, 다시 일요일 아침이 왔다. 한동안 김씨 할아버지에게 가지 않았고, 오늘도 가지 않겠다고 다짐을 하고는 집을 나섰다. 물론 교회에 가기 위해서이다. 오래간만에 교회에 가서 예배를 드리고 있는데 이런저런 생각이 나면서, 이상하게도 시간이 흐를수록 자꾸 마음 한구석이 찔리는 게 마치 내가 무슨 큰 잘못이라도 하고 있는 것 같았다. 분명 김씨 할아버지가 나에게 잘못된 것 같은데, 내 마음이 편치가 않았다. 그래도 교회 예배가 끝날 때까지 조용히 앉아 있었다.

예배가 끝나고 친구들이 피시방에 가자고 했다. 나는 별로 내키지 않아 거절하고 집으로 갔다. 버스도 타지 않고 조용히 걸어가다 보니 어느새 집 앞이었다. 하지만 김씨 할아버지가 너무도 마음에 걸린 나는 어떻게 해야 할지를 몰랐다. 이런 내 마음을 그냥 무시하고 집에 들어가서 컴퓨터를 켜고 피시방에 간 친구들과 통신으로 만나서 같이 게임이나 할까, 아니면 지금이라도 다시 한 번 김씨 할아버지 댁에 가 볼까 하고 망설이고 있었다. 이때 엄마가 왔다.

"얘, 뭐 하니? 집에 들어가지 않고?"

"지금 들어가려고요."

결국 그냥 집에 들어와 버렸다.

다시 일주일이 지나고, 나는 교회에 가려고 집을 나섰다. 그러나 잠시 동안 망설이다가 교회에 가지 않고 김씨 할아버지 댁을 향해 갔다. 그런데 내가 할아버지 집 앞에 도착하니 김씨 할아버지가 낡은 꽈배기 지팡이를 들고 서 계시는 게 아닌가? 분명 나를 기다리고 계신 모습이었다. 그러면 지난 3주 동안 할아버지는 저렇게 나를 기다리고 서 계셨다는 것이 아닌가! 나는 어쩔 줄을 몰랐다.

나는 할아버지 앞에 나설 용기가 나지를 않았다. 그러다 용기를 내 한 걸음 한 걸음 김씨 할아버지 앞에 섰다. 나를 발견한 할아버지는 마치 집을 나갔던 자식을 반기듯이 외쳤다.

"왔어? 왜 이제 오고 그래? 기다렸잖아!"

나는 어쩔 줄 몰라 하며 물었다. 나도 모르게 두 눈에는 닭똥 같은 눈물이 뚝뚝 떨어지고 있었다.

"할아버지, 지금까지 매일 이렇게 저를 기다리신 거예요?"

할아버지의 눈에도 이슬이 맺혀 있었다.

"그럼, 계속 기다렸어."

"할아버지 죄송해요. 그날 할아버지 말에 너무 화가 나서 오지 않았어요. 그래서 이제야 왔어요."

나는 솔직히 말했다. 할아버지 눈에서도 눈물방울이 떨어졌다.

"그때는 내가 너무했어. 내 생각이 짧았구나. 내가 너에게 그만큼 상처와 짐을 준 것 같아서 미안하구나. 울지 마라. 나는 네가 이렇게 와 준 것만으로도 감사해."

이 말과 함께 김씨 할아버지는 나의 눈물을 주름진 손으로 닦아 주시고는 나를 꼭 안아 주셨다. 마치 우리 친할아버지 같은 따뜻함이 나를 감쌌다.

"할아버지 죄송해요. 이제 다시는 늦지 않을 거예요. 정말로 할아버지 사랑해요."

나는 할아버지를 부축해 산을 올라갔다. 산의 공기가 더욱 맑았다.

인간에겐 아직 희망이 있다

김도신

"강민영, 나와!"

선생님의 목소리다.

"어떻게 된 놈이 성적이 13점이나 떨어져?"

"공부를 안 해서요."

민영이가 대답한다.

"왜 안 해?"

"하기 싫어서요……."

'퍽! 퍽!'

선생님은 다 듣기도 전에 민영이를 때린다. 민영이의 표정은 점점 어두워진다.

혁이가 농구공을 가져와서 농구 시합을 했다. 일종이와 민영이가 한 팀이 되고 혁이와 영종이가 한 팀이 되었다. 혁이는 시작부터 95퍼센트 성공의 골밑슛을 선보이며 압도적인 플레이를 했다. 일종이는 슛을 넣다가 실수를 해서 넣지 못하자, 민영이가 공을 제대로 못 던져서 그렇다며 핑계를 댔다. 민영이는 시합도 마치지 않고 화를 내며 교실로 들어가 버렸다.

　집에 온 민영이는 TV를 봤다. '7시 뉴스'를 하고 있었다.
　"○○당 김○○ 의원이 이○○ 의원에게 사과 상자에 각각 1억씩 두 상자를 보내다 검찰에 적발되었습니다."
　"국회의원들 기껏 뽑아 주니까, 완전 다 썩었구만."
　민영이는 한숨을 내쉰다.
　"요새는 좋은 일보다 저딴 일이 뉴스에 더 많이 나오냐?"
　"다음 소식입니다. 강남 고층 아파트의 가격이 비정상적으로 솟아……."
　민영이는 TV를 꺼 버린다.
　"세상이 싫다."
　민영이는 배고픔을 느끼며 냉장고를 열었다.
　"뭐야……."
　깍두기밖에 없었다. 민영이는 답답한 마음으로 밥을 먹었다. 경제가 어려워지면서 아버지 벌이가 시원찮아져 엄마까지 일을 나가시다 보니, 집 안도 엉망이고 썰렁하기 짝이 없다. 잠자리에 들면서도 민영이의 마음은 복잡하기만 하다.
　'인간은 왜 이렇게 살아야만 하는 걸까?'

　다음 날 민영이는 늦잠을 자 버렸다. 그래서 친구들은 모두 먼저 가고, 혼자 자전거를 타고 학교에 갔다. 교실에 도착한 민영이에게 아이들이 인사했지만 민영이는 건성으로 대답했다.

일종이는 민영이의 그런 모습이 의아한 듯 말을 걸었다.

"민영아……."

"……."

"민영……."

"왜?"

귀찮은 듯 마지못해 대답을 한다.

"너, 왜 그러냐?"

일종이의 목소리에도 짜증이 묻어 있다.

"뭐가?"

"너, 왜 그러냐고?"

"몰라. 짜증 나니까 말 걸지 마."

일종이가 말하기도 전에 말을 끊고 나가 버렸다. 하지만 복도에서 또 영종이가 말을 붙였다.

"민영아!"

영종이는 눈치 없는 일종이와 쌍둥이다.

"표정이 왜 그래? 여자 이름!"

'여자 이름'은 민영이가 어렸을 때 가장 싫어했던 별명이다. 이 별명을 부르다가 민영이에게 맞은 아이들이 꽤 있었다. 이번에도 민영이는 영종이를 북어 패듯이 패 댄다.

"으아아아!"

영종이는 쓰러져서 신음한다. 갑작스럽게 공격을 하자 영종이는 아무 대처도 못한 채 무너져 버린다. 민영이는 모든 게 한심하다. 다음 쉬는 시간에 일종이가 민영이에게 물었다.
"영종이랑 뭔 일 있었어?"
"……."
"사소한 일에 그럴 것까진 없잖아?"
"……."
민영이는 아무 말도 하기가 싫다.

종례 시간이었다.
"강민영, 나와."
선생님이 민영이를 부른다.
"네."
민영이는 당당히 나간다.
"엎드려."
"저에겐 엎드릴 이유가 없습니다만……."
"친구를 그 지경으로 만들어 놓고 이유가 없어?"
제법 험악한 분위기다. 하지만 민영이는 굽히고 싶지 않다.
"먼저 시비 건 영종이는 잘못이 없나요? 영종이는 표면적인 상처이지만 전 마음의 상처를 받았다고요! 전 엄연한 피해잡니다!"
선생님은 어이가 없는 표정으로 더 이상 말을 못하셨고, 일은 그렇게 마무리되었다.

민영이는 피곤하다. 잠자는 시간이 가장 편하다. 자다가 눈을 뜨니 어느 사무실에 중년의 남자 두 사람이 얘기를 하고 있다.
"흐흐…… 이번에도 잘 부탁드립니……."
 모종의 거래가 진행되고 있다. 민영이는 자기도 모르게 그들을 공격한다. 그들은 허깨비처럼 무너진다.
"힉! 아, 안 돼! 살려 줘!"
"정치한다는 놈들이 도대체가……. 이따위로 하면 어떻게 하자는 거야? 이러니까 인간은 다 죽어야 돼."
 민영이는 있는 힘을 다해 그들을 쓰러뜨린다.
 탕! 탕! 풀썩…….
 그때 끼이익 문이 열리더니 흉측하게 생긴 사람이 들어온다.
"너도 인간이다. 전부 다 똑같아."
 그는 민영이를 노려보며 주먹을 들어 보인다.
"웃기지 마. 난 저딴 놈들과는 달라!"
"너라고 특별한 존재는 아니야."
 그가 다가와 민영이의 목을 조른다.
"아니야. 난…… 난…… 다르다고!"
 민영이는 식은땀을 흘리며 숨이 막힌다.
"헉…… 헉…… 아악!"
 소리를 지르다 깬다.
'또 이 꿈인가. 몇 시지? 시간이…….'
 새벽 두 시다. 민영이는 또 잠들기가 두렵다. 밤새 뒤척이다가 다시 잠이 들었는데 이번에도 늦잠을 자고 말았다.

 늦게 일어난 민영이는 또다시 허겁지겁 자전거를 타고 학교로 향했다. 학교에서 아이들은 끊임없이 '웅성웅성웅성웅성웅성' 했다. 자습 시간에도 쉬는 시간에도. 시간을 낭비하고 장난들을 치고 있다. 휙, 분필 던지는 소리가 난다.
"나이스! 난 피했다. 에잇!"
 덕열이가 성웅이와 분필을 던지며 놀고 있었다.
"아! 나 맞았다. 에잇!"
'휙— 탁!'
 그런데 분필이 민영이 눈을 향해 정면으로 날아와 꽂혔다.
"민…… 민영아. 괜찮아? 미안해……."
 성웅이가 말했다.
"미안할 짓을 왜 하나?"
 민영이는 싸늘한 표정이다.
"이제 안 할게. 잘못했어. 용서해 줄 거지?"
"잘못할 짓을 하지 말란 말이야."
"아, 덕열이가 먼저 던졌다고!"
"더 이상 듣기 싫어."
"아, 그 자식 더럽게 구네!"
 성웅이가 대들자 민영이는 발칵 화를 내며 성웅이를 때리기 시작했다. 오늘 종례 시간도 어제와 다를 게 없이 진행되었고, 오늘은 모두가 선생님께 맞았다.

"엄마, 저 내일부터 학교 안 갈게요. 알았죠?"
민영이의 갑작스러운 말에 엄마는 어이없어 한다.
"뭔 헛소리여?"
"학교 안 가겠다고요."
"이놈이 간땡이가 배 밖으로 튀어나왔네. 맘대로 해라. 난 신경 안 쓴다."
엄마는 더 이상 대거리도 하기 싫으시다는 듯이 말씀을 끊으셨다.
다음 날 민영이는 아홉 시인데도 일어나지 않았다.
"민영아 학교 안 가나?"
"어제 안 간다고 했잖아요."
"워메, 이놈아가 미쳤구만. 에이, 가지 마라 가지 마!"
엄마는 학교 안 간다는 말에 분이 나셨는지 달려와 민영이를 마구 팼다. 민영이는 입고 있던 옷에 슬리퍼만 신고 집을 나왔다. 자전거를 타고 달렸다. 하루 종일 민영이는 그렇게 자전거를 타고 돌아다녔다. 어떻게 살아야 할까? 도대체 왜 이렇게 살아야 하는 걸까 하는 생각이 머릿속에서 떠나질 않았다. 그러나 돌아다니는 동안, 미칠 듯이 답답한 마음이 조금씩 누그러졌다.
얼마나 돌아다녔을까? 모든 일을 잊고 나른한 피곤을 느낄 때쯤, 자전거에서 듣기 싫은 소리가 계속 났다. 민영이는 자전거를 끌고 수리점으로 갔다. 푸근한 인상의 자전거 가게 아저씨가 웃으며 친절하게 자전거를 봐 주었다. 아저씨는 콧노래를 부르며 아주 정답게 자전거를 만지고 계셨다. 마치 자전거가 사랑스러운 아기라도 되는 듯 그렇게 어루만지는 모습이 참 좋아 보였다.

'기름때가 묻은 작업복에, 겨우 콧구멍만 한 자전거 수리 가게를 하면서 뭐가 그렇게 즐거우신 걸까?'

민영이는 의아스럽기도 하고 궁금하기도 했다. 그때, 유치원에 다니는 것처럼 보이는 여자아이 한 명이 달려왔다.

"어유, 우리 공주님 오셨습니까?"

아저씨는 아주 환하게 여자아이를 반긴다. 분명히 자전거 가게 손님은 아니고, 그저 동네에서 아는 사이 정도인 듯한데, 두 사람은 마치 아버지와 딸처럼 다정해 보였다.

"아저씨, 이거 드세요."

여자아이는 아저씨에게 사탕을 준다.

"어유, 우리 공주님! 고마워요."

아저씨는 크게 기뻐하며 즐거워 어쩔 줄 모른다. 잠시 뒤 아이는 아저씨에게 귀여운 손을 흔들며 돌아갔다.

"잘 가라."

아저씨도 손을 흔들었다. 아이가 골목길에서 완전히 사라질 때까지 만족스러운 웃음을 웃으며 지켜보던 아저씨가 민영이를 보며 흐뭇한 얼굴로 말했다.

"아저씨 인기 많지?"

민영이는 그런 아저씨의 태도가 조금은 어색하지만, 처음으로 긍정적으로 대답했다.
"네. 인기가 많으시네요."
"어린애들이 주는 사탕 하나가 하루의 힘이자 삶의 낙이여."
아저씨는 다시 즐거운 듯이 자전거 수리를 하셨다. 겨우 어린애의 사탕 하나가 삶의 낙이라니, 민영이는 좀 우습다는 생각을 했다. 그런 민영이의 마음이라도 읽은 듯, 멋쩍게 서 있는 민영이에게 아저씨가 말했다.
"인생이란 별거 아닌 게야. 마음먹기 달렸지. 행복이란 자신이 하는 작은 일에 충실하면서, 주변의 사람들을 따뜻하게 사랑하는 마음에서 오는 거지. 그래서 인생은 살 만한 거라니까."
민영이는 아저씨의 말을 듣고, 어쩌면 그게 진실일지도 모른다는 생각이 들었다. 사람들은 힘겨운 삶 속에서도 서로에 대한 조그만 사랑에 행복해 하면서 그렇게 살아가는 존재인지도 모른다.
민영이는 마치 새로운 진실이라도 만난 듯, 오랜만에 진심으로 기쁘고 즐거운 마음으로 집으로 돌아왔다. 조금 전 본 소녀의 밝고 천진한 미소와 아저씨의 소박한 미소를 생각하니 모든 게 갑자기 달라 보였다.
민영이는 자기도 모르게 세상을 다르게 보는 자신을 느끼며 미소를 짓고 있었다.

읽고 쓰고 톡톡!

1. 각 소설의 주제를 써 봅시다.

	주제
집 나오면 개고생이다	
미안해 동생아	
김씨 할아버지	
인간에겐 아직 희망이 있다	

2. 각 소설의 주제 표현 능력을 평가하고, 그렇게 평가한 이유를 적어 봅시다.

	주제 표현 능력	이유
집 나오면 개고생이다	☆☆☆☆☆	
미안해 동생아	☆☆☆☆☆	

김씨 할아버지	☆☆☆☆☆	
인간에겐 아직 희망이 있다	☆☆☆☆☆	

3. 여러분이 쓰고 싶은 소설의 주제를 문장으로 써 봅시다.

김 선생님의 소설 톡톡!

〈집 나오면 개고생이다〉, 〈미안해 동생아〉, 〈김씨 할아버지〉, 〈인간에겐 아직 희망이 있다〉의 주제를 생각해 봅시다. 주제는 작가가 소설을 통해 하고 싶은 말입니다. 그러므로 작가가 왜 이 소설을 썼을까를 생각해 볼 필요가 있습니다. 즉, 주제는 소설을 쓴 목적과 관련이 깊습니다. 작가는 '자신의 생각'을 직접 설명하지 않고, 인물과 사건, 배경을 이야기로 만들어서 보여 줍니다. 이를 '소설의 형상화'라고 합니다. 작가가 만약 '사랑은 아름답다'라는 생각을 말하려면, 설명이 아니라 어떤 인물을 내세워 이야기를 만들어 독자가 간접적으로 느끼도록 하는 것입니다.

〈집 나오면 개고생이다〉는 제목에 주제가 그대로 드러나 있습니다. 엄마의 간섭과 공부에 대한 스트레스 때문에 집을 뛰쳐나간 소녀들은 곧바로 위험에 부딪힙니다. 결국 경찰의 도움으로 다시 집으로 돌아갑니다. '가출을 하면 고생한다'는 주제가 분명히 드러나는 작품입니다.

그러나 어딘지 아쉬운 점이 남습니다. 집을 나와 고생하는 것은 매우 간단한 사건으로 끝납니다. 문제는 가출을 후회하며 다시 부모의 품에 안긴다 해도 가출의 원인은 전혀 해소되지 않았다는 점입니다. 소설이 주제가 가볍고 깊이가 없어 보이는 이유도 주제의 형상화가 미흡한 탓입니다. 어쩌면 그 미흡함조차도 과정보다는 결과만 중시하며, 인성보다 점수와 성적에 매달리는 요즘의 세태를 고발한 것일 수도 있습니다.

〈미안해 동생아〉는 '동생을 사랑하는 마음', 즉 '가족애'를 주제로 하고 있습니다. 형으로서 동생을 사랑하는 것은 당연한 일이지만, 주인공에게는 그렇지 않습니다. 아버지가 다른 동생이라는 점이 걸림돌입니다. 엄마의 재혼으로 새아버지와 동생이 생겼지만, '나'는 아직 마음의 문을 열지 못하고 있습니다. 게다가 동생은 아직 철이 없고 귀찮게 굴기만 합니다. 하지만 동생을 잘 돌보지 못해 크게 다치는 사건을 겪으면서 동생과 가족에 대한 사랑을 확인하게 됩니다. 이 소설에서 주제가 가장 잘 드러나는 곳은 결말입니다. 천진한 동생의 모습과 동생을 목마 태워 주는 장면은 소설 속에서는 물론 읽는이의 마음까지 흐뭇하게 만듭니다. '가족애'를 멋지게 형상화한 작품입니다.

〈김씨 할아버지〉는 '소외된 이웃에 대한 사랑'이라는 주제를 가진 소설입니다. 소설에는 작가의 사상이나 신념, 철학, 인생관, 세계관이 담기는데 그것이 바로 주제와 깊은 관련이 있습니다. '나'는 가난하고 외로운 독거노인 김씨 할아버지를 도와줍니다. 심지어는 자신의 종교 생활까지 양보하면서 헌신적인 봉사를 합니다. 이것은 보통 사람들은 도저히 생각하기 어려운 돌봄 정신입니다. 그러나 그런 마음을 몰라주는 할아버지의 꾸지람 때문에 '나'가 갈등을 하게 됩니다. 하지만 자신의 신념과 의지로 극복을 해내고야 맙니다. 소설 속 인물의 신념과 철학은 바로 작가의 인생관과 세계관에서 나옵니다. 우리 사회의 정치적, 종교적 갈등을 생각해 보면 이 소설이 던지는 문제 의식이나 주제 의식은 매우 깊고 넓습니다. 진정한 진리는 교회에 가는 일에 있지 않고, 직접 실천을 통해야만 한다는 것 또한 깊은 성찰을 담고 있습니다.

소설을 분석하고 평가하는 방법에 '작품론'과 '작가론'이 있습니다. 작품론은 작품의 내적 요소를 주로 따지고, 작가론은 작가의 삶과 작품의 관계를 연구합니다. 작품론 못지않게 작가론이 중요한 이유는, 글쓴이의 생각(인생관과 세계관)이 소설 속 인물에 고스란히 드러나기 때문입니다. 그래서 작가의 삶과 작품은 뗄 수 없다고 합니다.

〈인간에겐 아직 희망이 있다〉도 주제를 제목으로 표현하고 있는 작품입니다. 민영이는 세상을 비관적으로 바라보는 염세주의자입니다. 세상의 모든 일에 대해 회의를 품고 비판합니다. '성적만 중시하는 비교육적인 학교, 자신의 잘못보다 남의 탓을 하는 친구들, 부정부패를 일삼는 정치인들, 부동산 투기로 부자들만 떼돈을 버는 현실, 가정 경제의 황폐함…….' 정말 따지고 보면 세상은 비리와 부정, 문제투성이입니다.

민영이는 좌절감 때문에 공부는 물론 가족애조차도 의미 없다고 생각합니다. 그러나 집을 뛰쳐나와 돌아다니다가 우연히 들른 자전거포에서 따뜻한 아저씨의 삶의 태도를 보며 생각을 바꿉니다. 우연성에 의지하여 인물의 갈등이 해소되는 방식의 설정은 매우 아쉽습니다. 그러나 폭넓은 사회 비판적 시각을 담았다는 점에서 발전 가능성이 있는 작품입니다.

6 구성

◉ 갈등의 전개를 조직하라

```
                        절정
                위기
          전개            하강
    발단
                                결말
```

◉ 시간 흐름을 조직하라

(평면 구성)   과거 ---------- 현재

(입체 구성)   현재 ---------- 과거 ---------- 현재

◉ 반전을 활용하라

암시   복선   예측 못한 결말

네 편의 학생 소설을 읽고 소설의 '구성'에 대해 알아봅시다.
내 생애 최악의 날 | 질투 | 소설가 | 형과 축구

내 생애 최악의 날

김서현

내가 초등학교 4학년 때의 일이다. 그때는 내게 핸드폰이 없었다. 그래서 끔찍한 일을 겪어야 했다. 내 생애 최악의 사건이 있었던 날의 이야기이다.

아이들이 모여서 떠들고 있어서 무슨 일인가 하고 가 보았더니 보람이가 아이들에게 무언가를 나누어 주고 있었다. 나는 궁금해서 보람이에게 물었다.
"보람아, 그거 뭐야?"
그러자 보람이가 나에게도 카드 한 장을 건네주며 이렇게 말하는 것이었다.
"철우야, 이거 내 생일잔치 초대권이야. 너도 와 줄 거지?"
나는 처음에는 눈이 휘둥그레졌지만, 잠시 후 대답했다.
"알았어! 꼭 갈게."
나는 은근히 보람이를 좋아하고 있었다. 두근거리는 마음으로 카드를 열었다.

보람이의 생일잔치

어디서 : ○○동 사거리 골목에 있는 롯데리아에서

언제 : 8월 27일 오후 12시 반부터

'나 참……. 여기가 어디지?'

내가 잘 모르는 동네였다. 하지만 나는 어떻게든 갈 수 있겠지 하는 생각에 보람이에게 가겠다고 약속했다. 집으로 돌아온 뒤 나는 엄마에게 물어보았다.

"엄마, 여기가 어딘지 알아?"

엄마는 초대장을 보시더니,

"응, 여기 6번 버스 타고 한 고개 넘어가서, 우측으로 가다가 왼쪽 골목으로 빠지면 돼."

순간 머리가 어질했다. 뭐? 뭔 버스를 타고 넘어가서 어디로 가라고? 하지만 다시 설명해도 이해할 수가 없었기 때문에 일단 알았다고 하고 넘어갔다. 롯데리아는 누구나 다 아는 데니까 어떻게든 물어서 찾아갈 수 있을 거란 생각에서였다.

보람이 생일날, 나는 걱정 반 설렘 반으로 길을 나섰다. 이번이 보람이의 마음을 사로잡을 좋은 기회가 될 수도 있겠다는 생각이 들었다.

"다녀오겠습니다."

나는 향수 가게에 들러 제법 값이 나가는 향수를 샀다. 그리고 점원에게 예쁘게 포장을 해 달라고 부탁했다. 기뻐할 보람이 얼굴이 떠올라 기분이 좋았다. 선물을 사 가지고 버스 정류장 의자에 앉아서 버스를 기다렸다. 설렘 때문에 마음이 두근두근, 조마조마했다.

기다리고 기다리던 6번 버스가 도착했다. 나는 버스에 타 자리에 앉았다. 버스가 출발하고 한 고개를 넘어서 내렸다. 롯데리아가 가까이 있을 거라고 생각했기 때문에 주위를 두리번거렸지만, 그 근처에는 아무것도 없었다. 엄마가 가르쳐 준 지리와도 전혀 비슷하지 않았다. 사거리도 없고 큰 길가만 계속 이어져 있는 곳이었다.

나는 할 수 없이 지나가는 사람을 붙잡고 물었다.

"아저씨 여기 롯데리아 있어요?"

그랬더니 아저씨가 대답했다.

"저기 저 쪽으로 계속 걸어가다 보면 롯데리아가 나올 거다."

나는 아저씨가 가리킨 방향으로 계속 걸어갔다. 마침내 롯데리아가 보였다. 나는 기뻐서 뛰어갔다. 하지만 그곳은 내가 생각한 곳이 아니었다. 그렇게 작은 롯데리아는 처음이었다. 그래도 나는 혹시나 하고 안으로 들어갔지만, 아는 사람은 한 명도 없었다.

나는 도망치듯 다시 나와서 시계를 보았다. 11시 40분. 이쯤이면 성미 급한 친구들은 물론 보람이도 나와 있어야 한다. 나는 다시 어떤 아줌마에게 물었다.

"아줌마, ○○동에 있는 롯데리아 어디 있어요?"

아줌마는 잠시 생각하더니,

"너 16번 버스 타고 고개 내려왔니? 6번 버스를 타고 갔어야 하는데."

'아차! 내가 16번 버스를 6번 버스로 착각했구나.'

나는 아줌마에게 감사하다고 인사를 하고 다시 버스 정류장으로 뛰어갔다. 우리 집으로 가는 버스를 타고 시계를 보니 11시 45분이었다. 원상태로 돌아온 나는, 다시 버스를 기다렸다. 한참이나 기다려서야 버스가 왔다. 이번에는 정확히 버스 번호를 보고 다시 돈을 내고 앉았다.

버스가 고개를 넘어 오른쪽 큰길로 내려가서 섰을 때 나는 빛의 속도로 뛰어내렸다. 그리고 사거리가 있는 곳으로 달려갔다. 하지만 사거리에서 어느 쪽으로 가야 할지 알 수가 없었다. 내가 간 곳은 롯데리아가 아닌 재래시장이었다. 파마머리 아줌마랑, 모자 쓴 아저씨들이 물건을 사고 파느라 큰 소리로 말을 주고받고 있었다.

다시 시계를 보니 열두 시가 다 되어 있었다. 할 수 없이 나는 또다시 물었다. 이번에는 얼굴이 착하게 생긴 파마머리 아줌마에게 물어보았다.

"아줌마, 여기 롯데리아 어디 있어요?"

그랬더니 아줌마는 '쯧쯧' 하더니 안타까운 얼굴로 말했다.

"얘, 거기에 파는 거는 다 쓰레기야, 쓰레기. 애가 쓰레기를 먹으려 하네. 호호호!"

그러자 그 아줌마 주위에 있던 다른 아줌마들이 다 깔깔거리며 웃어 댔다.

나는 얼굴이 빨개졌다. 무안해서 그냥 돌아가려 하는데 어떤 모자를 쓴 아저씨가 나를 불러서 설명해 주셨다. 나는 고맙다고 인사하면서 뛰어갔는데, 또 그 파마머리 아줌마들이 하는 소리가 들렸다.

"요즘 것들은 문제야 문제! 다 쓰레기만 처먹으려고 하니 어쩌면 좋아. 몸에 도움 되는 야채는 먹지도 않고! 먹을 것이 너무 많아졌어, 너무 많아졌어!"

나는 그냥 무시하고 갔다. 그런데 얼핏 이런 소리가 들렸다.
"그런데 이 양반아! 왜 애한테 친절하게 가르쳐 줬수?"
"그냥 장난친 거야. 내가 가르쳐 준 데는 롯데리아 반대편이야. 허허허!"

나는 다시 반대 방향을 향해 뛰기 시작했다. 그러나 나는 엉뚱한 방향으로 달려가고 있었다. 결국 나는 약속 시간을 지키지 못했다. 시간은 벌써 12시 10분을 지나고 있었다. 모든 것이 끝나 가는 기분이 들었다. 그러나 포기할 수는 없었다. 한참을 가다 보니 큰 죽 가게가 있었다. 그러나 롯데리아는 없었다.

나는 허탈감에 사로잡힌 채 모든 것을 포기한 사람의 얼굴을 하고는 근처에 있는 의자에 앉았다. 너무 힘들고 배가 고팠다. 재래시장에 있는 모든 사람들이 다 야속했다. 내가 오지 않아서 서

운해 할 보람이를 생각하니 눈물이 나려고 했다. 이번 기회에 잘 보이고 싶었던 내 마음도 모르고, 보람이는 날 욕하겠지.

얼마 동안 무기력하게 앉아 있다가, 나는 그냥 뒷북이라도 치자 하고 다시 롯데리아를 찾아야겠다는 생각이 들어 어떤 고등학생 누나에게 물었다.

"누나, 여기 롯데리아 있어요?"

"죽 가게 반대편으로 가면 있어."

나는 누나에게 고맙다고 하고 다시 걸어갔다. 저 멀리 재래시장이 다시 보였다. 나는 눈물을 흘리며 노려봤다.

시계를 보았다. 12시 30분이었다. 정말 계속 걸어가니 롯데리아가 보였다. 안으로 들어가서 애들을 찾았다. 그러나 없었다. 혹시나 하고 잠시 앉아 있는데 어떤 점원이 쓰레기를 치우면서 투덜거리는 소리가 들렸다.

"요즘 초등학생들은 진짜 더러워서 못 보겠네! 무슨 돈이 많아서 배 터지게 먹고 다시 노래방을 간다는 거야?"

보람이와 애들이 벌써 다 먹고 노래방으로 간 것이 틀림없었다. 나는 힘을 내서 롯데리아 밖으로 나갔다. 한편으로는 그만 집으로 돌아가 버리고 싶었다. 하지만 보람이의 얼굴을 떠올리니 포기할 수가 없었다. 나는 근처의 노래방을 뒤지기 시작했다.

12시 45분. 나는 맨 처음 '디노 노래방'을 발견했다. 왠지 거기에 애들이 있을 것만 같았다. 나는 계단을 뛰어 내려갔다. 거기에는 커트머리 아줌마가 카운트에 있었다. 나는 그 커트머리 아줌마에게 물었다.
"아줌마, 혹시 제 또래 애들 열 명 정도 여기에 있지 않나요?"
"아니, 오늘은 초등학생 손님은 없었는데."
나는 다른 노래방을 찾으러 갔다. 두 번째, 세 번째, 네 번째……. 배가 고파 다리가 풀리고 허리가 아팠다. 시간은 벌써 한 시 반이 넘어 두 시로 가고 있었다.
나는 너무 배가 고파서 편의점으로 들어가 컵라면을 먹었다. 컵라면을 먹고 다시 노래방을 찾기 시작했다. 한두 시간은 놀 수도 있을 거라는 생각이 들어서였다. 한참 뛰었더니 갑자기 옆구리가 아파 왔다. 생각해 보니 컵라면을 먹고 난 후에 바로 뛰어서 그런 것 같았다. 점점 참을 수 없이 배와 옆구리가 아팠다. 속도 울렁거렸다. 나는 너무 아파서 벤치에 앉아 있어야 했다.
그렇게 시간을 허비하고 나서, 결국 오후 두 시 반이 되었을 때 나는 포기했다. 이 동네 노래방이란 노래방은 모두 들어갔다 나온 것 같다. 스무 군데도 넘는 것 같다. 결국 나는 길가에 앉아서 울었다. 보람이와 약속을 못 지킨 것도 속상하지만, 고생한 것이 더 서러웠다.
한참 울고 있는데, 저 멀리 낯익은 애 둘이 뛰어가는 것이 보였다. 나는 그 애들을 따라 필사적으로 뛰었다. 머리 스타일과 얼굴형, 그리고 목소리까지 낯이 익었다. 하지만 그 아이들이 더 빨랐다. 골목길로 들어서니 아이들이 보이지 않았다.
나는 또 기회를 놓치고 말았다. 하지만 보람이와 애들이 이 동네에 있는 건 확실하다는 생각이 들었다. 나는 다시 그 동네 골목골목을 이 잡듯이 뒤지며 돌아다녔다. 그러나 나는 아무것도 찾을 수 없었다.

'내가 잘못 봤나?'

뭔가 홀린 것 같은 기분에 어리둥절해 하고 있을 때 저쪽 2층 구석에 노래방 간판이 보였다. 뛰면서 볼 때는 교묘히 다른 간판에 가려져서 못 봤다. 나는 엘리베이터를 타고 그 노래방으로 들어갔다. 노래방 안으로 들어가자 어떤 대머리 아저씨가 서 있었다. 나는 그 아저씨에게 물었다.

"아저씨, 여기 제 또래 애들이 있나요?"

아저씨는 생각도 하지 않고 거침없이 말했다.

"아까 5분 전에 여기에서 나갔다."

나는 다시 털썩 주저앉았다.

기분이 영 아니다. 집으로 돌아가서 엄마에게 말할 기운도 없다. 절망에 사로잡힌 채 막가는 기분만 남았다. 나는 남아 있는 돈을 세 보았다. 4500원. 나는 그 돈을 갖고 피시방으로 들어갔다. 세 시간은 할 수 있을 것이다. 컴퓨터를 켰다. 그리고 내가 매일 하던 '마왕과의 배틀대전'이라는 RPG 게임을 하기 시작했다.

거의 유효 시간이 끝나 갈 때, 나는 '버디버디' 송수신 메시지를 켰다. 그런데 내가 친구로 등록한 아이디들이 접속해 있는 것이 아닌가? 그중 파티에 참가했던 친구들의 아이디도 접속한 표시가 되어 있었다. 나는 한 친구에게 문자를 보냈다.

'너 어디야?'

하지만 내게 온 것은 '상대방이 수신을 거부하였습니다.'였다. 나는 다른 친구에게 다시 문자를 보냈다.

'야, 보람이 생일파티 끝났니?'

'아직 안 끝났는데, 너 왜 안 와?'

뭐라고! 아직 안 끝났다고! 나는 다시 문자를 보냈다.

'안 끝났다고?'

'3차로 피시방 왔어.'

세상에! 이제 컴퓨터를 할 수 있는 시간이 1분도 안 남았다! 빨리 위치를 물어야 된다. 빨리 타자를 치려 하는데 자꾸 오타가 생겼다. 결국 내가 생각한 거보다 10초 늦게 보내 버렸다.

'야, 너희들 어디야?'

하지만 친구는 내 마음도 모르고,

'왜 이제 오려고?'

했다. 나는 내 이성을 조절하지 못하고,

'야 이놈아, 빨리 알려 달라고!'

하고 보냈다. 초조했다. '수신 메시지가 도착했습니다.' 나는 급히 수신 메시지함을 눌렀지만 결국 컴퓨터가 꺼지고 말았다. 너무 허무했다. 피시방 주인에게 사정을 했지만 피시방 주인은 나에게 매몰차게 말했다.

"야, 너 빨리 안 가? 집에 가서 공부나 해."

나는 결국 쓸쓸히 피시방을 나왔다. 동네 피시방을 다 가 보려

했지만 다리가 아파서 그럴 엄두가 나지 않았다. 보람이의 화난 표정과 친구들이 경멸하는 표정을 떠올리며 나는 지친 발걸음으로 버스 정류장을 향해 갔다. 4시 50분.

결국 나는 6번 버스를 타고 다시 집으로 돌아왔다. 현관문을 열자 엄마가 기다렸다는 듯이,

"철우야, 너 어디 있었니? 애들이 너 출발한 지 한 시간이 지난 후에도 계속 전화가 오더라."

더 이상 나는 말할 기운도 없었다. 나는 결국 잠을 잤다. 다음 날 학교에 가 보니 보람이가 싸늘히 나를 노려봤다.

"보람아, 미안해. 내가 위치를 잘 몰라서……."

그러나 보람이는 내 말을 듣고 있지 않았다.

"너는 내 초대장을 무슨 쓰레기로 알았니? 그럼 다른 애들은 어떻게 다 왔니?"

나는 아무 말도 하지 못했다. 결국 보람이의 생일날은 내 생애 최악의 날이 되고 말았다.

질투

박성준

동수는 현재 대기업은 아니지만 안정된 중소기업에 다니며 먹고 사는 걱정 없이 살고 있다. 아이들도 모두 성실하고 착하게 잘 자라 주어서, 요즘은 주말에 낚시를 하러 자주 동료들과 함께 떠난다. 한마디로 살맛이 난 것이다.

사실 동수는 중학교 때 공부를 안 하고 말썽도 많이 피워서 부모님의 근심이 많았지만, 성장 과정의 고통을 극복하고 나름대로 성공한 사회인이 된 것이다.

여유가 생긴 동수는 동창들 소식이 궁금하던 차에 동창회가 열린다는 소식을 들었다. 동수가 가장 궁금한 사람은 '명손이'다. 명손이는 학창 시절, 이름을 날리던 수재였다. 중학교 시절에도 전교에서 1, 2등을 늘 도맡아 했고, 명문고와 명문대를 졸업했기 때문에 늘 질투의 대상이던 친구다.

그런데 동창회 날, 동수는 아주 뜻밖의 광경을 목격했다. 학창 시절에는 별로 존재감이 없던 친구들이 의외로 안정된 모습이고, 크게 성공을 할 거라 생각했던 아이들이 의외로 기대에 미치지 못하는 모습이었다. 그중 가장 놀라운 사람은 역시 명손이었다. 당연히 기사 딸린 외제차를 몰고 비서를 앞세우고 나타날 거라 생각했지만 전혀 아니었다. 그의 옷차림도 조촐하기 짝이 없었다. 동수는 명손이를 보자 반갑게 손을 내밀며 말했다.

"오래간만이다. 잘 살고 있지?"

명손이는 약간 더듬거리며 말했다.

"아, 그저 그렇지 뭐."

명손이는 대기업의 사장으로 취임했다가, 기업이 부도가 나는 바람에 빚더미에 앉은 실업자가 되었다는 것이다. 당연히 성공할 줄 알았던 명손이가 그렇게 초라한 모습으로 나타나자 동수는 크게 충격을 받았다. 그리고 명손이와 함께했던 중학교 시절이 떠올랐다.

중학교 2학년 체육 시간, 항상 그랬듯이 명손이가 달리기 주자로 뽑혔다. 명손이는 공부도 잘하지만, 구내 육상대회에서 금메달을 받을 정도로 운동도 잘했다. 금메달을 받았을 때 모든 친구들은 진심으로 축하를 해 주었지만, 가장 친한 동수는 어쩐지 질투심이 생겼다.

명손이는 자타가 공인하는 킹카였다. 얼굴도 잘생겼고 허우대도 좋았다. 그리고 모든 과목에서 1, 2등을 다투는 모범생이지만 놀 땐 화끈하게 논다. 게다가 매너도 좋아 이성들에게 인기도 많았고, 학급 반장은 빼놓지 않고 했다. 동수가 보기에 명손이는

'완벽한 인간'이었다.

그에 비해 동수는 명손이보다 아무것도 나은 게 없었다. 성적도 그렇고, 운동도 그렇고, 인기도 그렇고……. 게다가 임원을 해 본 일도 없었다. 뭐 하나 나을 것이 없었다. 명손이와 유치원 때부터 가까운 친구로 자랐지만, 늘 서로의 차이만 확인하며 컸을 뿐이다.

명손이에 대한 질투심은 동수가 은근히 짝사랑하던 '담비'와 명손이가 사귀게 된 이후 걷잡을 수 없이 커졌다. 동수는 말 한마디 붙여 보지 못한 담비를 명손이가 단박에 사로잡아 버린 것이다. 동수의 마음속 깊은 곳에서 명손이에 대한 증오와 질투가 싹트고 있었다.

중학교 입학 후 한 달도 지나지 않은 날이었다. 동수는 첫 수업 날에 반 아이들을 둘러보고 있었는데 한 아이에게서 눈길이 떨어지지 않았다. 명찰을 보니 '김담비'라고 써 있었다.

'이런 곳에 나의 이상형이 있다니! 저 애랑 사귀고 싶다.'

하지만 일은 그렇게 쉽게 진행되지 않았다. 첫날부터 담비는 명손이에게 마음을 빼앗기고 있었기 때문이다. 명손이를 뚫어지게 쳐다보는 담비의 눈에 그렇게 써 있었다.

'설마 담비가 명손이를 좋아하진 않겠지?'

설마가 사람 잡는다고, 얼마 지나지 않아 명손이가 말했다.

"동수야, 나 담비랑 사귄다. 축하해 줘라."

동수는 기가 찼다.

'진짜, 친구란 녀석이 내 맘을 그렇게 몰라줄까?'

더 화가 나는 것은 그 커플이 닭살 커플이라는 것이다. 그렇게 계속 질투를 하던 동수는 본때를 보여 주고자 계속 기회를 노렸다. 하지만 '완벽한' 명손이의 결점은 결코 드러나지 않았다.

'명손이가 싸움은 못할 거야. 드디어 결점을 발견했다. 하하하.'

하지만 그것은 동수의 착각이었다. 어느 점심시간이었다. 동수가 도서실에서 학원 숙제를 끝내고 돌아오자, 반 입구에 아이들이 몰려 있는 것이었다.

'무슨 일이지? 싸움이라도 났나?'

놀랍게도 명손이가 학교에서 싸움 잘하기로 유명한 일진인 진수와 싸우고 있었다. 진수는 주변 중학교들을 모두 재패한, 소위 '짱'이라고 불리는 아이다. 하지만 싸움을 구경하는 동수는 제 눈을 믿지 못했다. 당연히 승승장구하고 있어야 할 진수가 넘어져 있는 것이 아닌가! 그에 비해 명손이는 숨을 가쁘게 내쉴 뿐 상처 하나 나지 않았던 것이다.

하교할 때 동수는 명손이에게 물었다.

"너 어떻게 진수를 이겼냐? 걔 우리 학교 일진이잖아."

"아, 걔가 우리 집에 대해서 뭐 쓸데없는 말을 했다잖아. 그래서 그냥 이 꽉 깨물고 악바리로 싸웠지 뭐."

명손이는 아버지가 안 계신다. 그리고 어머니는 밤늦게까지 일을 하셨다. 그래서 명손이네 삼형제는 여느 아이들과는 다른 삶을 살고 있었다. 첫째인 명손이는 생계 때문에 틈틈이 아르바이

트도 해야 했다. 명손이의 처지를 불쌍하게 여기고, 질투했던 자신을 부끄러워해야 하는 게 정상이지만 명손이의 뛰어난 점 때문에 동수는 그런 마음이 들지 않았다. 오히려 어머니가 매번 비교를 하시는 데 더 화가 났다.

"명손이 좀 닮아 봐라. 집안 형편이 그렇게 어려워도 걔는 못하는 게 없다고 하던데, 넌 왜 이렇게 결점투성이니?"

그런 말을 들으면 오히려 명손이를 원망하는 마음만 쌓였다. 어떻게든 명손이를 꺾고 싶어 기회를 노리던 중 드디어 기회가 왔다. 명손이가 국어 시험에서 반 1등을 놓친 것이다. 동수는 내심 신이 났다.

'별거 아니구만. 내가 국어는 물론이고 너를 이길 수 있다는 것을 보여 주겠어.'

그날 이후, 동수는 중간고사가 한 달 보름이나 더 남았지만 시험 공부를 시작했다. 시험 범위는 당연히 나오지 않았지만 예상으로 범위를 잡아 놓고 아홉 과목을 섭렵하기 시작했다.

방 안에다가는 '나는 이긴다!'라고 도배를 해 놓았으며, 하루에 여섯 시간 이상씩 꼬박 공부를 했다. 이런 동수의 결심을 아는지 모르는지 명손이는 여전히 웃으며 다녔고, 또한 매번 점심시간마다 나가서 축구를 하는 여유를 보였다.

'저 자식……. 날 무시하는 거 아냐? 좋아……. 널 꺾어 주겠어.'

하지만 결과는 여전했다. 열심히 공부를 한 동수는 전교 9등에 머물렀고, 항상 그랬듯이 명손이가 전교 1등을 했다.

'내 딴에는 최선을 다해 열심히 공부를 했는데…….'

동수의 머릿속에 '명손이는 천재가 아닐까?'라는 생각이 문득 스쳐 지나갔다. 그렇게 생각하니 증오가 어느 정도는 가라앉는 것 같았다.

동수는 자존심을 굽히고 명손이에게 이렇게 물은 일이 있었다.
"넌 어떻게 그렇게 완벽해?"

그랬더니,

"글쎄, 난 내가 완벽하다고 생각 안 하는데?"
라고 웃어넘기는 것이 아닌가. 그때 동수는 '세상은 참 불공평하구나.' 하고 낙담을 했다.

그 후 동수는 공부에 흥미를 잃고 '날라리'라 불리는 아이들과 함께 어울리게 되었다. 그런 아이들과 어울리다 보니 이런저런 사고도 많이 쳐서 강제 전학까지 가게 될 위기에 처했다. 한동안 방황하던 동수는 이래서는 안 되겠다는 생각을 하며 마음을 다잡았다.

동수가 중학교 때 뒤처진 공부를 잡으려고 고등학교에서는 열심히 공부를 했지만, 이미 명손이와는 많은 간격이 벌어진 뒤였다. 명손이는 명문고를 가서도 전교 1등을 도맡아 하고 있다는 소식이 들렸다. 동수는 자기도 모르게 늘 명손이와 자신을 비교하는 습관을 버리려고 했지만, 그게 쉽지가 않았다. 마음 한구석에는 늘 열등감이 자리 잡고 있었던 것이다.

그러나 세월은 흘러갔고, 동수는 애써 그 감정을 감추고 열심히 노력한 끝에 지금 자신의 위치에 서게 되었다. 그래도 가끔 명손이가 궁금해지고, 은근히 명손이 소식에 귀를 기울이게 되는 버릇은 어쩔 수가 없었다.

 동창회에서 돌아오며 동수는 지난 30년 동안 자신이 가졌던 질투와 열등감에서 벗어날 수 있었다. 동수는 생각했다.
 '사람은 누구나 개인 차이가 있지만 그것을 인정하고 최선을 다하면 되는 것을……'

소설가

김태훈

'영민아, 점심 같이 먹을래?'

'영민아, 이따 피시방 같이 가자.'

'어제 버디에서 애들이 니 아이디 알려 달라고 난리더라.'

'아 알았어. 뭐 친구야 많을수록 좋지 뭐.'

나는 흐뭇하게 웃었다. 나의 인기는 하늘로 치솟아 오르고 있었다.

"영민아, 학원 안 가니?"

갑자기 누군가가 내 어깨를 흔든다.

'엥? 여긴 분명 학교인데……'

엄마였다. 또 친구들에게 인기를 누리는 상상에 빠졌다가 잠들었던 모양이다.

'에효, 또 지겨운 일상 속으로 들어가야 하는 건가……'

나는 한숨을 쉬며 학원으로 향한다. 지겨운 하루가 슬슬 막을 내려 가고 있었다.

다음 날 학교에 갔다. 여느 때와 같이 아무도 나를 아는 체하는 아이가 없다. 분명 학기 초만 해도 이렇게 외톨이는 아니었는데, 말도 없고 공부도 잘 못하고 소심한 나는 점점 더 고립되어 가고 있다.

내가 가장 좋아하는 취미는 '상상하기'이다. 상상 속에서 나는 불가능이 없고 자유롭다. 미래의 구원자가 되기도 하고, 치킨을 산처럼 쌓아 놓고 배 터지도록 먹기도 한다. 하지만 가장 기분 좋은 상상은 학교에서 최고 인기 있는 학생이 되는 것이다. 아이들이 모두 나에게 모여들고 내 행동이 이슈가 되는 모습을 상상하는 일은 최고의 즐거움이다.

"자, 모두 교과서 182쪽, 프린트 줬던 거 펼쳐 놔라."

오늘은 첫 시간부터 내가 싫어하는 수학이다. 수학 수업은 전혀 못 알아듣기 때문에 딴짓, 즉 공상을 하는 시간이다.

"그럼 어떻게 푸는지는 알겠지? 그럼 밑에 3번 문제를……, 김영민이 풀어 봐라."

오늘은 운이 좋지 않은 날이다.

"어어……. 그게……."

나는 어물어물하며 시간만 끈다. 보통 이럴 때면 주위에서 몇 쪽이고, 답은 뭐라고 금방 알려 준다. 하지만 지금은 아무도 도와주지 않는다. 아이들은 웃고, 선생님은 나를 짜증스럽게 바라본다. 아이들이 비웃는 것처럼 느껴진다.

점심시간은 애들을 피해서 자유롭게 다닐 수 있기 때문에 좋다. 혼자 식당에서 밥 먹고, 혼자 다닌다. 삼삼오오 모여 즐겁게 웃고 떠들며 먹는 아이들이 조금은 부럽기도 하다. 혼자서 밥을 먹고 난 뒤 매점에서 빵을 사 먹고 천천히 학교를 돌아다니다 5교시 시작하기 5분 전쯤에 교실에 들어간다. 이런 식으로 학교생활을 마치면, 또 학원에 갔다 와 하루를 마친다. 내 생활은 보통 이런 식으로 반복될 뿐이다.

우리 학교에는 특별한 행사가 있다. 바로 '소설 쓰기 대회'이다. 우승한 사람에게는 상금과 부상이 커서 글을 좀 쓰는 애들은 눈에 불을 켜고 준비를 한다. 이 행사를 기획한 우리 국어 선생님께서는 2주 동안 열과 성을 다해 지도를 해 주셨다.
"오늘 국어 시간에는 소설 창작 계획을 세워 보겠습니다."
선생님은 칠판에 소설의 구성 요소들을 적으셨다.
'인물, 사건, 배경'
"국어 시간에만 소설을 쓰기에는 시간이 부족합니다. 소설 창작 계획이 통과되면 대강의 줄거리를 써 보고, 그 다음에는 집에서 틈틈이 컴퓨터로 써야만 합니다."
선생님은 소설 구성 요소에 대해 설명하셨다. 어떤 인물이 어떤 배경 상황에서 어떤 사건을 겪는지에 대해서 생각해 보라는 것이었다. 그리고 그 이야기 속에 무엇인가 의미 있는 생각을 담으라는 것이다.
난 어떻게 시작할지 막막해서 아무것도 못하고 있었다. 그러자 선생님이 다가와서 말씀을 해 주셨다.

"영민아, 네가 겪었던 경험에다 살을 조금만 붙여서 이야기를 만들면 된단다. 전혀 겪어 보지 못한 일을 가지고 소설을 쓰면 허무맹랑한 이야기가 나올 수도 있으니까."
'내가 겪은 일?'
나는 공상하는 내 습관에 대해 생각했다.
"자신의 상상을 덧붙여도 되는 거예요?"
혹시나 바보 같은 질문이 되지나 않을까 걱정하며 조심스레 여쭈어 보았다.
"그럼. 네가 늘 상상하던 것이 있으면 아주 좋지. 하지만 너무 황당무계한 얘기 말고, 사실성과 진실성이 있는 상상이어야지."
"네."
나는 약간 자신감이 생겼다.
'만약 내가 상상하던 것을 소설로 쓰면 어떨까?'
꽤 괜찮은 생각인 거 같아서 본격적으로 생각해 보기 시작했다. 먼저 선생님이 이야기했던 것처럼 너무 허무맹랑한 얘기는 아니다. 그것은 내가 상상 속에서 꿈꾸는 '학교에서 인기인이 되는 내용'이니까…….
내 경험을 살려, 처음에는 소심하고 무기력해서 '왕따'이던 아이가 소설 쓰기를 통해 점점 학교에서 인기인이 돼 가는 과정을 쓰기로 했다. 그런데 내 이야기로 쓰면 부끄러울 것 같아서 가상의 주인공 '경호'를 만들어서 이야기를 전개해 나가기로 했다. 선생님 말씀에 의하면 3인칭 주인공 시점인 셈이다.

생각을 정리하고 나니, 나는 벌써 순식간에 소설 창작을 위한 구상을 마쳤다는 걸 알게 되었다. 평상시에 수없이 상상하던 일이어서 줄거리도 쉽게 잡혔다. 사건은 내 머릿속에서 써졌다 지워졌다 하면서 수정이 되고 있었고, 굉장히 재미있게 써 보겠다는 의지도 불타올랐다.

나는 소설을 구상하고 쓰면서, 전처럼 학교에 갔다가 학원 가고 TV 보고 컴퓨터 하는 의미 없는 일상에서 벗어나기 시작했다. 학교가 끝나면 부리나케 집으로 가서 학원 갈 시간까지 열심히 소설을 썼다. 또 학원이 끝나면 급히 집으로 돌아와 밤늦게까지 소설을 썼다. 시간이 아까웠다.

쓴 내용을 수정하고 다시 써 보고, 또 지우고 다시 쓰는 일을 수없이 했다. 어떤 때는 새벽까지 그 일을 했다. 소설 진행 생각으로 잠을 못 이루는 날도 많았다. 내가 이렇게 한 가지 일에 몰두한 것은 생전 처음 있는 일이었다. 뭔가 자신이 좋아하고 하고 싶은 일에 몰두한다는 것이 이렇게 행복한 줄은 몰랐다. 내가 지금까지 혼자서만 상상하고 있던 일을 밖으로 표출해서 사람들에게 알린다는 것은 정말 기분 좋은 일이었다. 그래서 더 완벽하게 만들고 싶었다.

난 오늘도 혼자 등교를 하고, 혼자 밥을 먹고, 혼자 하교를 한다. 난 가끔씩 이런 생각을 한다.

'언제부터였지? 내가 이렇게 된 게? 내가 왜 살아야 하지?'

아이들은 날 깔보고, 무시하고, 때리고, 돈을 뺏는다. 언제부터인가 이런 생활이 당연하게 여겨지기 시작했고, 난 꼭 실험용 쥐가 된 기분이었다. 얻어 낼 수 있는 것은 모두 얻어 내고, 이용할 대로 다 이용한 후에는 버려지는 존재. 그런 게 돼 버린 기분이었다. 물론 어느 날은 정말 열심히 공부해야겠다고 결심한 적도 있었다.

'그러면 모두 관심을 기울여 주겠지.'

수행평가를 위해 도덕 프린트를 정말 열심히 해 갔다. 그런데 내 계획은 초반부터 망가지기 시작했다. 날 괴롭히는 애들 중 한 명이 내 것을 보곤 니가 웬일이냐며 자기 프린트와 내 프린트를 바꾸고는 자연스레 자기 자리로 돌아갔다. 마치 당연하다는 듯이. 안 된다고 말할 틈도 없었다. 나는 그런 상황에서 더 이상 나의 계획을 수행할 수 없었다. 난 내 계획을 전부 버렸다.

이렇게 써 나가다가 전환점 부분에 도달했다.

'내가 왜 지금까지 이러고 있었던 거지? 생각해 봐! 난 다른 아이들과 전혀 다르지 않아! 난 단지 다른 아이들보다 조금 용기가 부족한 아이였을 뿐이라고! 난 지금까지 내가 철저히 혼자라고 생각해 왔어. 하지만 봐. 내가 조금만 노력하니깐, 나에게도 잘해 주려고 노력하는 아이들이 생기고 있잖아? 내게도 친구가 생길 수 있어. 같이 장난치고, 놀고, 공부할 친구가 생기는 건 간단하다고! 단지 내가 접근을 안 하니깐 그 쪽에서도 관심이 없다고 생각하고, 그러다 보니 난 저절로 고립되고 소외된 것뿐이야.

날 괴롭히는 아이들도 그만큼 나에게 관심이 있다고 생각하면 편하잖아? 그래, 도전해 보는 거야!'

이때부터 내 학교생활은 달라지기 시작했다.

그날도 누워서 소설 마무리 생각을 하다가 잠이 들었다.
"이 자식이 죽을라고! 야, 돈 좀 빌려 달라니깐, 개겨?"
'어? 여기가 어디지? 왜 내가 맞고 있는 거지?'
저 대사는 내 소설 속에서 경호가 맞는 장면이다. 이제 장면을 바꿔야 한다.
'퍽퍽.'
"왜, 왜 때리는 거야?"
"어? 이제 저항도 해?"
'꿈에서도 맞고 있어야 하는 거야? 그것도 내가 쓴 소설에서? 난 내가 쓴 소설의 주인공도 마음대로 못하는 거야?'
나는 꿈속에서도 현실과 똑같이 상상을 하면서 고민에 사로잡혀 있었다.
'아니야, 나도 할 수 있어. 나는 소설을 썼고 그 소설의 주인공은 이제 자신감이 넘치는 인기맨이 됐어. 소설 속의 경호처럼 내 인생도 바뀔 수 있어. 이제 이 지긋지긋한 따돌림 속에서 벗어날 때도 됐잖아. 경호가 이 소설에서 바뀐 것처럼, 나도 이 소설을 통해서 내가 당한 상황을 극복하겠어!'

깔보던 아이에게 경호가 대든다.

"왜 이러는 거야? 난 너희들에게 잘못한 게 없어. 너희는 날 때릴 이유가 전혀 없다고!"

그러곤 일어나서 그들의 얼굴을 당당히 쳐다봤다. 그러자 경호를 괴롭히던 아이가 도망을 치며 말했다.

"두…… 두고 보자 자식아."

'어? 해낸 거야? 내가 해냈어! 날 괴롭히는 녀석들을 쫓아냈다고, 경호처럼 말이야! 내가 항상 약하게만 보이니깐 그랬던 거야! 다를 건 전혀 없어, 늘 당당하게 행동해야 해! 주눅들지 말고, 그러면 자연히 해결되는 것을! 난 너무 용기가 없었던 거야!'

부스스 나는 잠에서 깨어났다. 또 꿈을 꾼 것이다. 이제 소설의 전개는 꿈속에서도 똑같고, 내 일상 속에서도 같을 것이다.

"자, 오늘부터 내 진정한 학교생활의 시작이다!"

그렇게 새로운 희망을 얻은 난 학교에 등교했다. 우리 반 주먹대장이 다가왔다.

"킥킥, 이 자식, 웬일로 일찍 왔냐?"

그러면서 머리를 툭툭 친다. 보통 때라면 잠자코 있었을 테지만 오늘은 달랐다.

"짜식, 너도 지각 안 했구나? 너도 나랑 같이 지각 콤비 아니냐?"

"이, 이 자식이? 오늘 왜 이래? 약 먹었냐?"

그러면서 녀석이 당황해서 뒷걸음질을 쳤다.

'후훗 이런 거구나. 이렇게 당당하게 하면 될 것을 지금까지 너무 가만히 있었던 것 같아. 이런 식이라면 모두와도 친구가 될 수 있을 거 같은 기분인걸.'

국어 시간이 왔다. 내가 쓴 회심의 역작을 내고 나니, 기쁘지만 한편으로는 섭섭한 기분이 들기도 했다. 나는 2주 동안 온 힘을 기울여 소설 쓰기를 마쳤다. 뭐 수상을 못 해도 상관은 없다. 내가 쓴 소설이 내가 지금까지 품었던 속마음을 시원하게 드러냈으니까. 다른 사람들이 읽어 준다는 것만으로도 만족이니까.

그리고 일주일 후.

"애들아, 안녕!"

"어, 영민이 왔냐?"

"야, 영민아. 저번에 개봉한 영화 있지, 뭐였더라?"

"아…… 〈라스트 사물놀이〉?"

"어, 어. 그거 말이야."

보시다시피다. 왕따에서 벗어나는 건 그리 어렵지 않았다. 소설 쓰기 대회에서 우승을 차지한 후 나의 모든 게 달라졌다. 선생님은 내가 천재 소설가라며 극찬을 아끼지 않으셨다.

소설은 내게 용기를 심어 줌과 동시에 물질적인 이익까지 안겨 주었다. 소설 쓰기 대회에서 대상은 문화상품권이 자그마치 5만 원어치나 된다. 모두가 열심이었던 그 대회에서 우승하자 가뜩이

나 변화를 보여 주고 있던 나에게 아이들은 더 관심을 보였다. 이제 내가 노력하지 않고도 아이들 쪽에서 먼저 말을 걸어 오기 시작하더니 결국엔 날 놀리던 애들까지도 나와 친하게 지내려고 애를 썼다.

이제 난 더 이상 소심한 아이가 아니다. 그리고 머뭇머뭇하며 '장래 희망을 쓰는 칸'에 열 몇 번씩 직업을 바꾸어 쓰던 나는, 이제 당당하게 이렇게 적는다.

'소설가'

형과 축구

방동욱

나는 학원이 끝난 후 문 앞에서 형을 기다리고 있었다. 드디어 형도 수업이 끝나고 친구들과 함께 나왔다. 나는 형에게 달려갔다. 형은 내가 귀찮은 듯이 말했다.

"또 기다렸어? 야, 나 축구하러 갈 거야. 집에 먼저 가."

"싫어. 나도 갈 건데!"

나는 형을 따라가고 싶었다.

"니가 왜 오냐?"

하지만 형은 나를 붙여 주고 싶어 하지 않았다.

"뭐야, 여태까지 기다렸는데. 아 짜증 나."

나는 투정을 부린다.

"미안해! 먼저 간다."

오늘도 이렇게 끝이 났지만, 나는 늘 형들이 노는 데 끼고 싶어 자꾸만 형을 기다린다.

그러던 어느 날, 형이 좀 늦게 나왔다. 나는 또 "형!" 하고 부르며 달려갔다. 형은 늘 기다리는 나를 보고 미안한 생각이 들었는지 이렇게 말했다.

"오늘은 선수 한 명이 부족하니까 니가 대신 해도 돼."

나는 기분이 좋아서 얼른,

"오케이! 알았어!"

하고 병아리가 엄마 닭을 따라가듯 형의 뒤를 쫄망쫄망 따라간다. 나는 형 친구들과 정말 재미있게 축구를 하고 나서 형이 사 준 음료수를 먹으며 함께 집으로 갔다. 축구를 해서 그런지 밥이 아주 꿀맛이었다.

다음 날도 나는 축구를 하고 싶어서 형을 기다렸다. 하지만 형은 단호히 거절했다. 계속 끼워 달라고 조르면 형이 화를 낼까 봐 나는 머리를 굴렸다.

"그냥 따라가서 구경만 할게. 그래도 안 돼?"

형은 따라오는 건 괜찮다고 생각했는지,

"심심할 텐데……. 오려면 와."

그래서 나는 형들을 따라갔다. 나는 구경을 하다 혼자만의 상상에 빠졌다. TV에 나오는 국가 대표 선수처럼 형들을 따돌리고 단독 드리블에 나선다. 아! 골키퍼와 일대일 상황이다. 나는 박지성처럼 강하게 공을 찬다. 공은 골키퍼를 지나쳐 골대에 있는 그물을 뚫어 버리고 힘차게 나아간다. 형과 형 친구들은 놀란 입을 다물지 못한다.

"훗훗훗…… 쿡쿡쿡…… 풋하하하하!"

상상을 하다가 나는 혼자 크게 웃었다.

〈소림 축구〉에 나오는 주인공의 슛은 절대 못 따라하는 것일까? 난 할 수 있을 거야. 왜? 난 짱이니까. 하하하하…….

혼자서 별의별 생각을 다 하고 기분이 좋아서 킥킥대고 있는데, 형 친구들이 나를 보고 말했다.

"니 동생 왜 저래?"

형은 무심히 말한다.

"몰라. 가끔씩 혼자 좋다고 웃어."

"미친 게 틀림없다. 히히."

형은 기분이 나쁜지 친구에게 신경질적으로 한마디 쏴붙인다.

"넌 조용히 해! 뭐가 미쳐, 미치긴……."

"알았어, 미안해."

그런데 나는 상상처럼 할 수 있을 것만 같았다. 그래서 항상 자신감에 넘쳐 있었다. 그러나 막상 상대 수비수를 제쳐야 하는 상황일 때는 나 혼자만 춤을 추듯이 개인기며 페인팅을 쓰느라 헛발질을 해 댄다. 그러다 멈춰 보면 공은 다른 데로 굴러다니고 있고…….

그러나 우리 형은 다르다. 형은 축구를 잘했다. 형이 축구를 할 때 보면 참 신기하게도 공과 호흡을 딱 맞추고, 공이 형을 잘 따라온다. 그런데도 간혹 실수를 하면 나는 혼잣말로 '바보 그럴 땐 저기다 패스를 해 줘야지.'라고 안타까워 어쩔 줄 모른다. 그리고 내가 그 상황에 놓여 있으면 어떻게 했을지 상상하며 몸을 들썩거린다.

어쨌든 나는 날마다 형을 기다렸다. 어쩌다 한 번씩 시켜 주는 재미로, 혹시나 하고 기다리고 또 기다리는 것이다.

학원 앞에서 서성이며 지루함을 달래느라 핸드폰을 가지고 만지작거리고 놀고 있으면 형이 나온다.

"오늘 같이 할 수 있어?"

"아니."

"그럼 나 오늘 가서 구경한다."

"오지 마. 오늘은 그냥 집에 가."

"싫어. 안 가. 나도 볼래."

형은 거절하기도 귀찮은지 도리어 나를 설득했다.

"그냥 집에 가라. 1000원 줄게."

"안 가! 안 줘도 돼. 그냥 따라갈래, 우씨!"

나도 배짱이다.

"미안하다. 그럼, 먼저 간다."

형의 말이 내 머릿속을 복잡하게 한다. 마음이라는 두 개의 방에 있는 천사와 악마가 또 싸운다.

'그냥 형 말대로 집에 가!'

'가지 마. 뭐하러 가. 그냥 구경하면 좀 어떻다구?'

'말 들어! 집에 그냥 가.'

'몰래 구경해. 너 축구 좋아하잖아.'

'음, 어떻게 하지?'

'난 역시 축구가 너무 좋아.'라고 생각을 하면 악마의 말을 들고 싶고, '걸리면 형한테 맞는데……'라고 생각을 하면 천사의 말을 듣고 싶다.

'아, 어쩌지…… 어쩌지? 에라 그냥 숨어서 몰래 구경하자.'

결국 따라가기로 결심을 했다. 악마는 '잘했어, 정말 잘했어!'라고 하고, 마음 한쪽 구석에서는 천사가 '바보. 이 병신아.'라고 말하는 거 같아서 구경하러 가는 발걸음이 무거웠다. 하지만 내 마음의 갈등은 늘 악마가 이기는 것으로 끝났다.

형이 안 된다고 하는 날이면 몰래 구경을 하다가 끝나기 5분 전에 먼저 집으로 왔다. 형보다 늦게 가면 형이 눈치채 버리니까 말이다. 그렇게 열 번도 넘게 몰래 구경을 했지만 한 번도 안 걸리고 계속 보아 왔는데, 몰래 하는 구경도 정말 재미있었다. 나는 자꾸 터져 나오는 환호와 야유를 참기 힘들었지만, 몰래 구경을 할 때에는 꾹 참아야 했다.

우리 집은 단독 주택이다. 큰 길에서 옆길로 새고, 쭉 걸어서 올라가다가 또 계단 열세 칸을 올라가면 초록색 문이 달린 우리 집이 보인다. 집에 도착해서 벨을 눌렀다.

'띠리띠리~ 띠리리리리리~'

'탱' 하는 소리와 함께 자동으로 대문이 열렸다. 언제나 현관문을 열고 웃으면서 맞아 주는 우리 엄마. 나는 편안한 옷으로 갈아입고, 물 한 컵을 들고 마당으로 나갔다.

마당에는 축구공이 하나 있다. 공을 차며 나는 상상에 빠진다.

나는 관중석의 환호를 받으며 나온다. 관중들은 나를 보고 환호한다. 내가 손을 흔들어 주면 관객들은 더 환호한다. 전반전 공격 주도권은 우리 편이 잡았다. 나는 아주 미친 듯이 달리고 달린다. 내가 공을 잡고 있는 모습이 대형 스크린에 나올 때마다 관객들은 환호한다. 나의 멋진 개인기에 이어 돌면서 멋지게 터닝슛! 캬! 골인! 골인이다!

그런데 갑자기 어디가 아프다. 상상 속에서 엎어지면서 슛을 쏴서 몸이 그대로 따라한 것이다. 마당 시멘트 바닥에 몸이 처박혀 버렸다.

"아우, 아파!"

보니까 피가 나고 있다. 손으로 슥 닦고 주위를 둘러보니 엄마가 화난 얼굴로 날 쳐다보고 있다. 왜 그러시지? 자세히 보니까 유리잔이 깨져 있고 그 옆에 공이 굴러가고 있다.

'나는 이제 죽었구나.'

그날 밤. 나는 엄마에게 곡소리 나게 맞았다. 다음 날 아침 일어나서 몇 걸음을 걷다가 나는 갑자기 풀썩 쓰러졌다. 다리에 힘이 없었다.

"으이구, 아파. 이거 완전 으으~ 아파."

온몸을 흐느적거리며 뒤틀고 있는데, 아빠께서 물으셨다.

"무슨 일 있니? 왜 몸이 꼭 오징어같이 축 늘어져 있어?"

나는 기어들어 가는 목소리로 대답했다.

"어제 좀 무리했어요."

나는 마당 계단에 초점 없이 멍한 표정으로 앉아 있었다.

"어제 뭐 했는데?"

"밤에 축구 연습 했어요."

"넌 항상 축구 연습 하잖아."

"어제는 좀 심하게 했어요."

"좀 심하게 했다고 사내자식이 몸을 흐느적거리니?"

"네! 정신 차릴게요."

나는 화장실로 굼벵이처럼 기어갔다. 씻으니까 좀 나은 듯하다. 이제 조금씩 걸을 수 있다.

오늘은 학교에서 1교시에 체육을 했다. 축구를 한다고 하니까 갑자기 몸에서 힘이 솟았다. 아드레날린이 나오면서 흥분이 되고 전기에 감전된 듯 짜릿한 느낌.

'역시 축구 없이는 못 살아.'

나는 키가 작아서 애들한테 이리 치이고 저리 치이면서 뛰어다닌다.

"여기! 패스! 패스!"

나는 공을 몸으로 받아 발로 옆 친구에게 툭 쳐 준다. 친구는 그 공을 받아서 그대로 슛을 쏜다. 골인이다. 그래서 우리 팀은 좋아서 달려가고, 나와 호흡을 맞춘 친구는 껴안고 뽀뽀까지 하고 난리다.

그러나 그 행복한 순간도 잠시. 상대 팀의 주장이 골을 넣었다.

좋았던 얼굴은 어디 가고 사색이 돼서 상대 팀 주장만 멍하게 쳐다보고 있다. 현재 스코어 1:1이다. 우리 팀은 급한 걸 아는지 모르는지 달리는 사람이 나밖에 없다. 애들은 한 골을 먹었다면서 망연자실하여 허탈감에 사로잡혀 있었다. 결국 승부차기로 경기를 끝내야만 했다. 우리 팀 공격수 세 명과 미드필더 두 명이 나왔다. 강인한 정신력과 고도의 집중력이 필요하며, 떨림이 없을 만한 사람들을 뽑아야 한다. 우리 팀이 먼저 차게 됐다.

'펑!'

'탱~'

"망할! 골대를 맞고 튕겨 나왔어."

"젠장! 우리 팀은 왜 이렇게 운이 지지리도 없냐?"

우리 팀 골키퍼가 막을 차례가 왔다.

"아, 제발 한 번만 막게 해 주세요."

"제발!"

"부탁드립니다!"

역시! 우리 팀의 소원처럼 골키퍼의 멋있는 선방을 봤다. 공은 다른 데로 굴러가고 응원석에서는 환호를 보낸다.

이제 내 차례가 왔다. 나는 집에서 연습한 대로 마음을 가다듬었다. 아무 생각도 없고 아무 소리도 안 들린다. '왼쪽 하단을 노려야지.' 골키퍼가 어떻게 움직일지는 알 수 없다. 심판이 휘슬을 불었다. 나는 잠시 머뭇거리다 슛을 날렸다.

"아자!"

"난 니가 골을 넣을 줄 알았어."
"난 옛날부터 이런 날이 올 줄 알았어."
나는 이런 말을 들으며 겸연쩍게 웃고 내 자리로 다시 들어왔다. 매 순간순간이 그랬다. 긴장하고 한탄하며 때론 좋아하고, 그렇게 여섯 번을 번갈아 가며 승부차기를 했다. 결과는 3:4, 우리 팀이 졌다.
"으, 이런……."
"말도 안 돼……. 이건 말도 안 돼."
우리 팀 애들은 한숨을 쉬면서 터덜터덜 걸어간다.
"아, 졌네."
"좋은 경험이라고 생각하자."
"그러자. 우리가 진 건 진 거지 뭐……."
"야! 너희들 잘하더라. 아주 잘했어."
"고마워. 너도 진짜 잘하더라. 요즘 연습 많이 했나 봐?"
"응. 히히."
"그럼 먼저 갈게."
"그래, 가라."
하지만 상대편 친구들은 자기네가 이겼다며 자랑을 하고 다녔다. 얄미워 죽겠다. 그렇게 체육 시간은 지나갔다.
그날도 난 형과 함께 집으로 향했다. 그런데 가는 동안 형에게 전화가 걸려 왔다. 형 친구들이었다. 지금 축구를 하러 가는데 인원이 모자라니 날 데리고 오라는 것이 아닌가!

"어, 지금 간다."

전화를 끊고 내게 말했다.

"야, 축구하러 가자."

하지만 나는 오늘 달랐다.

"안 가."

"뭐? 안 간다고?"

형은 내 말이 믿어지지 않는 모양이었다.

"어, 안 가……."

"얘가 왜 이러냐. 뭐 잘못 먹었어?"

"아니. 하여간 오늘은 가기 싫어서 안 가."

"왜 이러냐? 머리에 열도 없는데."

나도 이상했다. 가고 싶지 않다는 마음이 든 게 처음이었기 때문이다.

"아, 몰라. 그래 가자, 가! 귀찮아 죽겠어."

축구하는 곳으로 가 보니 형들은 벌써 몸을 풀고 있었다.

"어, 왔냐?"

"형욱인 잘하니까 쫄린 팀 주고, 니 동생은 우리가 가져간다."

"맘대로 해라."

"오케이! 게임 시작!"

우리는 축구를 시작했다. 그런데 운동장 중간에 큰 돌멩이 하나가 있었다. 나는 대수롭지 않게 그냥 내버려 뒀다. 하지만 그게 문제가 되고 말았다. 한참 열기가 뜨거워질 무렵, 모두 흥분한 상태에서 우리 형이 공을 몰고 중간 지점까지 왔다. 그리고 중간 지점에서 공을 찼다. 그 공이 내 머리에 맞았다. 그런데 이상하게도 너무 아팠다.

"아!"

나는 머리에서 피가 흐르고 있다는 것을 알았다.

"어? 이거 뭐야?"

"어? 야! 얘 피 난다!"

옆에 있던 형 친구가 놀라서 소리쳤다.

"어? 야, 왜 그래?"

형이 달려오더니 소리쳤다.

"야! 휴지 가져와!"

형은 나에게 말했다.

"집에 가자!"

"아파 죽겠어! 아파. 엉엉엉."

나는 펑펑 울었다. 휴지에는 붉은 피가 번져 있었고 바닥까지 피가 많이 떨어지고 있었다. 우리 발밑에는 피 묻은 돌이 떨어져 있었다. 형이 헛발질을 해서 공 대신 돌을 차 버린 것이다. 그리고 그것이 내 머리에 맞은 것이다.

"야! 나 먼저 동생 데리고 집에 간다."

"빨리 가! 빨리!"

모두들 당황한 채로 우리를 보내 주었다. 형은 내 피 나는 머리를 꽉 누르고 조심스럽게 집으로 향했다. 초인종을 누르고 들어

가니 엄마가 얼굴이 사색이 되어 뛰어나오셨다.

"왜 이러니? 왜 이래?"

"축구하다 돌에 맞았어."

"빨리 병원 가자. 차에 태워!"

형 옷도 피에 젖어 있었다. 엄마와 나, 형은 차를 타고 병원에 갔다. 아빠에게 연락을 하니 헐레벌떡 뛰어오셨다. 나는 수술대에 올라갔다. 그리고 그냥 눈을 감고 잤다.

얼마나 지났을까? 일어나 보니 병실이었다. 옆에서는 엄마, 아빠, 형이 날 지켜보고 있었다. 형은 나를 안타까운 눈으로 보고 있었다. 형이 사과했다.

"미안해, 내 실수야."

"아니야, 괜찮아. 아무렇지도 않아. 히히."

나는 형을 달래 주려고 이렇게 말했다. 엄마는 그런 우리를 보고 눈을 흘기며 말하셨다.

"잘하는 짓이다."

"뭘 축구를 그렇게 무식하게 하니?"

아빠도 옆에서 한마디 거드셨다.

"죄송합니다."

그날 밤 집에 와서 잠을 자려고 하는데 형이 자꾸만 미안하다고 말했다. 나는 진심으로 미안해 하는 형이 고마웠다. 형은 힘들었는지 금방 잠들었고, 나도 일찍 잠이 들었다. 그 일을 겪고 나서 나는 깨달은 것이 있다. 형이 얼마나 나를 사랑하는지…….

읽고 쓰고 톡톡!

1. 각 소설의 구성의 특징을 써 봅시다.

	구성의 특징
내 생애 최악의 날	
질투	
소설가	
형과 축구	

2. 각 소설의 구성 능력을 평가하고, 그렇게 평가한 이유를 적어 봅시다.

	구성 능력	이유
내 생애 최악의 날	☆☆☆☆☆	
질투	☆☆☆☆☆	

소설가	☆☆☆☆☆	
형과 축구	☆☆☆☆☆	

3. 여러분이 쓰고 싶은 소설을 어떻게 구성할지 써 봅시다.

김 선생님의 소설 톡톡!

〈내 생애 최악의 날〉, 〈질투〉, 〈소설가〉, 〈형과 축구〉의 구성의 특징을 살펴봅시다. 소설의 구성은 소설의 설계도입니다. 보통 이야기 줄거리라고 하는 것이 시간의 순서대로 일어난 일이라면, 소설의 구성(플롯)은 작가가 의도적이고 계획적으로 짠 시간과 사건의 전개 과정입니다. 소설 구성에서 가장 중요한 것은 인과관계입니다.

〈내 생애 최악의 날〉은 시간의 흐름을 따라가는 순행적 구성을 선택했습니다. 좋아하는 여자 친구의 생일파티가 열리는 롯데리아를 찾아가는데, 마치 귀신에 홀린 듯 끝없이 헤맬 뿐 끝내 도달하지 못하는군요. 끊임없이 노력하지만 계속해서 실패의 과정을 되풀이하는 것이 사건의 전부입니다. 갈등이 정점을 향해 달려가는 극적 구성은 아니지만, 끊임없이 시도하고 다시 좌절하는 작은 사건의 연속은 '로드 무비'를 연상시킵니다. 이런 구성을 취한 소설로는 황석영의 〈삼포 가는 길〉이 있습니다. 목표를 향해 도달하고자 하지만 힘난한 장애가 계속되는 것이지요. 어쩌면 우리의 인생 자체가 바로 이러한 좌절의 연속일 수도 있습니다. 그러므로 이런 소설을 '길 위의 소설'이라고 부를 수 있습니다.

〈질투〉는 시간의 흐름을 '현재-과거-현재'로 짠 입체 구성입니다. 동수는 사회적으로나 가정적으로 안정된 중년입니다. 그는 동창회에서 친구 명손이의 모습을 보고 놀랍니다. 출세하여 큰 기업의 사장이 되어 있을 거라 생각했는데 회사의 부도로 실업자가 된 초라한 모습이었기 때문입니다. 동수는 학창 시절을 회상합니다. 공부는 물론 운동도 인기도 명훈이를 따라갈 수 없다는 생각에 열등감과 좌절감, 그리고 질투로 가득했던 일들을. 그리고 동수는 중요한 사실을 깨닫습니다. '개인차를 인정하고 자신이 할 수 있는 최선을 다하는 것이 진정한 삶이다.'라는 진실을 말입니다.

<소설가>는 '액자 소설'이라는 특별한 방식으로 이야기를 만들었습니다. 액자 소설이란 쉽게 말하면 '소설 속의 소설', '이야기 속의 이야기'로 중복 구성 기법으로 쓴 소설입니다. '나'는 자신감이 부족하고 친구들에게 왕따를 당하는 소년입니다. '나'의 꿈은 능력을 인정받고 자신감을 갖는 것과 친구들에게 인기 있는 사람이 되는 일입니다. '나'는 현실에서는 불가능해 보이는 그 꿈을 '소설' 속에서 이룹니다. 소설은 얼마든지 상상을 통해 인물을 재창조할 수 있다는 점에 착안한 것입니다.
'꿈에서도 맞고 있어야 하는 거야? 그것도 내가 쓴 소설에서? 난 내가 쓴 소설의 주인공도 마음대로 못하는 거야?'
드디어 소설 속의 '나'는 현실 속의 '나'를 극복합니다. 그리고 소설 속의 '나'는 현실의 '나'를 이끌어 줍니다. 소설 쓰기 대회에서 상을 받고 '나'는 자신감 넘치고 인기 많은 학생이 되었습니다. 이 소설은 구성 기법도 특별하지만, 소설이 자기 치유의 효과가 있음을 입증하고 있습니다.

〈형과 축구〉는 소설의 기본 구성 단계를 잘 짜서 쓴 소설입니다. 축구를 좋아해서 형의 뒤를 졸졸 쫓아다니는 것이 발단입니다. 형들의 축구 시합에 참여했다가 형이 찬 돌에 머리를 맞고 피를 흘리며 병원에 가는 것은 절정 단계입니다. 비록 수술을 하고 병실에 있지만 형의 사랑을 확인하는 것이 결말입니다.

이 소설에서 가장 높이 살 만한 구성 기법은 '복선'이라는 문학적 장치입니다. '복선'이란 사건의 진실성을 강조하기 위해 작가가 미리 숨겨 놓은 일종의 암시와 상징입니다. 축구라면 사족을 못 쓰는 주인공이 학급에서 축구 시합에 지고 형의 제안을 거절하는 일은 앞으로 일어날 비극적 사건을 예고한 것입니다. 게다가 다른 사람도 아닌 형이 동생을 다치게 한다는 설정도 매우 절묘합니다. 그동안 냉정했던 형에 대한 복수를 의미하는 것으로 해석할 수도 있으니까요.

7 문체

◉ 나만의 문장 스타일을 창조하라

간결체   만연체   우유체   강건체   건조체   화려체

◉ 소설의 분위기(어조)를 만들어라

시적, 서정적   객관적, 비판적   토속적, 해학적
풍자적, 해학적   낙천적, 냉소적   비관적, 비극적

◉ 서술, 묘사, 대화를 살려라

서술 - 직접 설명으로 사건의 전개 속도 조절
묘사 - 인물, 배경, 장면, 분위기를 그림 그리듯 생생하게 재현
대화 - 인물의 성격, 심리를 참신하게 표현

◉ 문장 표현기법(수사법)을 활용하라

비유법 ----- 직유, 은유, 의인법
강조법 ----- 과장, 반복, 영탄, 점층법
변화법 ----- 도치, 설의, 대구, 대조, 반어법

네 편의 학생 소설을 읽고 소설의 '문체'에 대해 알아봅시다.

동생을 잃고 | 짝사랑 | 이긴다는 것 | 친구라고 쓰고 왕따라 읽는다

동생을 잃고

박재현

오늘은 토요일.

 나는 토요일이 좋다. 내일은 일요일이고 날씨까지 맑다니! 맑은 햇빛은 나를 축복이라도 해 주는 듯, 추운 겨울날 얼어붙은 나를 따스히 비춰 주고 있다. 나는 즐거운 마음으로 집으로 향한다.

 '딩동' 초인종을 눌렀지만, 두 명의 동생은 오늘도 "잠깐만." 하며 나를 기다리게 한다. 한참 만에 문을 열고는 다짜고짜 따지기부터 한다.

 "왜 지금 와?"

 "야, 너희는 일찍 끝나지만 나는 수업이 늦게 끝나잖아, 짜샤!"

 나는 어린 동생들에게 큰소리를 친다. 부모님은 두 분 다 토요일에도 늦게 오시기 때문에 나는 사촌 동생 한 명과 내 동생을 데리고 놀 책임을 지고 있다. 부모님은 우리에게 배고플 때를 대비해서 매일 1000원씩 주셨다.

 그런데 집 안에서 텔레비전만 보고 있자니 심심했다. 그래서 사촌 동생인 진영이에게 말했다.

"우리 산에 가서 놀까?"

"이렇게 추운데 어딜 가? 추워 죽겠는데……."

영 귀찮은 기색이다. 나는 진영이보다 더 어린 내 동생 명호에게 말했다.

"야, 쟤 떼어 놓고 우리끼리 산에 가서 놀자."

그런데 이 녀석도 귀찮은 듯,

"형들 맘대로 해."

하고 무심하게 말할 뿐이다. 그래서 다시 진영이에게 말했다.

"야, 가서 놀자. 집에 있어 봤자 살이나 찌고 오히려 감기 걸리기 쉽다니깐."

내가 아는 모든 지식을 동원해서 설득을 했지만, 녀석은 콧방귀만 뀐다.

"웃기네. 난 집에서 게임할래."

"야, 무슨 게임이야. 갔다 와서 해!"

나도 포기하기 싫었다.

"그럼, 혼자 가서 놀아. 왜? 무섭냐?"

그렇게 30분간 끈질긴 설득을 한 끝에 난 드디어 동생들의 승낙을 받아 내었다.

"일단 우리 산 기지에 올라가서 나무 꺾어서 활하고 화살을 만들자. 알았지?"

우리의 기지는 야산 중턱쯤 풀숲 언덕에 작은 대나무로 둘러쌓여 햇빛이 별로 들지 않는 아늑한 곳이다. 자리가 워낙 좋아서 다른 아이들이 자꾸 우리 기지를 침범했다. 하지만 오늘은 아직 아무도 오지 않았다.

산에는 낙엽과 눈이 어우러져 여러 색을 내고, 벌거벗은 나무들은 죽어 있는 양 기척도 없다. 우리는 나무를 찾기 시작했다. 몇 분이 지났을까. 활 모양으로는 안성맞춤인 3자 모양 나무가 나타났다. 그것도 꺾어져 떨어진 채로 말이다. 이게 웬 횡재인가? 두 동생은 그것을 보더니 서로 가지려고 달려들었다. 진영이가 먼저 잡아챘다. 내 동생도 가만히 있을 리 없다. 그 녀석은 무작정 덤벼들었다.

"형, 이거 나 줘. 형은 집에 좋은 나무 있잖아."

진영이는 포기하지 않았다.

"너 그거 가져. 내가 이거 가질게."

새로 발견한 나뭇가지를 갖겠다고 서로 싸워 대는 동생들의 싸움에 어쩔 수 없이 내가 중재자로 나서야 했다.

"야, 너희 싸우지 마. 나무 하나 더 찾으면 되지."

내가 설득을 했다. 그러나 동생들은 내 말은 들은 척도 하지 않았다.

"웃기시네. 이런 나무가 또 어디에 있어?"

내 말은 들은 체도 안 하고 계속 싸우기만 했다. 나도 자존심이 상해서 더 이상 말하기가 싫었다. 한참 뒤에야 싸움은 끝났는데, 어쩔 수 없이 막내 명호가 양보를 했다. 명호가 나뭇가지를 포기한 것은 진영이가 그것과 같은 좋은 나무를 찾아 준다고 했기 때문이다. 아직 순진함이 남아 있는 명호는 똑같은 나무를 생각하며 승낙했던 것이다.

진영이는 집에서 가져온 커다란 고무줄로 3자 모양 나무 양끝을 맨 뒤 활을 만들었다. 우리는 기지로 돌아가 '반지의 제왕' 놀이를 하며 나무와 나무 사이 또는 절벽을 왔다 갔다 하며 놀았다. 산에 안 오겠다고 하던 진영이는, 좋은 활도 있겠다 이제 집에 있는 것보다 나와 노는 것에 흥미를 붙여 아주 적극적이었다. 하지만 무기가 없는 명호는 한참 놀더니, 이제 나무를 찾을 때가 되었다고 독촉을 하기 시작했다. 하지만 이게 웬 날벼락? 진영이는 아까의 약속과는 달리 싫다고 했다. 그러자 명호는 충격을 받았는지 외쳤다.

"뭐야? 다신 너랑 안 놀 거야! 넌 형도 아니야!"

명호는 삐쳐서 나에게 집에 가자고 졸랐다. 내가 대답을 안 하자 명호는 어디론가 가 버리는 것이 아닌가. 나는 명호의 성격을 잘 알기에 별로 걱정을 하지 않았다. 명호는 화를 냈다가도 시간이 조금 지나면 다시 풀려서 돌아와 놀곤 했기 때문이다.

그런데 이 녀석이 한 시간이 지나도 오지 않았다. 나는 슬슬 걱정이 되기 시작했다. 진영이도 걱정을 했다. 나와 진영이는 산을 찾아보기로 했다. 자주 놀던 절벽 가에도 가 보고, 야산 정상에 있나 가 보기도 하고, 그 사이에 또 기지에 와 있는 건 아닌가 하고 다시 돌아와 보기도 했지만, 그 어디에도 명호는 없었다.

"혹시 집에 가 있는 거 아냐?"

하고 내가 말하자 진영이도,

"맞아!"

하고 소리쳤다. 우린 집으로 달려갔다. 문을 여는 순간 내 가슴에 철컹 바위가 내려앉았다. 명호는 집에도 없었다.

'헉, 이런. 어쩐담. 이제 겨우 2학년인 동생을 잃어버렸으니!'

나는 진영이가 원망스러웠다.

"야, 네가 양보했거나 약속만 지켰더라도 이런 일은 없었을 거 아니야. 너 땜에 동생 잃어버렸잖아. 나 추우니까 네가 찾아!"

내가 화를 내자 진영이도 화를 냈다.

"그런 게 어딨어? 형 동생이잖아. 난 사촌이고! 그러니까 형도 같이 찾아야지."

나는 그러다 이 녀석까지 잊어버릴까 싶어서 같이 찾기로 하고 다시 산으로 올라갔다. 이미 저녁이 되어 산은 얼음장같이 추웠다. 기지에 있나 또 가 보았다. 기지는 대나무로 둘러싸여 추위를 피할 수 있었기 때문이다. 하지만 있을 리가 없다. 다시 절벽 등지를 찾아보았다. 나는 절벽에 있는 얼음에 미끄러지면서 나뭇가지에 긁혀 손등에 피가 났다. 춥고 위험했다.

나는 동생을 찾는 일이 점점 싫어졌다. 힘이 드니 그런 생각이 들었다. 그렇게 두 시간 정도를 헤매고 나니 완전히 해가 지고 말았다. 낮에는 따스했던 눈도 이제는 우릴 쓸어 갈 얼음 같고, 정겹던 나무도 이제는 저승사자같이 무섭게만 느껴진다. 옆 아파트 개가 짖는 소리도 늑대 우는 소리처럼 들렸다. 이젠 너무 어두워

저 기지에는 갈 수도 없었다. 우린 싸늘한 바위 위에 앉아 얼음장 같은 손을 녹이고 있었다. 그때 진영이가 염치없이 말했다.

"형, 우리 500원씩 과자 사 먹을래? 배고프다. 점심도 못 먹었고."

"야, 지금 그런 생각이 나냐? 동생을 찾기 전엔 못 먹어."

그렇게 말했지만 나도 배가 고프기는 마찬가지였다. 몇 분 후 우린 아파트 앞 상가로 향하고야 말았다.

"여기, 치토스 두 개요!"

과자를 사 먹었지만 몸도 마음도 빙하가 되어 있었다. 우린 집에 들어갈 수가 없었다. '개구리 소년' 사건이 아직도 해결되지 않은 세상에, 어디 동생을 버리고 들어간단 말인가. 우린 혹시나 하는 마지막 희망을 걸고 아파트 단지를 돌아다녔다. 다리가 아파서 놀이터에 앉아 있으려니 달이 똥그랗게 떠 있다. 하지만 별로 밝아 보이지 않는다. 아파트 안에 있는 나무들은 괴물 같고, 집들은 감옥이나 수용소같이 느껴졌다. 그리고 우리는 그곳으로 들어가는 죄수 같았다.

아파트 앞 구멍가게에 있는 100원짜리 게임기 앞을 지나는데, 유일하게 아는 명호 친구를 보았다. 나는 명호를 찾은 것처럼 반가웠다.

"야, 너 내 동생 못 봤냐?"

하지만 이놈도 모른단다. 나와 진영이는 이제 희망이 없다는 생각에 경찰서에 전화를 하기 위해 일단 집부터 들르기로 했다. 무겁고 무거운 발걸음을 집으로 옮겼다.
 비밀번호를 누르고 집으로 들어가니 이게 웬일인가! 집 안이 환하다. 그리고 명호가 있는 게 아닌가. 우리 둘은 환호성을 지르며 명호를 껴안았다. 얼마나 고맙고 미안했는지……. 우리는 명호에게 고맙다는 말을 했다. 하지만 한편으로는 화도 났다. 말도 없이 제 멋대로 가 버린 녀석이 아닌가?
 하지만 제2의 개구리 소년이 안 되고 집에 와 있으니 얼마나 다행인가! 우리는 명호에게 용서를 빌고 나서야 마음의 돌덩이를 내려놓을 수 있었다. 그러고 나니 날아갈 것만 같았다. 우리는 중국 음식점이 닫을랑 말랑 한 늦은 시간에 자장면을 시켜 저녁을 때우고, 즐겁게 남은 하루를 보냈다.

짝사랑

임승현

가을 하늘은 높아지고 산들은 옷을 갈아입기 시작했다. 가을이라서 그런가? 마음 한쪽이 이상하게 텅 빈 것 같기만 하다. 요즈음은 자꾸만 인생이 재미없다는 생각이 든다. 공부는 왜 해야 하고 학교에는 왜 가야 하는지 불만스러울 뿐이다. 사춘기라서 그럴까? 엄마와 싸우는 일도 잦아졌다. 그러면 안 되는데 하면서도, 나도 모르게 화를 내고 있다.

그날 아침도 학교에 늦겠다고 깨우는 엄마에게 온갖 짜증을 다 내곤 집을 나왔다. 뒤돌아 반성하는 것이 버릇이 되어 버린 것일까? 학교에서도 집중이 될 리가 없다. 따분하게 1교시를 끝내고 화장실로 가다가 못 보던 아이를 봤다. 머리는 양 갈래로 곱게 땋고 따스한 스웨터에 모범생처럼 조끼까지 입고 있다. 게다가 얼굴은 또 왜 그리 예쁜지……. 그 순간 내 귓가에 아름다운 종소리가 울려 퍼지고 있었다.

'그렇다! 난 사랑에 빠지고 만 것이다!'

그 후 나는 스토커처럼 그 아이를 졸졸 따라다녔다. 내 몸은 이미 내 것이 아니었다. 난 친구마다 붙들고 그 아이에 대한 얘기를 늘어놓았다.

"야, 걔 엄청 예쁘지 않니?"

그러나 친구들의 반응은 시큰둥.

"이지우? 난 별로인데."

"이런, 우리 은수군 눈 너무 낮다!"

녀석들은 나를 놀리고 있었다. 내가 보기엔 녀석들이 아직 뭘 모르고 있었다. 그러던 중 그 애가 다니는 공부방을 알아냈다. 난 엄마에게 달려갔다.

"엄마, 나 이제부터 공부할 거니깐, 공부방 끊어 줘."

영문도 모른 채 엄마는 공부 소리에 기뻐했다.

"우리 아들이 웬일이야?"

활기를 찾은 내 모습은 사랑의 힘이 얼마나 대단한지 보여 주는 대표적인 예가 됐다.

오랜만에 하늘을 올려다보았다.

'세상에, 하늘이 저렇게 높을 수가!'

생각하기에 달렸다고 하더니, 세상의 모든 것이 새롭게 보이기만 했다.

'나무들이 이렇게 싱그러울 수가!'

드디어 공부방에 입학. 그 아이와 함께 공부하게 되었다. 난 생전 안 하던 내 몸 꾸미기에도 착수를 했다. 머리에 바를 왁스를 산다든가, 새 옷을 구입한다든가 해 가며 하루하루 행복한 나날을 보내고 있었다. 이젠 그 애하고 제법 인사도 하고 지내게 되었으니 얼마나 많이 발전했는가?

"오, 이은수! 인사도 하고 지내?"

친구들이 감탄했다.

"그럼. 이 형님은 한 번 찍으면 절대로 포기 안 하는 일편단심형이거든."

수련회를 가는 날, 가는 버스 안에서 친구들과 들뜬 기분으로 수다를 떨었다. 드디어 도착. 짐 정리를 끝내고 점심을 먹고 레크리에이션에 참여했다. 저기 멀리서 지우가 날 보며 싱긋 웃는다.

'아, 정말 행복하다.'

저녁에는 장기 자랑을 했다. 나도 나가서 노래 실력을 발휘했다. 물론 애절한 발라드였다. 아이들의 반응이 뜨거웠다. 그런데 문제는 내 다음 차례에서 일어났다. 내 다음으로 진철이가 노래를 불렀는데, 진철이는 노래를 부르다가 갑자기 지우에게 공개적인 프로포즈를 하는 게 아닌가?

"이지우, 너 내가 좋아한다!"

갑작스런 진철이의 선포에 나는 가슴이 무너지는 아니 녹아서 흘러내리는 것 같았다. 내 심장은 이미 그 기능을 상실했고, 내 머리는 하얀 백지장이 되었다. 팔다리는 후들거리고 눈에는 초점이 없어진 지 오래였다.

같은 반인 진철이가 그런 생각을 하고 있을 줄은 상상도 못했다. 누군가를 좋아한다는 게 행복하지만 또 고통스럽고 고통스럽다는 것을 나는 알았다. 짝사랑이란 것이 얼마나 답답하고 속이 타는 것인지 깨달았던 것이다.

난 용기가 없는 놈이었다. 아니다. 난 확실히 겁쟁이다. 나는 수련회를 시무룩하게 끝낼 수밖에 없었다. 그렇게 돌아온 뒤 나는 고민 끝에 한 가지 결심을 했다.

'더 이상 비겁하게 도망가지는 않을 것이다. 절대 지우를 뺏기지 않겠다.'

그 후 나는 사랑이라는 말보다 '집착'이란 말이 더 잘 어울리게 되어 버렸다. 나는 지우에게 편지를 썼다.

지우야! 나는 진철이보다 몇 배 더 널 좋아해!
네가 아직 결정 내리지 못한 걸 알고 있어.
내 진심을 네가 알아주었으면 좋겠다.

길게 쓰면 지루해 할까 봐 내 맘을 줄이고 또 줄인 것이다. 편지를 전해 주고 집에 와서 하루 종일 기도를 드렸다. 하지만 평소에 기도 같은 것에 충실하지 않은 나를 신이 알아줄 리가 없었다. 지우에게 답장은 없었다. 난 차인 것이다.

어느덧 겨울의 차가운 바람이 불기 시작했고 예쁘기만 했던 산과 나무는 나를 비웃기라도 하듯이 앙상해져만 가고 있었다. 그러나 내 마음은 더 추운 남극이었다. 지우를 잊는 것은 생각보다 쉽지 않았다.

 방학이 다가왔다. 방학은 내게 새로운 반성과 계획을 하게 해 주는 중요한 시간이었다.

 난 이제 어엿한 중학생이 되었다. 마음도 몸도 훌쩍 커 버렸다. 그렇게 하루하루를 지내고 있던 어느 날, 학교가 끝나고 집으로 가고 있는데 뒤에서 누군가가 날 불렀다.

 "이은수!"

 지우였다. 그 애를 보자 짝사랑의 추억이 떠올라 가슴이 너무 아프고 쓰라렸다.

 "어?"

 나는 어정쩡하게 대답했다.

 "공부 잘하고 있지?"

 지우는 웃으면서 말했다.

 "물론이지. 잘 지내지? 너 전학 갔다며? 여기는 웬일이야?"

 애써 태연한 척 말하려고 노력했다.

 "응, 아는 애 좀 만나려고. 또 보자."

 "그래, 잘 가……."

 하지만 나는 그대로 헤어질 수가 없었다. 나는 다시 한 번 지우를 큰소리로 불렀다.

 "지우야! 나 너를……."

 그때 지우가 내 말을 막았다.

"나 지금 진철이랑 사귀고 있어. 너한테는 아직도 미안해……."
"그래? 나도 사귀는 사람 있는데……."
나도 모르게 거짓말을 하고 말았다.
"진짜? 잘 돼라!"
그렇게 지우랑 헤어졌고, 돌아서서 오면서 난 자책감에 눈물을 흘렸다.
"젠장! 난 왜 이런 거지? 충분히 잊었다고 생각했는데 말이야. 이은수, 넌 왜 그 모양이냐?"
짝사랑은 이래서 무서운 건가 보다. 절대 잊을 수 없는, 절대 도망갈 수 없는, 절대 벗어날 수 없는……. 그렇다! 아직도 난 지우를 포기하지 못하고 있었다. 앞으로도 바보처럼 못 잊을 수도 있다. 하지만 내가 더 성장한다면, 새롭게 좋아하는 사람이 생길 수도 있을 거라고, 그러면 충분히 잊을 수 있을 거라고 애써 나를 위로했다. 그리고 슬프게 내리는 첫눈에 지우를 함께 떠나보내야겠다고 결심하며 입술을 꼭 깨물었다.

이긴다는 것

이남수

'땡, 땡'

수업이 끝났다. 수업이 끝나는 동시에 책가방을 얼른 싸 들고 바쁘게 뛰기 시작했다. 짧은 다리로 계단을 서너 개씩 건너뛰어 가며 1층까지 내려왔다. 본관 문을 열고 운동장을 가로질렀다. 감옥 문 같은 교문을 박차고 나와 계속 뛰었다. 앞에 있는 놈, 옆에 있는 놈을 제치면서 쉬지 않고 뛰었다.

그런데 내 뒤에서 누군가가 헐레벌떡하며 뛰어오는 소리가 들렸다. 고개를 돌려 내 뒤에서 뛰어오고 있는 놈의 얼굴을 보았다. 역시 그놈이었다, 성수. 놈은 내 뒤에서 개새끼처럼 혀를 내밀며 뛰어오고 있었다. 나는 한참을 보다가 고개를 휙 돌렸다. 헐레벌떡하며 뛰어오는 몰골이 참 우스꽝스러웠다. 괴물 같은 놈이 나에게 질 수 없다는 듯이 계속 뛰어오고 있었기 때문이다.

그 우스꽝스런 몰골을 보다 그만 방향 감각을 잃어, 나는 떡하니 내 앞에 뻐기고 있는 가로수에 마빡을 박고 말았다. 나는 괴성을 지르며 시멘트 바닥에 굳은 채 쓰러졌다. 내가 그렇게 쓰러져 있는 동안 그놈은 재수 없는 웃음을 날리더니 날 휙 지나쳐 가 버렸다.

흠, 그냥 보낼 내가 아니다. 난 자기를 던져 달라고 외치고 있는 듯한 작은 돌맹이를 손에 꽉 쥐고 성수의 머리를 향해 던졌다. 돌은 마치 영화에서처럼 천천히 회전하며 성수 머리에 정확하게 꽂혔다. 성수 머리에선 분명 피가 나고 있을 것이다. 놈은 나의 매서운 공격에 눈썹을 찡그리며 중얼거렸다.

"드러운 자식!"

그러고는 다시 빠르게 달려갔다. 역시 괴물이었다. 다른 놈들 같으면 아마도 날 죽이려고 덤벼들었을 텐데……. 나는 멍하니 나무 밑에 주저앉아 머리를 흔들었다. 지나가는 아이들이 먼 나라 사람들만 같다. 하지만 잠시 뒤, 나무 밑에 계속 이러고 있을 시간이 없다는 생각이 들어 다시 일어나 뛰기 시작했다.

집은 바로 학교 옆인데도 그놈 때문에 20분이란 긴 시간을 고전하고야 집에 도착했다. 뛰어오느라 바싹 말라붙은 목을 적시기 위해 물을 벌컥벌컥 마셨다.

방문을 열고 안으로 들어가자 내가 붙여 놓은 큰 글씨가 눈에 들어온다.

'난 이긴다!'

나는 책상에 달려들어 공부를 시작했다. 그런데 마음 쓰이는 게 한 가지 있었다. 아까 날 지나쳐 간 성수는 나보다 먼저 공부를 시작해 적어도 대여섯 장은 더 했을 것이다.

'성수, 성수를 꼭 이긴다! 넌 할 수 있어, 준수!'

책상 앞에 붙여 둔 글을 세 번 읽은 후, 나는 머리에 불을 켜고 미친 듯이 공부하기 시작했다. 손에 불이 날 것 같았다.

"으…… 음야……."

일어나 보니 아침 일곱 시였다. 성수를 이기겠다는 생각으로 밤새도록 책상에 엎드려서 잔 것이다. 바보 같은 짓이라는 후회도 잠시, 괴물 같은 성수도 분명히 공부하다 책상에서 침을 흘리며 잤을 것이라는 생각을 하니 참을 수 있었다. 아니 어쩌면 성수란 놈은 아예 날 나뭇가지처럼 꺾겠다는 생각으로 한 순간도 자지 않고 눈에 불을 켜고 공부했을지도 모른다.

이런 끔찍한 생각을 하니 더 독한 마음이 들었다. 그래서 나는 성수보다 먼저 학교에 가 자습을 하기로 했다. 식탁에 차려 놓은 밥상에 눈길 한 번 주지 않고 책가방을 한 손으로 쥔 채, 있는 힘껏 학교를 향해 뛰어갔다. 난 뛰어가면서 중얼거렸다.

'난 이긴다! 난 이긴다! 난 이긴다.'

학교 문을 통과하고 교실에 들어섰다. 마음이 불안했다.

'아직 성수는 오지 않았겠지? 아니 왔을 수도 있어. 아, 설마. 지금이 몇 신데. 안 왔을 거야.'

불안감 탓인가? 온몸이 전기에 감전된 듯 떨렸다. 마음을 가다듬기 위해 긴 한숨을 내쉬고 교실 문을 박찼다. 그러나 교실문은 열리지 않았다. 우리 반 교실 문은 옆으로 열고 닫는 문이었기 때문이다. 마음이 급해 나도 모르게 황당무계한 행동을 하고 만 것이다.

'빌어먹을 놈!'

나는 욕을 하며 눈을 감고 문을 힘껏 열었다. 혹시나 공부하고 있는 성수의 모습이 보기 싫었기 때문이다. 아무 소리가 들리지 않아서 감았던 눈을 아주 천천히 떴다. 음…… 아주 조용했다. '쓱싹쓱싹' 하는 연필 소리가 들리지 않았다. 책장 넘기는 소리도 들리지 않았다.

그렇다. 성수는 없었다. 난 성수보다 내가 먼저 왔다는 것이 너무 기뻐 책상을 밟고 방방 뛰어다녔다. 난 계속 웃으면서 뛰었다. 그런데 어디서 무언가가 움직였다.

성수였다. 난 기겁을 하며 뒤로 엉거주춤 물러났다. 성수는 공부하다가 지우개가 떨어져 줍고 있었던 것이다. 지우개를 줍고 있었기 때문에 성수가 내 눈에 보이지 않았던 것인데, 나 혼자 좋다고 웃고 뛰었던 것이다.

"한 시간 전에 왔다."

성수는 지우개를 집어 들고는, 내가 세상에서 가장 싫어하는 웃음을 웃고 있었다. 그 재수 없는 웃음은 자신만만한 태도와 자기가 이겼다는 의미를 지니고 있었다. 고개를 치켜들고 만족스러운 웃음을 짓고 있는 성수가 못마땅해서 난 성수의 턱을 한 대 치고 싶었지만 참았다. 녀석의 머리에 붙은 하얀 반창고가 눈에 띄었다. 어제 돌에 맞아 상처난 곳이 분명했다. 나는 가방을 들어 녀석의 눈앞에 들이댔다.

'성수, 넌 내가 이겨!'

가방에 쓰인 글자를 읽더니, 놈은 재수 없는 웃음을 더 크게 웃었다. 난 그런 건방진 놈이 더 미웠다. 하지만 더 시간을 낭비할 수는 없다. 놈을 아랑곳하지 않고 공부하기 시작했다. 성수와 나의 싸움은 육체적 싸움이 아니라 정신적 싸움이니까 말이다.

그렇게 공부를 하고 있는 동안 수업이 시작되었다. 칠판엔 수많은 공식이 빽빽하게 쓰여 있었다. 난 그런 칠판에서 눈을 뗄 수가 없었다. 성수도 마찬가지였다. 그런데 칠판을 보고 있던 성수가 갑자기 신음을 토했다. 고개를 돌리니, 놈의 코에서 빨간 액체가 나오는 것이 보였다. 코피였다.

'지독한 놈!'

분명 밤을 꼴딱 샌 것이 확실하다. 그런데 놈은 코피가 계속 나옴에도 불구하고 꿈쩍도 하지 않고 있었다. 그때 성수와 성수 짝이 얘기하는 소리가 들렸다. 나는 귀를 바싹 대고 엿들었다.

"야, 성수야, 괜찮아?"

"응."

"야, 코피가 멈추지 않잖아. 얼른 선생님께 말씀드리고 보건실에 가."

"나 쳐다보지 마. 보건실에 갈 시간 있으면 한 문제라도 더 풀겠다."

"우와! 너 정말 독종 중에 독종이다."

"준수를 이기기 위해서라면……."

참 어이가 없었다. 나한테 이기려고 코피도 안 닦고 보건실도 안 가다니. 나는 부아가 치밀었다. 나도 저런 독종에게 질 수 없다. 그래서 신경 끊고 공부에 집중하려고 온 힘을 다 기울였다.

그런데 느낌이 이상했다. 누군가 날 쳐다보는 것 같아서 돌아보니, 역시 예상대로 성수였다. 놈은 피 묻은 얼굴을 해 가지고 또 그 재수 없는 웃음을 내게 보내고 있지 않은가.

'한심한 놈!'

하지만 이번에는 그 코피 묻은 얼굴로 웃는 모습이 불쌍하다는 생각이 들었다. 동정과 연민이 솟았다.

우린 서로 말 한마디 나누지 않았지만, 서로의 존재에 온 신경을 곤두세운 채 그렇게 하루하루를 고되게 보냈다. 성수와 내가 이렇게 정신적, 육체적으로 고생을 하면서 서로를 이기려고 용을 쓰는 데는 이유가 있다.

새 학년이 시작되는 화창한 봄날, 난 책가방을 들고 나의 중학교 2학년 생활을 책임져 줄 반을 찾아갔다. 2학년 2반. 난 교실 안으로 문을 드르륵 열고 빈자리를 찾아 털썩 앉았다. 시끄럽게 떠들고 있는 애들도 많이 있었는데 다들 낯설었다. 그런데 한 놈, 낯설지만 어디선가 많이 본 듯한 느낌을 주는 녀석이 있었다. 그 놈은 처음 보았음에도 불구하고 재수 없게 나에게 기묘한 웃음을 보냈다. 그놈이 바로 성수였다.

나중에야 알았지만, 반 친구들은 내가 성수와 전교 1, 2등을 다투는 사이라는 것을 알고 있었다. 그래서 둘 중 누가 이길까 하며 내기를 걸고 떠들고 있었던 것이다. 성수는 이미 그 사실을 알고, 자신은 나에게 질 수 없고 자신하고는 내가 비교도 되지 않는다는 것을 표현하기 위해 그런 웃음을 보냈던 것이다. 그때 나는 운명의 승부를 걸어야 하는 상황에 놓인 것이다. 난 그런 건방진 놈의 콧대를 꺾겠다고 마음먹은 것이다. 그래서 그때부터 지금까지 이렇게 온 것이다.

드디어 5월 중순. 기다리던 중간고사가 다가왔다. 이번 시험으로 첫 싸움의 승패를 가리는 것이다. 난 지금까지 이 건방진 놈을 이기려는 승부욕 때문에 육체적으로나 정신적으로 많은 긴장을 했다. 하루 두세 시간씩만 자면서도 더 공부하기 위해 뛰고, 시간 아끼려고 했던 별별 짓들. 그것은 참으로 끔찍한 일이기도 했다.

하지만 성수는 갈수록 나에게 공격을 해 올 것이다. 그러면 그럴수록 성수와 나의 싸움은 더 심해질 것이다. 그러니까 첫 싸움에서 나는 꼭 이겨야 한다. 내 물건에 온통 '성수를 이기겠노라'라고 써 놓았고, 입술을 얼마나 깨물고 또 깨물었던가? '1등만 기억하는 더러운 세상'에서 나는 절대로 2등을 할 수는 없다. 그럴 이유도 없고, 그래서도 안 된다.

성수 때문에 밥도 제대로 못 먹고, 놀지도 못하고 얼마나 힘들었던가. 이번 시험을 통해 반 친구들에게 나의 실력을 확실히 보일 것이다. 나의 자존심을 지키며 절대로 함부로 나를 대적하겠다는 생각을 못 하도록 못을 확실히 박겠다고 다짐하였다. 그리고 구호를 정했다.

'초전박살'

드디어 시험이 시작되었다. 우리의 싸움 시간은 45분! 성수는 문제가 빽빽하게 인쇄된 시험지를 한 번 훑어보더니, 비웃음이 담긴 웃음을 지었다. 역시 건방진 놈이었다. 자신만만한 웃음을 지은 채 놈은 연습도 없이 답안지에 직접 문제를 풀기 시작했다. 그러곤 교실을 나가 버렸다. 나도 질 수 없었다. 나도 성수처럼 곧바로 답안지에 답을 쓱싹쓱싹 옮겨 썼다. 그러곤 나도 답안지를 내고 교실을 나왔다.

난 복도에서 다음 시험 과목을 공부하기 위해 책을 폈다. 그런데 놈은 책을 보지도 않은 채 뭐라고 중얼거리고 있었다. 들어 보니 사회 교과서의 한 부분이었다. 놈은 사회 교과서를 아예 통째로 다 외우고 있었던 것이다. 나도 사회 책은 다 외웠다. 놈은 완전히 자랑하는 눈치였다. 성수는 사회를 다 외운 걸 확인하더니 고개를 치켜들고 또 나에게 웃음을 보냈다. 그 웃음은 날 미치게 만든다.

싸움 첫 날이 가고 둘째 날도 갔다. 그리고 마지막 시험 날이 왔다. 우리의 마지막 싸움이었다. 담당 선생님께서는 시험지와 답안지를 들고 우리 교실로 들어오셨다. 선생님 손에 들려 있는 마지막 시험지를 보자마자 심장이 가만히 있지 않고 미친 듯이 날뛰었다.

'쿵쾅, 쿵쾅'

나의 심장 소리는 점점 빨라졌다. 그러나 성수는 여전히 담대한 표정이다. 하지만 성수의 손이 가슴에 있었다. 성수도 떨려서 자신의 심장을 진정시키고 있었던 것이다. 담당 선생님께서는 우리에게 말씀하셨다. 이번에는 답안지가 부족하여 답안지를 잘못 쓴다 해도 바꿔 줄 수 없으니 주의해서 작성하라고……. 그러고는 시험지와 답안지를 나누어 주셨다. 시험지와 답안지를 받은 성수의 손은 여전히 빨랐다. 나도 질 수 없어 성수의 빠르기에 못지않게 썼다. 그런데 잘 생각해 보니 빠르게 문제를 풀 필요가 없다고 느껴졌다. 마지막 시험이기 때문이다. 그래서 난 다시 천천히 풀기 시작했다.

그러나 성수는 다음 기말고사 시험에 대비하려고 하는지 변함없이 손놀림이 빨랐다. 그런데 바쁘게 움직이고 있던 성수의 손이 갑자기 멈췄다. 재수 없는 웃음도 멈췄다. 성수에게 무슨 일이 생긴 것이 분명했다.

'피다…….'

성수의 코에서 빨간 액체가 한두 방울씩 떨어지기 시작했다. 코피였다. 성수의 코피는 답안지에 뚝뚝 떨어져 성수의 답 하나하나를 지우고 있었다.

성수는 휴지를 꺼내 급히 코를 틀어막았다. 그러나 소용없었다. 코피는 시험지와 답안지 위로 쏟아져 내렸다. 성수는 온몸을 떨고 있었다. 아니 울고 있었다. 그런 비참한 성수의 모습은 처음이었다. 나의 온몸에 전율이 느껴졌다.

코피에 완전히 망가진 시험지를 내려다보며 성수는 미친 듯이 코피를 손으로 문지르고 있었다. 선생님도 당황하여 달려왔지만 소용이 없었다.

"빨리 보건실로 가라!"

그러나 성수는 고개를 흔들었다. 마치 넋이 나간 놈처럼 OMR 카드를 문지르고 있었다. 엽기였다. 놈의 얼굴과 옷, 책상, 답안지와 시험지, 모든 것이 다 붉게 물들었다. 그야말로 피투성이였다. 아무것도 구분할 수 없었다.

지금 성수는 세상에서 가장 불쌍한 놈이다. 항상 자신만만하던 모습은 온데간데없었다. 이 세상에서 가장 얄밉던 성수가 지금은 가장 불쌍하게 보였다.

나는 성수의 모습에서 눈을 뗄 수 없었다. 시험 문제도 제대로 풀 수 없었다. 그러는 동안 시험이 끝나는 종소리가 울렸다. 시험은 다 끝난 것이다.

2주일 후 성적표가 나왔다.

"누가 1등 했는지 궁금하지?"

선생님께서도 아이들의 관심거리가 무언지 잘 알고 계셨다.

"전교에서 1등은……."

선생님은 잠시 뜸을 들였다. 모두들 누가 1등을 했을 것인가가 큰 관심거리였지만, 사실은 성수와 나 중에서 누가 이겼는가가 더 큰 관심거리였다. 선생님은 차례로 등수와 이름을 불렀다. 그러나 우리 이름은 나오지 않았다.

"전교 5등 최성수, 김준수!"

성수와 나는 동시에 서로를 쳐다보았다. 우린 나란히 5등을 한 것이다. 이긴 것도 진 것도 아니다. 원래 나는 성수를 이길 수 있었고 1등도 할 수 있었다. 하지만 성수가 코피 때문에 답안지를 망쳤을 때 나는 내 답안지에 검은 컴퓨터용 사인펜으로 엑스 표를 쳤다. 그런 상황에서 성수를 이기기는 싫었다.

나는 나를 멍하니 바라보는 성수에게 여유 있는 웃음을 보냈다. 성수도 웃었다. 그 웃음은 지금까지 성수가 나에게 보냈던 묘하고 기분 나쁜 그런 웃음이 아니었다. 속이 후련하고 마음을 비운 뒤에나 웃을 수 있는 그런 맑고 깨끗한 웃음이었다.

친구라고 쓰고 왕따라 읽는다

장희진

'따르릉, 따르르릉, 따르릉.'

힘차게 울리는 자명종 소리. 밖으로까지 퍼져 나가는 시끄러운 소리에, 배까지 드러내며 곤히 자던 소녀는 눈을 비비며 일어난다. 금방이라도 까치가 날아와 알을 낳기 좋게 만들어진 새 둥지 같은 머리에, 눈곱이 잔뜩 낀 소녀는 자명종의 입을 닫아 버린다. 시간의 침묵. 그 침묵을 깬 것은 중년 여성의 고함이었다.

"정미영! 일어났으면 얼른 학교 갈 준비해!"

미영이는 반쯤 풀린 눈으로 문 밖의 다른 세계를 향해 한 발 한 발 발을 디딘다. 부엌으로 나오니 프라이팬에서 달걀이 익고, 식탁에는 쌍둥이 여동생들이 앉아서 밥을 먹고 있다. 중년 여성이 얼굴을 찡그린다.

"넌 중학생이나 된 게 아직도 동생들보다 늦게 일어나니?"

미영이는 그 말을 한 귀로 듣고 한 귀로 흘려 버리면서 식탁의 빈 의자에 앉는다.

"늦게 일어나니?"

"일어나니?"

엄마의 말을 따라하는 얄미운 쌍둥이 여동생들이 나불댔다. 미영이는 벌떡 일어나 뒤에서 소리치는 엄마의 말을 무시한 채 교복으로 갈아입고 도망치듯 집을 뛰쳐나왔다.

8시 15분. 아직은 여유 있는 시간이다. 학교에 들어선 순간 알 수 없는 갑갑함과 무서움을 느낀다. 너무 힘들어서 부모님께 도움을 요청해 보았지만 부모님은 미영이가 학교 가기가 싫어서 괜히 그러는 것이라고 생각하고 건성으로 들었다.

8시 25분. 미영이는 교실 문을 들어섰다. 아무도 쳐다보지 않는다. 옆을 지나가도 말을 걸기는커녕 눈을 마주치는 일도 없다. 맨 뒷자리 왕따의 전용 자리다. 햇빛은커녕 선풍기 바람도 오지 않는다. 그야말로 '교실의 사각지대'. 이 자리는 선생님이 정한 것도 아니고, 자신이 정한 것도 아니다. 바로 미영이를 왕따시키는 주동자, 박주미가 정한 것이다.

"미영아, 안녀엉?"

머리 사이사이에 빨간 브릿지를 하고, 귀밑 머리카락으로 교묘히 가린 귀걸이. 눈 안에 자리 잡고 있는 서클렌즈. 웃을 때마다 얄밉게 볼 사이로 모습을 드러내는 보조개. 인정하긴 싫지만, 박주미는 우리 학교에서 가장 인기 있는 여자아이다.

그러나 미영이에겐 모든 게 반대로 보인다. 박주미의 빨간 브릿지는 활활 타오르는 불길 같았고, 귀걸이는 불길 사이에 교묘히 가린 칼 같았고, 눈 안에 자리 잡고 있는 서클렌즈는 자신의 추한 모습을 들여다보는 것 같았고, 쏙 들어간 보조개는 마치 오만한 상아 같았다. 자신의 이름을 부를 때 드러나는 새하얗고 고른 이는 마치 톱니바퀴 같았다. 이걸 입 밖에 낸다면 분명히 전교에서 외톨이가 될지도 모른다.

주미는 아무 말 없이 웃더니 두 손을 미영에게 내밀었다. 안타깝게도 이게 무슨 뜻인지 잘 알고 있었다. 미영이는 교복 주머니를 급하게 뒤적거려 꼬깃꼬깃 접힌 지폐를 꺼내 보였다. 오늘도 찍소리도 못하고, 웃음 짓는 여우 도깨비에게 뇌물을 바쳤다. 뇌물은 초록잎 두 장.

"뭐야! 내일은 더 가져와!"

도깨비는 이렇게 웅얼거리더니 미영의 머리를 흐트러 놓고는 자기 무리로 돌아갔다. 이건 명령. 더 많이 가져오지 않으면 물어 죽이겠다는 맹수의 명령이다. 갑자기 눈에 안개가 끼었다. 고개를 숙이자 손등에 하나둘씩 물방울이 떨어져 앉았다. 화장실로 달려갔다. 화장실 맨 끝 칸, 다행히 아무도 없었다. '전용 울음받이'에 입을 틀어막고 울었다. 실망스럽고 바보스럽다. 지금 이 순간만큼은 아침에 그렇게 미웠던 엄마가, 짜증 나게 굴던 동생들이 그립다.

점심시간.

화장실에서 실컷 운 뒤로는 별일이 없다. 남자아이들이 책상과 의자에 침을 뱉었다는 것 빼곤. 예상했던 일이지만, 침을 닦고 있는 자신을 보며 마음속으로 다시 운다. 사실 도깨비와 학기 초에는 친했다. 그러나 많이 운다는 걸 안 뒤로는 태도가 돌변했다. 점차 무시하기 시작하더니, 당연하다는 듯이 돈까지 뜯는다. 그게 익숙해진다는 것이 우습다. 처음에는 어떻게든 다시 친해 보려고 노력했다. 그러나 그 노력은 허사였다.

"밥 같이 먹을래?"

오늘도 혼자 밥을 먹고 있는데, 전혀 모르는 얼굴……. 도깨비가 시킨 것일까? 아니야. 아니지. 정돈된 검은색 머리카락. 서클렌즈도, 매니큐어도, 귀걸이도, 염색도 안 한 걸 보면 노는 아이는 아닌 것 같았다. 두려움도 있었지만 기쁨이 앞서서 같이 먹었다. 그 애의 이름은 윤수라고 했다. 밥을 같이 먹는 친구가 생겼다는 것은 날아갈 듯 기분이 좋은 일이다. 그러나 그런 행복도 일주일 만에 끝났다. 더 이상 그 애는 곁에 없었고, 또다시 혼자가 되었다. 윤수는 복도에서 전혀 낯선 얼굴로 서 있었다. 그 순간 돌하르방처럼 꼼짝도 할 수 없었다.

상황이 이해되지 않을 때 왼쪽 손이 따끔따끔거렸다. 바늘로 콕콕 찌르는 느낌. 두 눈을 왼쪽 손으로 옮겼다. 두려움이 가득 찬 마음으로 그 손을 봤을 때 충격를 받았고 무서웠다. 다큐멘터리가 떠올랐다. 칼로 자기 몸을 아무렇지 않게 그은 흔적. 그 흔적이 미영이의 손에 자리 잡고 있다. 두려움이 가신 뒤에 다시 손을 보니 감회가 새로웠다.

이런 말은 어울리지 않겠지만, 자해 흔적은 깔끔했다. 너무 깔끔해서인지 피조차 나지 않은 듯했다. 사람들이 보면 놀라고 걱정스러워 해야 하는데 오히려 자랑스러웠다. '너희들이 못 하는 걸 내가 하고 있잖아.' 두려움 따윈 없었다. 그냥 이런 자신이 자랑스럽다.

일주일 뒤.

"그 손, 왜 그래……?"

얼굴이 따끔따끔했다. 눈을 쳐다보지 않았다. 아니 눈을 쳐다보는 황송함 따윈 미영이에게 주어지지 않았다. 눈시울이 괜히 시큰거렸다. 도깨비의 말에 대답하지 못했다. 고개를 떨궜다.

도깨비의 발만 주시하고 있는데, 갑자기 내 앞쪽을 가리키던 발이 뒤를 돌았다. 발, 다리, 엉덩이, 허리, 머리……. 고개를 서서히 드니, 도깨비는 뒤를 돌아 자신들의 무리로 돌아갔다.

"쟤, 미친 거 아냐? 왜 손에다가 칼을 그어 대냐, 그치?"

그 뒤에 도깨비 신하들이 떠드는 건 귀에 들어오질 않았다. 아니 도깨비 입에서 미쳤다는 말부터 귀에 들어오질 않았다. 미쳤다는 소리가 나오자마자 눈물이 볼을 타고 폭포처럼 쏟아져 내려왔다.

수업 종이 쳤음에도 불구하고 미영이는 화장실로 뛰어갔다. 또다시 반복되는 일상. 전용 울음받이로 가서 울었다. 아이들의 발자국 소리가 없어질 즈음, 미영이는 수업이 시작된다는 걸 알았다. 그리고 눈물도 점차 말라 갔다.

시계를 보았다. 10시 6분. 수업이 시작한 지 11분……. 들어가지 않는다. 못 들어갈 것이다.

사람들의 시선을 받는 것. 그것은 미영이에게 지옥의 시간이었다. 그것을 견뎌 내고 나면 다리가 후들거리고 얼굴이 빨개졌다. 미영이는 이대로 2교시를 땡땡이치기로 했다. 분명 엄마 아빠에게 전화하면 아무 일도 아닌 것 갖고 운다고 야단할 게 뻔했다. 고개를 숙였다. 다시 눈물샘이 신나게 눈물을 퍼냈다. 도깨비가 한 말이 생각났다.

'미친 거 아냐?'

'너 때문에 이렇게 된 거야. 너 때문에!'

미영이는 계속해서 마음속으로 외쳤다. 그러나 그 외침은 주미의 털끝 하나에도 닿지 않았다.

방과 후. 먹구름이 끼어 있던 하늘은 비를 한 방울씩 떨어뜨렸다. 미영이는 지금까지 미치지 않은 자신이 정말 자랑스러웠다. 쉬는 시간엔 복도를 돌아다니며 도깨비와의 접촉을 최소화했었다. 하지만 공부 시간에는 피할 수가 없었다. 그래도 도깨비의 말을 듣지 않으려 귀를 막았었다. 그러나 가끔씩 들리는 도깨비의 말이 미영이에게 상처로 다가왔다.

6교시가 다 끝나고 집으로 가는 길. 집이 점점 가까워진다. 왼손을 보았다. 미영이는 오늘도 집에 들어가 들키지 않아야지, 하고 생각한다. 미영이는 들켜서 도움받길 원하면서도, 들키길 원하지 않는다. 모순덩어리.

'철컥'

"왔니?"

문을 열고 집 안으로 들어가자마자 엄마의 목소리가 들려왔다. 오늘도 화장대 앞에서 화장을 하고 있다.
"저기 식탁 위에 식빵하고 잼 있지? 그걸로 대충 해 먹어."
항상 이런 식이다. 지독한 화장품 냄새를 뒤로 하고 식탁으로 발을 옮겼다. 식빵하고 잼이 나란히 있다. 자리에 앉아 잼을 바르고 있는데 엄마의 그림자가 나타났다.
"이거 왜 이러니?"
미영이는 식탁 밑으로 왼손을 숨겼다.
"어? 이거 왜 이러냐고!"
미영이가 말을 하지 않자 화가 난 엄마는 미영이의 왼손을 낚아채더니 자해 흔적을 꼼꼼히 바라보면서 소리를 높인다.
"누가 이런 거야? 응? 이렇게 한 애들 너도 똑같이 해 줬니?"
아뿔싸. 엄마는 당한 걸로 알고 있다. 순진한 엄마. 미영이가 "엄마 딸은 미쳤어요." 하고 말을 하려는데 목이 메어서 나오질 않는다.
"너, 빨리 말 안 해!"
"이거…… 내, 내가 한 거야……."
말했다. 말해 버렸다. 엄마의 마음에 금이 가게 해 버렸다. 믿음에 절대 지워지지 않는 빨간선을 그어 버렸다. 그리고 나서 미영이는 엄마의 얼굴을 보았다. 엄마의 얼굴이 굳어져 가고 있을 때 눈에는 굵은 빗방울처럼 눈물이 떨어지고 있었다. 엄마는 미영이의 왼손을 잡고서 아무 말도 하지 않았다. 이 죽도록 조용한 침묵. 굵은 빗방울이 떨어지는 소리마저 이들에게는 침묵이었다. 그러다가 굳게 닫혔던 엄마의 입이 열렸다.

"학원 먼저 다녀오렴."

'일이 커지고 있다.' 미영이는 직감적으로 그걸 느꼈다. '일이 커지고 있다. 내가 당하는 일을 알아줄 수 있을까?'

9시 35분.

'우리 집 문 손잡이가 왜 이렇게 무서워진 걸까. 문을 열고 들어가면 엄마와 아빠가 보일 거다. 그게 무섭다. 엄마 아빠에게 분명 모든 걸 말해야겠지. 들어가기가 싫어진다. 두려워진다. 엄마와 아빠가 학교에 찾아갈까 봐. 그게 무섭다.'

'철컥' 어쩔 수 없이 손잡이를 돌리고 들어간다. 집으로 들어가자 미영이 눈에 비치는 건 소파에 앉아 고개를 숙이고 있는 아빠와 화장을 지우고 있는 엄마. 쌍둥이 동생들은 자고 있다.

"다녀…… 왔습니다."

이 말이라도 하지 않으면 영원히 침묵이 떠나가지 않을 것 같아 힘겹게 꺼냈다. 아빠가 일어났다.

"손 줘 봐."

아빠는 최대한 인자한 목소리를 내려고 노력했지만, 이미 굳어진 목소리였다. 미영이는 두려움 반, 죄송스러움 반으로 왼손을 내밀었다. 왼손을 내밀자 아빠도 참았던 게 울컥 쏟아져 나왔다.

"이거 누가 그랬어?"

"내가, 내가 그린 거예요."

"이렇게 한 애들한테 뭐라고 안 할 테니까 무서워하지 말고 그냥 사실대로 말해!"

아빠는 목소리를 높였다. 얼굴이 빨개지고 있었다. 목에 핏줄까지 세우면서 목소리를 높였다.

"내가, 내가 그런 거라구요! 왜 내 말 안 믿어요? 내가 그랬다니까!"

참고 참았던 눈물이 한꺼번에 쏟아져 내렸다. 아빠는 아직 흥분이 채 가시지 않은 듯 방으로 미영이를 들여보내고 종이와 연필을 미영이에게 던졌다.

"말하기 어려우면 종이에다가 써. 응? 알았지?"

아빠는 다시 마음을 가라앉히며 말을 이어 갔다.

"세상일 아빠가 다 잘 안다. 말 못 할 일도 많지. 종이에다가 쓰기만 해. 알았지?"

그 말을 끝으로 아빠는 방문을 닫고 나가셨다. 방 안에는 미영이의 울음소리밖에는 들리질 않았다. 눈물을 흘리면서 필사적으로 종이에 글자를 써 내려갔다.

아빠 죄송해요. 제가 자해한 거 맞아요. 아빠의 믿음에 배신해서 죄송한데, 정말 제가 자해한 거 맞아요. 아빠 죄송해요. 아빠 미안하고 죄송해요……. 이런 못된 딸 돼서 죄송해요…….

울면서 아빠가 들어오기만을 기다렸다. 그리고 5분 뒤 아빠가 방문을 열고 들어왔다. 아빠는 종이를 낚아채 글을 읽어 내려갔다. 점점 얼굴이 굳어지더니 한숨을 내쉬었다. 그러고는 큼지막한 손으로 자신의 눈을 가렸다.

"내일 학교 같이 가자."

"싫어! 학교는 오지 말아요! 제발!"

학교 얘기가 나오자 미영이는 두려움에 질린 듯한 눈동자로 아빠를 바라보며 필사적으로 반대했다.

"오늘은 자거라. 내일 일찍 가자."

'쾅!'

아빠가 문을 닫고 나가 버렸다. 내일 학교에 오신단다. 내일 학교에 오면…… 내일 학교에 오면……. 미영이는 미칠 것 같았다. 도깨비가 부모님을 보면 분명히 자기에게 더 심하게 할 게 분명했기 때문이다. '싫다. 무섭다.' 미영이는 문 쪽을 바라보더니 손톱을 잘근잘근 물어뜯기 시작했다. 그러고는 안절부절못하더니 창가 쪽을 바라보았다. 안 그래도 굵은 비가 더욱더 굵은 빗방울이 되어 창가에 노크를 하고 있었다. 창가 밖의 세상은 컴컴하고 구름이 잔뜩 끼어 있었다.

미영이는 일어나 책상 쪽으로 다가가 무언가 찾기 시작했다. 손에 칼이 잡혔다. 미영이는 칼을 들고는 손목 쪽에 갖다 대었다.

'무섭다.'

미영이는 손목을 칼에 대고는 무서운 듯 덜덜 떨었다. 미영이는 눈을 꼭 감았다. 그래도 무서운 건 변하지 않았다. 눈을 감은 채로 칼로 손목을 그었다. 아팠다. 많이 아팠다. 하지만 비명조차 지르지 않았다.

눈을 떠 보았다. 손에서 피가 나오기 시작했다. 손목에서 피가 점점 많이 흐르기 시작했다. 분수처럼 쏟아질 것을 예상했는데 쏟아지지는 않고 흘러내렸다.

피가 흘러내리는 게 느낌으로 왔다. 생명이 점점 빠져나가는 느낌이 들었다. 시간이 지나자 정신이 어질거리고, 손목 쪽은 점점 따끔따끔해지고 아파 오기 시작했다. 죽는 것에 대한 공포가 다가오기 시작했다. 그래도 비명 따윈 지르지 않았다. 지르고 싶지 않았다. 눈이 감겨 왔다. 자꾸만 졸렸다. 눈을 감고 나자 문 밖에서 나는 시끄러운 소리가 들려온다. 그러다가 갑자기 방문이 열린다. 앙칼진 목소리가 그 뒤를 잇는다.

"꺄아! 미영아!"

엄마 목소리다. 눈이 떠지질 않는다. 엄마가 미영이 손목을 잡는다. 비명을 지르고 싶었지만 입마저 봉쇄당해 버린 걸까? 열리질 않았다. 볼에 차가운 감촉이 흘러내린다. 엄마가 울고 있다. 울면서 소리 지르고 있다.

"여보! 여보! 미영이가······."

아빠가 달려오는 무거운 발소리가 들린다. 그 뒤로는 아무것도 들리지도 보이지도 않았다.

손목에 느껴지는 아픔만이 미영이의 죽음을 재촉했다. 그렇게 죽어 가고 있는데, 언제 한번 윤수가 해 줬던 얘기가 떠올랐다.

"왕따 가해자는 왕따가 자살해도 죄책감 같은 건 하나도 느끼질 않는대."

읽고 쓰고 톡톡!

1. 각 소설에서 표현이 잘된 문장을 찾아봅시다.

	표현이 잘된 문장
동생을 잃고	
짝사랑	
이긴다는 것	
친구라고 쓰고 왕따라 읽는다	

2. 각 소설의 문체의 적절성을 평가하고, 그렇게 평가한 이유를 적어 봅시다.

	문체의 적절성	이유
동생을 잃고	☆☆☆☆☆	
짝사랑	☆☆☆☆☆	
이긴다는 것	☆☆☆☆☆	
친구라고 쓰고 왕따라 읽는다	☆☆☆☆☆	

3. 여러분이 쓰고 싶은 소설의 문체를 설명하거나 표현해 봅시다.

김 선생님의 소설 톡톡!

〈동생을 잃고〉, 〈짝사랑〉, 〈이긴다는 것〉, 〈친구라고 쓰고 왕따라 읽는다〉의 문체를 분석해 봅시다. 문체란 작가만의 '스타일'을 말합니다. 문체는 글쓴이의 고유한 품격과 개성을 나타냅니다. 음악이 소리로, 미술이 형태와 색으로, 춤이 몸짓으로 아름다움을 표현하듯이, 소설은 언어 표현으로 아름다움을 창조하는 예술입니다. 그러므로 소설에서 문체는 문학성을 높여 주는 매우 중요한 요소입니다.

〈동생을 잃고〉는 산에서 놀다가 사라진 동생을 찾아 헤매는 형의 마음을 아주 잘 표현한 소설입니다. 이 소설은 비유법을 이용해 시적인 표현을 살려 쓴 문체가 유난히 돋보입니다. '벌거벗은 나무는 죽어 있는 양 기척도 없다.' '낮에는 정겹던 나무도 이제는 저승사자같이 무섭게만 느껴진다.' '개 짖는 소리도 늑대 우는 소리처럼 들린다.' 동생에게 '용서를 빌고 나서야 마음의 돌덩이를 내려놓을 수 있었다.'와 같은 표현들이 바로 뛰어난 시적 표현들입니다. 이 문장들은 모두 배경과 상황을 유사한 사물이나 존재에 비유하는 직유법과 은유법을 적절히 사용하여 보석같이 아름다운 표현들을 창조해 냈습니다.

이 글을 쓴 학생은 평소 국어 점수가 높다거나 글쓰기 능력이 탁월한 학생도 아니었습니다. 오히려 문장 서술이나 맞춤법과 띄어쓰기 같은 기초적인 언어 표현조차 부족한 편이었습니다. 그러나 문법적 미숙함과 상관없이 사물을 묘사해 내는 뛰어난 감수성으로 자신만의 아름다운 문체를 창조해 냈습니다.

〈짝사랑〉도 매우 서정적인 분위기와 다양한 표현법을 사용한 아름다운 문체입니다. 사랑은 어느 날 갑자기, 우연히 찾아옵니다. 따분한 나날을 보내던 '나'는 양 갈래 머리를 곱게 땋은 예쁜 소녀를 만난 순간을 은유법과 영탄법으로 이렇게 표현하고 있습니다.
'그 순간 내 귓가에 아름다운 종소리가 울려 퍼지고 있었다.' '그렇다! 난 사랑에 빠지고 만 것이다!' '세상에, 하늘이 저렇게 높을 수가!' '나무들이 이렇게 싱그러울 수가!'
사랑에 빠진 경험과 이별의 아픔을 겪어 보지 못했다면 '내 마음은 더 추운 남극이었다.' '가슴이 무너져서, 아니 녹아서 흘러내리는 줄만 알았다. 내 심장은 이미 그 기능을 상실했고 내 머리는 하얀 백지장이 되었다. 팔다리는 후들거리고 눈에는 초점이 없어진 지 오래였다.'와 같은 표현을 쓰기 어렵습니다. '슬펐다'라고 쓰는 단순한 표현을 넘어서서 문장 표현의 묘미를 아주 잘 살리고 있습니다.
자신의 경험을 바탕으로 쓴 이런 소설을 '자전적 소설' 또는 '자서전적 소설'이라고 하는데, 사실성과 진실성이 담뿍 담겨 있어 소설 읽기의 즐거움을 몇 배로 높여 준다는 장점이 있습니다.

〈이긴다는 것〉은 극한 경쟁 체제에 내몰린 학생들의 불안과 냉소를 담기 위해 매우 거칠고 날카롭고 비속한 표현들을 쓰고 있습니다. 친구를 지칭하는 대명사도 '놈'입니다. 죽기 살기의 경쟁에서 이기기 위해서는 오로지 뛰어야 합니다. 1분이라도 빨리 집에 가서 공부하기 위해 '나'는 감옥 문 같은 교문을 박차고 나와 계속 뛰어갑니다. 앞에 있는 놈, 옆에 있는 놈을 제치면서 쉬지 않고 뛰어갑니다. 그런데 '나'의 뒤에서 누군가가 헐레벌떡하며 뛰어오는 소리가 들립니다. 놈은 '나'의 뒤에서 개새끼처럼 혀를 내밀며 뛰어오고 있습니다. '나'는 작은 돌맹이를 손에 꽉 쥐고 라이벌인 친구의 머리를 향해 던집니다. 돌은 마치 영화에서처럼 천천히 회전하며 성수 머리에 정확하게 꽂힙니다. 친구는 매서운 눈으로 '드러운 자식'이라고 욕을 하지만 시간을 아끼기 위해 그대로 뛰어갑니다. '나'는 '놈'을 괴물이라고 생각합니다.

이 소설은 무한 경쟁이 학생들의 내면에 어떤 영향을 주는지를 과장법을 써서 살풍경하게 그려 보여 준 일종의 교육 비판 소설이고 풍자 소설입니다. 풍자 소설은 사회적 모순이나 결함, 허위의식 등을 비판하기 위해 과장된 표현이나 웃음을 사용하는 특징을 갖고 있는 소설을 말합니다. 그래서 문체 역시 매우 냉소적이고 거칠고 해학적입니다.

<친구라고 쓰고 왕따라 읽는다>의 문체는 매우 비관적이며 비극적입니다. 고립과 소통의 부재로 인한 고통 때문에 자해를 하는 한 소녀의 좌절과 외로움을 표현하기 위한 선택입니다. 주인공 미영이는 '빨간 브릿지는 활활 타오르는 불길 같았고, 귀걸이는 불길 사이에 교묘히 가린 칼 같았고, 눈 안에 자리 잡고 있는 서클렌즈로 자신의 추한 모습을 들여다보는 것 같았고, 쏙 들어간 보조개는 마치 오만한 상아' 같은 박주미에게 금품을 빼앗기고 왕따를 당합니다. 이 반

동 인물을 '도깨비'라고 부릅니다. 도깨비는 '더 많이 가져오지 않으면 물어 죽이겠다는 맹수의 명령'으로 돈을 요구합니다. 미영이는 눈에 안개가 끼고, 화장실로 달려가서 자신의 '전용 울음받이'에 입을 틀어막고 웁니다. 자신이 실망스럽고 바보스러워서 죽고 싶어집니다. 소설의 분위기는 '증오', '외로움', '무력감', '분노'로 가득합니다.

이 소설은 실제 있었던 일을 거의 그대로 옮겨 쓴 일종의 실화소설입니다. 자주 '선생님, 죽고 싶어요'라는 문자 메시지를 보내던 그 학생은 노력으로 극복 과정을 거쳤지만, 매우 어려운 사건이 연속으로 일어났습니다. 소설 쓰기는 자신을 회복하는 하나의 과정이었습니다. 이렇게 소설의 문체는 작가의 상태, 심리, 관점, 경험의 영향을 받으며 주제와도 깊은 관련이 있음을 알 수 있습니다.

국어시간에 소설쓰기 1 - 구성 요소를 중심으로

지은이 | 김은형

1판 1쇄 발행일 2013년 3월 25일
1판 3쇄 발행일 2018년 8월 13일

발행인 | 김학원
편집주간 | 김민기 황서현
기획 | 문성환 박상경 임은선 김보희 최윤영 전두현 최인영 이보람 정민애 이문경 임재희 이효온
디자인 | 김태형 유주현 구현석 박인규 한예슬
마케팅 | 이한주 김창규 김한밀 윤민영 김규빈 송희진
저자·독자 서비스 | 조다영 윤경희 이현주 이령은(humanist@humanistbooks.com)
스캔·출력 | 이희수 com.
용지 | 화인페이퍼
인쇄 | 청아문화사
제본 | 정민문화사

발행처 | (주)휴머니스트 출판그룹
출판등록 | 제313-2007-000007호(2007년 1월 5일)
주소 | (03991) 서울시 마포구 동교로23길 76(연남동)
전화 | 02-335-4422 팩스 | 02-334-3427
홈페이지 | www.humanistbooks.com

ⓒ 김은형, 2013

ISBN 978-89-5862-598-8 44800

이 도서의 국립중앙도서관 출판시도서목록(CIP)은 e-CIP홈페이지(http://www.nl.go.kr/ecip)와 국가자료공동목록시스템
(http://www.nl.go.kr/kolisnet)에서 이용하실 수 있습니다.(CIP제어번호: CIP2013001455)

만든 사람들

편집주간 | 황서현
기획 | 문성환(msh2001@humanistbooks.com)
표지 디자인 | 최우영
본문 디자인 | 반짝반짝
일러스트 | 배민기

• 이 책은 저작권법에 따라 보호받는 저작물이므로 무단전재와 무단복제를 금합니다. 이 책의 전부 또는 일부를 이용하려면
  반드시 저자와 (주)휴머니스트 출판그룹의 동의를 받아야 합니다.